Um dia de cada vez

Um dia de cada vez

Becky Hunter

Tradução de
Regiane Winarski

Título original: *One Moment*
Copyright © 2023 Becky Hunter
Tradução para a língua portuguesa © 2024 Casa dos Mundos/LeYa Brasil, Regiane Winarski

Todos os direitos reservados e protegidos pela Lei 9.610, de 19.02.1998.
É proibida a reprodução total ou parcial sem a expressa anuência da editora.

Editora executiva
Izabel Aleixo

Revisão
Tomoe Moroizumi

Produção editorial
Andressa Veronesi
Karina Mota

Diagramação e projeto gráfico
Alfredo Loureiro

Capa
Kelson Spalato

Revisão de tradução
Lina Rosa

Dados Internacionais de Catalogação na Publicação (CIP)
Angélica Ilacqua CRB-8/7057

Hunter, Becky
    Um dia de cada vez / Becky Hunter; tradução de Regiane Winarski. – São Paulo:
LeYa Brasil, 2024.
    344 p.

    ISBN 978-65-5643-329-5
    Título original: One Moment

    1. Ficção inglesa I. Título II. Winarski, Regiane

24-3520

CDD 823

Índices para catálogo sistemático:
1. Ficção inglesa

LeYa Brasil é um selo editorial da empresa Casa dos Mundos.

Todos os direitos reservados à
CASA DOS MUNDOS PRODUÇÃO EDITORIAL E GAMES LTDA.
Rua Frei Caneca, 91 | Sala 11 – Consolação
01307-001 – São Paulo – SP
www.leyabrasil.com.br

Prólogo

Evie estava sentada na toalha, as mãos para trás, apoiadas na areia branca, as pernas compridas esticadas, a pele tão reluzente sob o sol forte, que chegava a ser constrangedora. Era tão cedo que a praia ainda não estava lotada de turistas, mas a vibração da vida já era evidente. Guarda-sóis e esteiras eram organizados, crianças pulavam nas ondas quentes, casais conversavam baixinho enquanto andavam de mãos dadas pela beira da água.

E Scarlett. Acima de tudo, havia Scarlett, saindo da água. Ela estava arrasando com o visual de garota praiana e surfista, o cabelo louro mais ondulado do que descabelado, os olhos azuis ainda mais azulados por causa do mar. Elas estavam viajando de férias com um grupo de amigos da escola, mas Evie e Scarlett tinham saído bem cedinho, só as duas, enquanto todo mundo ainda estava na cama, depois de uma noite agitada.

– Por que você está aí sentada? – perguntou Scarlett, se aproximando.

Evie inclinou a cabeça para trás, os óculos escuros a protegendo do brilho do sol, enquanto olhava para a amiga.

– A gente tem que aproveitar ao máximo cada momento – insistiu Scarlett. – A gente só vai ficar aqui uma semana.

– Eu *estou* aproveitando ao máximo – disse Evie, abrindo bem os braços. – É isso que eu quero fazer.

Ficar sentada, sentindo o sol numa praia em Creta, comemorando o fim da escola. O que poderia ser melhor que isso?

Scarlett apoiou as mãos nos quadris e olhou para a praia ao redor, com um olhar quase avaliador. Em seguida, fez que sim de forma decisiva, como se a praia tivesse passado em algum tipo de teste.

– Esta é a despedida perfeita – disse ela, os lábios se curvando num sorriso satisfeito.

Despedida. Evie achava que ela estava certa. Lembrava-se do que Scarlett tinha dito na semana anterior, quando elas receberam o resultado das últimas provas. *Daqui é só para cima.* E era, não era? Elas estudariam em universidades diferentes, mas as duas em Manchester, como tinham planejado. Evie ia estudar música, Scarlett ia estudar moda. *O começo do resto de suas vidas*, dissera Scarlett, os olhos com o tipo de fervor com o qual era difícil argumentar. Era verdade que havia uma parte de Evie que não conseguia evitar a ansiedade. Que se perguntava o que aconteceria se elas não conseguissem, se não fossem tão bem-sucedidas quanto Scarlett insistia que seriam, mas ela estava se esforçando muito para sufocar esse sentimento.

– Nós vamos ter vidas incríveis, Evie – riu Scarlett, levantando as mãos. – Vidas incríveis!

Ela começou a girar, o cabelo louro voando, sem se importar com o fato de todo mundo na praia estar olhando para ela. Evie também olhou, com um sorriso surgindo em seus lábios.

Scarlett segurou a mão de Evie, puxou-a do chão, e Evie riu quando se juntou a ela, girando sem parar pela praia. Evie fechou os olhos, fingiu que não havia mais ninguém lá, que eram só ela e Scarlett. E, naquele momento, concluiu que não importava. Não importava se as coisas não saíssem exatamente como planejadas, se os sonhos delas tivessem que mudar. Porque, enquanto tivessem uma à outra, ficariam bem.

Capítulo um

Na manhã em que eu morro, estou com pressa para sair de casa. Não consegui dormir na noite anterior, tensa demais, remoendo o que tinha acontecido mais cedo naquela noite, meu estômago embrulhado de ansiedade, e por isso não ouvi o despertador. Agora, não consigo encontrar a maldita chave, o café instantâneo acabou e não tenho tempo de fazer um café de verdade. Olho a hora no celular, corro para a cozinha minúscula e falo um palavrão… em pensamento, para não acordar Evie. Tenho uma reunião perto de Borough Market logo cedo, e desse jeito não vou chegar a tempo. Não é como se eu pudesse ligar e adiar o início da reunião. O dia será cheio até a festa à noite, para a qual tenho que estar preparada, porque Jason tem uns investidores interessados na minha ideia de uma marca nova.

Então minha mente se volta imediatamente para Jason. Não. Não estou pensando nele. Não estou. Prometi a mim mesma que não faria isso, ao menos naquela manhã. Além do mais, Jason não é o que importa na festa. Aquelas pessoas estão interessadas em *mim*. Na minha ideia. Quero usar materiais recicláveis, o que está bem na moda atualmente, e elas gostaram das minhas peças, de sua "ousadia", ao que parece. Seria tão legal. Criar algo meu. Vai fazer valer a pena as longas horas de trabalho, o salário baixo, a babação de ovo de pessoas importantes.

Paro de procurar minha chave na fruteira (sei que parece absurdo, mas Evie achou meu chaveiro ali, uma vez) e respiro fundo. Evie pode abrir a porta para mim mais tarde. Dou meia-volta em cima do piso imitando terracota, que na verdade é de plástico e está soltando nos cantos e na parte perto dos armários, e estico a mão até o quadro branco com caneta, que Evie deixa grudado na geladeira. É uma placa magnética; ela comprou para nós uns anos atrás porque eu ficava perdendo todos os post-its. É uma tradição nossa escrever recados uma para a outra. Começou quando nos mudamos para Londres juntas. Eu estava fazendo um estágio, o que basicamente significava nenhum dinheiro e horas infinitas de trabalho, e Evie tinha um emprego temporário, enquanto fazia audições para as orquestras amadoras, e nós não passávamos muito tempo juntas no apartamento. Por isso, Evie tinha começado com os bilhetes. Um jeito de nos sentirmos menos solitárias e de informarmos as coisas uma à outra.

Ela não faz mais isso com tanta frequência. Tem dias que eu sei que ela tem dificuldade de escrever, tem outros em que simplesmente não tem nada a dizer, dias em que não consegue nem sair do apartamento. De vez em quando, nos dias bons, ela escreve alguma coisa ou faz um desenho, e eu sei que é para me convencer de que ela está bem. Mas, em geral, ela deixa que eu escreva.

As fotos na geladeira são as mesmas desde que Evie e eu nos mudamos para lá. Nós duas na praia em Creta, logo depois que terminamos as provas, sorrindo como loucas e abraçando uma à outra. Eu, segurando uma garrafa de champanhe, que Evie tinha comprado para mim depois que terminei a faculdade. Nós duas, no meu vigésimo primeiro aniversário, cercadas por um grupo de pessoas com quem praticamente perdemos o contato. Também tinha uma foto de Evie na sua formatura, segurando o violino, mas ela a tirou dali num dia ruim, uns seis meses antes. Olhar para as fotos embrulha meu estômago quando penso na noite anterior. Fui longe demais, sei que fui.

Tentando deixar isso de lado, pego o quadro branco e o apoio na bancada, entre a fruteira (que, aliás, nunca tem frutas dentro) e a louça para lavar. Que eu devia ter lavado na noite anterior, mas, depois da discussão, fui direto para o meu quarto. A tábua de corte coberta de migalhas, a faca suja de manteiga e as tigelas de cereal usadas me julgam. Preciso desviar o olhar.

Não se preocupe com a louça, rabisco no quadro. *Mais tarde eu lavo tudo*. Paro. Talvez ela entenda da forma errada, supondo que é porque acho que ela não consegue ou algo assim. Principalmente depois da noite anterior. Apago as palavras, começo de novo. *Volto tarde hoje, não precisa me esperar. Vai ser uma grande noite! Mando uma mensagem pra contar. Mas curry e vinho amanhã à noite, né?* Deixo assim. Não adianta tentar botar tudo num quadrinho. Amanhã nós conversaremos e vai ficar tudo bem. Não tem nada que Evie e eu não possamos resolver, com certeza.

Tampo a caneta e saio da cozinha para a sala. É quando estou atravessando o limiar entre os pisos de plástico e o carpete bege velho que algo corta a sola do meu pé e grito um palavrão. Levanto o pé, vejo o sangue escorrer pela meia-calça preta, junto com um caquinho de vidro cintilando na luz artificial do apartamento. Pulo até o sofá para tirar o caco de vidro do pé e o coloco na mesinha de centro. Uma lembrança da noite anterior me vem à mente: um dos nossos copos se espatifando no chão da cozinha, com água e vidro voando para todo lado. Evie e eu acompanhamos a cena, até que ela fez um movimento brusco na direção do armário embaixo da pia, onde guardamos a pá e a escova.

— *Eu limpo – digo rapidamente.*

— *Pode deixar – diz Evie entredentes.*

— *Mas eu...*

— *Eu falei que pode deixar, tá?*

Olho para a porta de Evie. Eu devia dar uma olhada nela, sei que devia. Mas já estou atrasada, e não sei quanto tempo essa conversa vai levar. Eu preciso ir. Eu *quero* ir; tem tantas coisas no dia pelas quais mal posso esperar.

Eu me levanto, ignoro a dor no pé, enfio a bota de cano alto preta e pego a bolsa no lugar onde a larguei, perto da porta. Eu amo essa bolsa. Economizei durante toda a faculdade para comprá-la. É linda, com estampa de pele de crocodilo de uma estilista que estava começando a despontar na época, um tópico para futuras entrevistas.

Estou saindo de casa quando ouço a porta do quarto de Evie se abrir. Olho para ela por cima do ombro. Está sempre pálida, porém hoje parece mais pálida do que o habitual, com manchas escuras debaixo dos olhos. Ela veste uma calça de pijama flanelada e aquela camiseta feia do Will que ainda costuma usar para dormir, apesar de o filho da mãe a ter abandonado. Está me olhando com uma certa cautela, e imagino que ache que estou com a mesma cara. É o resquício da discussão da noite anterior se apresentando.

Ela está de fones de ouvido e os tira da cabeça, ruborizando um pouco. Finge que não escuta mais música, ao menos o tipo de música que sei que ela ama. É por isso que ela sempre ouve com os fones e não alto no quarto, porque não quer admitir que ouve. Mas eu sei, e *ela* sabe que eu sei, mas nenhuma de nós diz nada. É uma questão.

– Está saindo? – pergunta. A leve acusação na sua voz gera uma sensação desagradável em mim. É bem parecido com o que ela disse na noite anterior.

Limpo a garganta.

– Estou. Deixei um bilhete – e indico a cozinha, mas Evie fica olhando diretamente para mim.

– Achei que você fosse começar mais tarde hoje, por causa da festa.

– E vou.

Por que estou falando desse jeito tão formal? É *Evie*, caramba. Eu odeio isso. Evie e eu não brigamos, não de verdade. Ela é a constante na minha vida; eu *preciso* que ela seja a constante na minha vida. Mas não consigo pensar no que dizer para melhorar as coisas, não com o tempo que tenho.

Ela ainda está esperando uma resposta, com os braços cruzados. Tem um momento aqui em que eu poderia contar a verdade: o que vou fazer agora de manhã e por quê. Mas é a hora errada. A discussão ainda está recente demais para nós duas, e eu não tenho tempo para explicar direito. Então, minto.

– Tenho que ir cedo para o trabalho e começar a preparação.

As palavras têm um gosto amargo na minha língua.

Ela concorda com um lento movimento de cabeça, enquanto dou uma olhada rápida nela, de cima a baixo. Avaliando, do jeito que me acostumei a fazer ao longo dos últimos dois anos, tentando ver se ela está bem, sentir que tipo de dia ela pode estar tendo. Evie aperta os olhos, e sei que percebeu o que estou fazendo.

– Você vai à festa mais tarde? – pergunto rapidamente.

– Talvez – diz Evie, depois de um momento. – Eu aviso você, pode ser?

Ela está tensa demais. Está lamentando a noite anterior também? Provavelmente... Ela odeia perder o controle.

– Claro.

Duvido que ela vá. Quase não sai mais. Se bem que esta noite é importante para mim e talvez ela me surpreenda. Ou talvez não, depois da noite passada. A ansiedade embrulha meu estômago de novo.

Ouço uma notificação de mensagem vinda do meu celular e procuro o aparelho na bolsa. Meu coração se contrai de um jeito que é ao mesmo tempo de dor e de prazer quando vejo de quem é. Jason.

Me encontre antes de ir para o trabalho hoje. Quero ver você. Não é uma pergunta, mas esse não é mesmo o estilo de Jason. Há outra mensagem em seguida: **Estarei no apartamento do Soho até as onze.**

Sinto um calor no corpo, do mesmo tipo que nunca consegui controlar perto dele, mas jogo o telefone de volta na bolsa. Digo para mim mesma que não vou, que vou respeitar o limite que impus aqui.

Evie ainda está olhando para mim. Ela não faz comentário algum, mas me pergunto se desconfia de quem é o autor da mensagem. Provavelmente. Nós nunca conseguimos esconder nada uma da outra, nunca quisemos. De todas as pessoas no mundo, Evie é a única para quem posso contar tudo, e sei que é recíproco.

– Eu tenho que ir – digo, porque preciso mesmo.

Os olhos dela faíscam. Aquela raiva ardente iluminando o verde. Sempre admirei os olhos dela, como são expressivos. Seus olhos não conseguem esconder a raiva, apesar de eu saber que ela tenta.

– Vejo você mais tarde, tá?

Tento deixar a voz animada, fingir que não tem nada acontecendo aqui, mas vejo a amargura, pelo jeito como ela mantém o rosto bem firme, como aperta os braços em volta do corpo. Ela não quer que eu vá. Talvez não queira que eu a deixe sozinha, ou talvez ache que eu deveria ficar até resolvermos tudo, até termos uma conversa adequada.

Mas ela faz que sim, e interpreto isso como permissão. Porque eu tenho mesmo que ir, o dia está me chamando. E preciso de tempo, tempo para pensar no que dizer, para decidir como melhorar a situação. Faço o esforço de abrir um breve sorriso antes de sair para o corredor cheirando a mofo do primeiro andar do nosso prédio, onde a luz parece ficar piscando eternamente.

– Scar... – diz ela, chamando meu nome quando estou fechando a porta, e a abro de novo para poder olhar para ela. – Eu... – e ela solta o ar do peito. – Nada.

O *nada* ecoa no espaço entre nós. Ela também não sabe o que dizer, não é? Por que deveria? Ela poderia acabar dizendo alguma coisa da qual se arrependesse, mas fui eu que forcei a barra na noite anterior, e sou eu que preciso melhorar as coisas. É um padrão entre nós: cometo o erro, suplico por perdão e Evie me perdoa. Só preciso decidir como devo suplicar desta vez. *Mais tarde*, digo para mim mesma. Preciso que esse dia passe logo; muita coisa pode mudar num dia, afinal.

– Boa sorte hoje, tá? – continua Evie. – Sei que você vai se sair muito bem. Vai ser seu momento Melanie Griffith em *Uma secretária de futuro*.

Abro um sorriso genuíno. Porque ela está deliberadamente rompendo a tensão entre nós, levantando uma bandeira branca.

– Ou Reese Witherspoon em *Legalmente loira*?

Evie inclina a cabeça, o longo cabelo escuro caindo para um lado.

– Mas ninguém nunca duvidou de que você fosse capaz, né?

– Eu ainda não fiz nada – digo, de um jeito meio impaciente.

Evie abre um sorriso, mas ele é meio triste. Não sei bem como interpretar essa tristeza. Talvez seja porque estou a caminho de alcançar meu sonho, enquanto ela…

– Fez, sim. Mesmo que isso não dê certo, e eu acho que vai dar, você ainda vai ter feito.

Meus pés começam a bater no chão, impacientes para que o resto de mim vá logo.

– Eves, desculpe, mas eu tenho mesmo que…

– Ir. Eu sei – diz, balançando a mão no ar, fazendo um gesto para eu seguir caminho. – Vou ficar bem – fala com firmeza e, naquele momento, tenho certeza de que é uma promessa. De que Evie e eu somos mais fortes do que uma discussão; de que, aconteça o que acontecer, nós vamos ficar juntas, como sempre ficamos.

Mas não terei a oportunidade de testar essa teoria, não é mesmo?

Capítulo dois

Andando pela rua Borough High, enfio as mãos nos bolsos do casaco, para protegê-las do frio cortante que tomou conta do mês de abril. Apesar do frio, está claro, o sol brilha no céu azul limpo, e o dia parece quase promissor. Imagino que isso seja irônico, considerando o que acontece em seguida.

Já recuperei o atraso e risquei o primeiro item da minha lista de coisas a fazer, mas isso não me impede de andar rápido, as botas estalando na calçada, juntando-se ao caos matinal de Londres. A hora do rush acabou oficialmente, mas todo mundo parece estar eternamente atrasado. É parte do motivo de eu amar esta cidade. Amo sua imprevisibilidade, o movimento constante, nunca saber quem ou o que podemos encontrar ao virar a esquina.

Como saí de casa em jejum, vou até a cafeteria mais próxima e peço um americano puro. Eu me acostumei a gostar de café puro anos antes, quando entrei na faculdade. Não tem calorias, e eu preciso me manter magra por causa do trabalho. Eu preferia tomar uma das bebidas temáticas da Páscoa, cheia de açúcar, e chantili, e sabor, que ainda estão à venda apesar de a Páscoa ter sido no fim de semana anterior. Não tem sentido gastar calorias com isso, digo para mim mesma com firmeza.

Abro um sorriso rápido para o homem com aparência meio atarantada (jovem, com uns vinte e poucos anos, eu diria) atrás do balcão antes de pegar o celular e automaticamente olhar o WhatsApp. Esbarram em mim e eu fecho a cara, mas nem levanto o olhar para ver quem foi. Acho que fiquei meio imune a isso, depois de anos pegando o metrô; esbarrões são coisas comuns por aqui.

Meus dedos pairam sobre a mensagem de Jason. Eu sei, eu sei, prometi a mim mesma que não pensaria nele, mas ele vai à festa e não posso ignorá-lo. Bem, teoricamente, posso. Também posso não ir ao apartamento, fingir que não vi a mensagem, e, quando nos encontrarmos à noite, ele, sem dúvida, será o exemplo perfeito de profissionalismo. Ninguém vai notar os olhares dirigidos a mim. Ninguém vai reparar no jeito como sorrio para ele, porque eu flerto sem vergonha alguma e sorrio para todo mundo assim.

Droga, eu quero vê-lo. Quero ir ao apartamento. Não deveria, não deveria mesmo. Mas quero.

– Americano puro!

O jeito como o cara grita me faz perceber que não é a primeira vez que ele anuncia, e enfio o celular na bolsa – sem responder ao Jason. Pego o copo de papel, irritada comigo mesma por ter esquecido o copo reutilizável que Evie me deu no Natal passado. Nós começamos a fazer meias de Natal uma para a outra quando nos mudamos para Londres, e embora os presentes fossem bem ruins no começo, coisas de brechó, nos últimos dois anos, conseguimos colocar presentes bons nas meias, inclusive o copo de café. É bem extravagante, rosa e roxo com um texto prateado que diz "Brilhe sempre". É ridículo, e, sempre que eu o entrego para os baristas, eles olham para o copo duas vezes. Fiquei um pouco chocada quando o desembrulhei, admito, e Evie caiu na gargalhada ao ver minha cara. Era um lembrete, segundo ela, para não me levar tão a sério, porque normalmente tudo que eu tenho é escolhido com cuidado, sempre na moda. O copo não é algo que eu normalmente usaria e, no começo, só o usei para honrar minha amizade com Evie, mas agora tenho que admitir que o adoro. Cada vez que o pego, abro um sorriso, e tenho certeza de que era essa a intenção de Evie.

Evie. Talvez eu devesse ligar ou mandar uma mensagem para ela, sei lá. Apesar de ela ter levantado a bandeira branca, ainda parece estranho nós não termos resolvido nada oficialmente. Mas não. Eu acho – estupidamente, no fim das contas – que vou ter tempo para isso depois. É por esse mesmo motivo que não atendo uma ligação da minha mãe quando seu nome surge na tela. Já sei o assunto: meu trigésimo aniversário está chegando, e ela quer fazer um grande barulho. Eu a amo por isso, de verdade, mas não quero falar sobre esse assunto agora.

É tanta pressão: fazer um festão, comemorar o fim dos vinte anos. Mas eu não *quero* estar no fim dos meus vinte anos, porque já era para eu estar com a vida resolvida a essa altura, não era? E, sim, o trabalho é bom, e eu amo Londres, mas tem tanta coisa que ainda não está resolvida. Bom, principalmente meu estado civil. É idiotice ficar presa a isso, eu sei. Evie também não tem um relacionamento, o que mantém minha sanidade, mas a maioria das nossas amigas da escola está casada. Minhas colegas solteiras e eu nos tranquilizamos com o fato de que Londres é diferente, de que não temos *tempo* para aplicativos de relacionamento. E, às vezes, isso faz com que eu me sinta melhor. Mas, em geral, me pergunto o que estou fazendo e por que ainda não encontrei alguém. Afinal, sendo sincera, Jason não conta.

Saio do café, tomo um gole da bebida e faço uma leve careta por causa do gosto amargo. À minha frente, o sinal da faixa de pedestres está em contagem regressiva: três segundos para atravessar. É um daqueles cruzamentos sempre movimentados, onde você precisa atravessar uma parte da rua e esperar uma vida inteira na calçada do meio até o sinal fechar do outro lado. A menos que você seja uma daquelas pessoas que memorizaram o tempo e conseguem correr antes de os carros chegarem.

Normalmente, sou dessas que correm, para não precisar desperdiçar segundos preciosos da minha vida esperando o sinal fechar. Não sei o que logo hoje me faz parar – parar por um segundo a mais, o que me deixa presa do meu lado da rua, agora com dois sinais para atravessar.

Fico me mexendo, trocando o peso de um pé para o outro, enquanto os carros vêm rápido demais pelo cruzamento. Os ciclistas também passam zunindo pela faixa verde. Vejo um cara de bicicleta vermelha dobrar a esquina. É impossível não reparar. Diferentemente dos outros ciclistas suicidas, ele não está de lycra. Está de calça jeans e suéter, o que o deixa diferente. Ele não está de capacete, deixando visível o cabelo castanho desgrenhado.

Além disso, ele segura o guidão no meio só com uma das mãos e, com a outra, o celular junto à orelha. Ele ri, supostamente de alguma coisa que a pessoa do outro lado está dizendo, e vem em direção ao sinal onde estou. Talvez seja isso que me faz prestar atenção nele e manter o olhar vidrado quando ele passa por mim, atravessando o sinal bem na hora que muda de amarelo para vermelho, sem sequer olhar para trás.

O fato de eu estar parada vendo o sinal fechar significa que vejo tudo. Vejo o homem passar voando pelo sinal na hora errada. Vejo um dos carros vindos da outra direção, potencialmente atravessando o sinal vermelho de lá no último minuto, buzinar alto. Vejo o ciclista se assustar, desviar, ainda só com uma das mãos no guidão, e precisar desviar de novo, para o outro lado, para fora da ciclovia, quando outro carro vai na sua direção.

O homenzinho verde está piscando, a luz apitando. Eu deveria atravessar a rua agora. Mas ainda estou olhando aquele homem, alguns metros à minha frente, à esquerda. Vendo-o cair de cabeça. E estou prendendo o ar, porque ele não se levanta. Alguns carros buzinam, mas ninguém para. Ninguém na calçada se move, o clássico efeito do espectador. Normalmente também deixaria para outra pessoa resolver. Essa é a questão de Londres, às vezes: tem tanta gente em volta para ajudar, que você não precisa fazer nada.

Mas, desta vez, entro em ação. O café respinga pelo buraquinho na tampa do copo e queima minha mão. Deixo o copo cair, e o líquido preto se espalha no asfalto.

Saio da calçada e vou para a ciclovia, onde ele caiu. Ao olhar para trás, vou me perguntar por que fiz aquilo. Talvez tenha sido a discussão, ainda ressoando na minha mente – se eu estava no mundo, vivendo uma vida que Evie não podia viver, eu podia pelo menos fazer algo de útil. Talvez estivesse pensando na mensagem de Jason, no fato de que eu precisava lidar com o que estava fazendo, e por isso achei que deveria tentar restabelecer o equilíbrio, uma boa ação para compensar uma ruim. Mas, naquele momento, não estou ciente de nada disso. Estou agindo sem pensar.

Quando me aproximo do homem, a bicicleta está jogada na rua, fazendo os carros desviarem, mas ele ainda está caído na ciclovia verde. Eu me agacho e o homem geme. Sinto uma onda de alívio. Se ele está gemendo, tenho quase certeza de que não morreu.

Ele me olha. Tem olhos bonitos. São castanho-escuros, como café com pouco leite, e parecem calorosos.

– Você está bem? – pergunto quando um carro passa em disparada, buzinando, como se isso fosse fazer a bicicleta sair da frente. Ele faz que sim e eu estendo a mão para ajudá-lo a se levantar. Ele solta um gemido e eu me preparo para sustentar o peso dele. Há mais buzinas atrás de mim. Não dá para ver que houve um acidente?

Os ciclistas se aproximam agora, supostamente porque o sinal abriu para eles, e puxo o homem para o lado, para longe do perigo. Ele franze a testa, e me pergunto brevemente se deveria verificar se houve concussão. O que se faz nessa hora? Você pergunta que dia da semana é? O nome do primeiro-ministro?

Ele olha ao redor, atordoado, como se estivesse se perguntando como foi parar ali. Também olho para o chão e vejo o celular dele, completamente espatifado, caído a alguns metros dali. Depois de verificar rapidamente se tem algum ciclista se aproximando, corro para pegá-lo do chão. E o devolvo para ele.

– Obrigado – diz ele. – E obrigado por... – e ele para de falar, aponta para si mesmo, a bicicleta, ainda caída perto de nós.

– Você não deveria falar ao telefone enquanto anda de bicicleta – digo com arrogância, quase condescendência, e franzo o nariz por causa do tom da minha fala. Outro carro se aproxima e sinto o vento que ele produz ao passar em disparada atrás de mim.

O homem ergue as sobrancelhas, mas não parece ofendido.

– Acho que não mesmo – e ele sorri, uma expressão simpática e tranquila, que me deixa à vontade na mesma hora: *contagiante* é o que eu penso no momento. Ele passa a mão pelo próprio corpo: o rosto está arranhado de um lado e as mãos parecem meio raladas também. – Claramente não.

Abro um sorriso de desculpas e, quando ele faz o movimento de ir pegar a bicicleta, corro para a rua para alcançá-la, prestando atenção na mudança do sinal. Eu me curvo para pegar o guidão e o ofereço a ele.

– Desculpe, o que eu pretendia dizer era…

Depois disso, tudo aconteceu muito rápido. No meio da frase, as palavras são roubadas de mim. Mal reparo na mudança de expressão, no jeito como ele pula na minha direção, para fora da ciclovia e para a rua, como se quisesse me segurar. Ele não está me olhando. Esse é meu pensamento principal no nanossegundo que tenho para pensar. A expressão contorcida de pânico não está sendo causada por *mim*, mas por uma coisa atrás de mim, por cima do meu ombro.

Não tenho tempo de me virar, de ver. Não ouço os freios, a buzina, os gritos. Não imediatamente. Só quando já estou caindo, registrando a dor. Quente e ofuscante e envolvente. No meu tronco, quando saio voando depois de um carro me atingir e caio no asfalto.

Depois, na cabeça. Algo quebrando, uma dor horrível descendo pela parte de trás da minha cabeça até a coluna. Meu corpo todo reverberando com ela.

Mas é breve. Acaba antes que eu me dê conta.

Nem percebo o que aconteceu porque estou morta assim que bato no chão.

Capítulo três

Evie pensou em voltar para a cama assim que Scarlett saiu do apartamento. Ela não tinha dormido bem à noite. A gritaria entre elas tinha lhe drenado toda a energia, principalmente depois de duas semanas difíceis, mas, apesar de seus ossos doerem de cansaço, apesar de sua mente estar confusa, seu corpo ficou determinadamente desperto, repassando o que Scarlett lhe dissera. Ela sentiu a raiva, mas a devolveu para o devido lugar. Não era justo culpar Scarlett. Não era culpa de Scarlett.

Ela olhou para a cama de novo. Mas sabia que, se entrasse debaixo das cobertas, seria o fim do dia e ela não faria mais nada. As manhãs costumavam ser a melhor parte do seu dia, e ela tinha aprendido a tentar aproveitar esse período ao máximo. Por isso, fez a cama.

E vestiu uma roupa: uma legging, uma blusa de manga comprida e o cardigã de lã que Scarlett odiava porque era muito feio, principalmente agora, com um buraco na manga. Mas não havia sentido em se vestir bem, não é? Ela não sairia de casa hoje, já estava decidido. Não que se sentisse mal. Não tão mal quanto no dia anterior, e mesmo aquele tinha sido melhor do que o dia antes dele. Ela experimentou remexer os dedos dos pés, flexionou os das mãos, remexeu os ombros. Sentiu alívio pelo fato de seu corpo parecer um pouco mais seu naquele dia.

Ela saiu do quarto. Teria que começar a trabalhar logo. Enviaria uma mensagem para o chefe para avisar que trabalharia de casa. E ele adoraria, claro. Assistentes não *deveriam* trabalhar de casa, de acordo com ele – afinal, como poderiam fazer seu trabalho direito? Como *aprenderiam* sobre as nuances da indústria da propaganda se passassem o dia em casa? Mas ele não ligava para isso; ele não tinha interesse no desenvolvimento de carreira de Evie. O que queria dizer era: como ela poderia fazer as tarefas *pessoais* para ele, como comprar presentes para as várias pessoas da família e reservar jantares para ele e a esposa? Ele vinha falando muito sobre o aniversário de casamento, e Evie sabia que seria arrastada para o meio disso. Foi só a pressão do RH que fez com que ele concordasse em deixá-la trabalhar de casa – e mesmo isso, imaginava ela, não duraria para sempre.

Ela leu o recado de Scarlett no quadro branco quando chegou à cozinha.

Grande noite!!

Evie ficou encarando a frase, pensando em Scarlett a convidando para a festa. Na resposta. *Talvez.* Era mentira, as duas sabiam disso. Mas talvez ela *devesse* ir. Scarlett nem sempre agia como se estivesse nervosa, mas Evie sabia que ela estava. E, depois da noite anterior, haveria algum significado se ela não aparecesse? Porque, no fim das contas, ela estava sendo egoísta, não estava? Recusando-se a ir porque *ela* não queria ir, porque *ela* ficaria pouco à vontade, em vez de escolher ir porque sua melhor amiga precisava dela. Não que Scarlett tivesse dito que precisava de Evie lá. Talvez nem quisesse que ela fosse até lá: um fardo na sua grande noite, alguém de quem ela precisaria cuidar. Esse era o problema, não era? Evie precisava de Scarlett mais do que Scarlett dela.

Foi quando estava enchendo a chaleira que ela percebeu. A chave de Scarlett atrás de uma das torneiras, o brilho prateado quase do mesmo tom da pia cinza. Sinceramente, por que as chaves dela estavam *ali*? Provavelmente ela pretendia começar a lavar a louça na noite anterior e acabou largando as chaves ali. Evie devia comprar uma pulseira para pendurar as chaves nela como se fossem pingentes, assim Scarlett não as perderia mais.

Ela suspirou, tirou o telefone do bolso da calça e mandou uma breve mensagem para Scarlett. Ela provavelmente supôs que Evie lhe abriria a porta mais tarde, claro, mas quem sabia que horas Scarlett voltaria. Se a noite corresse bem, sem dúvida haveria drinques comemorativos depois da festa, e provavelmente Evie já estaria dormindo pesado.

Alguns minutos depois, Scarlett ainda não tinha respondido. Talvez ainda estivesse com raiva depois da noite anterior. Evie bufou sozinha, pegou o celular. Era idiotice ficar esperando que ela respondesse. Elas eram adultas, e Scarlett era sua melhor amiga. Assim, ela ligou para o número de Scarlett, se apoiou na bancada e esperou que a amiga atendesse.

– Alô?

Evie levou um susto ao ouvir uma voz masculina. Grave, mas meio tensa. Um som de pânico.

– Alô – disse ela com cautela. – Estou procurando a Scarlett.

– Scarlett?

O nome foi dito com a mesma tensão, com uma inspiração antes de a palavra ser falada em voz alta. Ao fundo, Evie ouvia o tráfego e o vento, que fazia estática no aparelho.

– Entendi. Olhe, desculpe. Droga, desculpe. A Scarlett. Ela… desculpe, mas de onde você a conhece?

Evie percebeu que estava apertando o aparelho.

– Eu sou amiga dela. Evie. Nós moramos juntas – e ela não sabia o que a fez acrescentar a parte final; foi uma espécie de justificativa para o quão bem ela conhecia Scarlett. – Quem é *você*? Por que está com o celular da Scarlett?

– Eu… – mas alguém o interrompeu.

– Senhor? Você vem com ela?

Uma hesitação e:

– Vou. Vou, eu…

– Alô? – disse Evie de novo, a voz mais alta, aguda. – Eu posso falar com a Scarlett antes?

Sirenes. Ela só reparou nisso agora. Havia sirenes ao fundo.

– Olha, sinto muito, Evie, mas Scarlett, ela… – e foi audível que ele engoliu em seco, e o som deixou a boca de Evie seca. – Ela sofreu um acidente.

Evie ficou imóvel. Não tinha sequer reparado que estava se movendo, mudando o peso do corpo de um pé para o outro, flexionando os dedos com impaciência, até parar. Uma pontada quente e dolorosa atingiu sua coluna. Seu corpo a estava advertindo.

– Como assim, um acidente? – e a voz não parecia mais dela.

– Ela… Ah, meu Deus. Olha, ela está sendo colocada na ambulância agora. Eu vou com ela, tá? Vão levá-la para o Guy's Hospital. Perto da Ponte de Londres.

– Ponte de Londres? – repetiu Evie, entorpecida. Seu cérebro estava trabalhando lentamente demais, se recusando a acompanhar. Ela se agarrou à informação irrelevante, a coisa em que ela podia se permitir focar. – Mas a Scarlett trabalha no Soho – e ela tinha dito que ia para o trabalho, não tinha? Não fazia sentido ela estar perto da Ponte de Londres. Jason morava lá? Ela achava que não.

– Eu...

Ela percebeu tarde demais que isso não era importante. Que algo muito errado estava acontecendo ali.

– Que acidente? – perguntou ela com rispidez. – O que aconteceu com a Scarlett? Posso falar com ela?

– Ela... – e um som meio engasgado. Um som que provocou um espasmo no coração de Evie, que fez com que ela soltasse um ruído parecido com um choramingo. – Eu tenho que ir. Eu acho... Acho que você devia ir para o hospital, Evie. Sinto muito. Deus, eu sinto tanto. Eu... eu tenho que ir.

Ele desligou. Ele realmente desligou. Evie ficou imóvel com o telefone junto à orelha.

Scarlett, numa ambulância.

Scarlett, sem poder falar com ela.

Que tipo de acidente a deixaria incapaz de falar? Não. Ela não podia seguir por esse caminho. Não tinha certeza de nada. Seu coração estava acelerado agora, em batimentos rápidos e frenéticos. Ela precisava ir para o hospital. Não podia reagir exageradamente. Scarlett precisaria que ela fosse a pessoa calma e racional.

Ela entrou em ação, correu para o quarto, calçou os primeiros sapatos que encontrou e falou um palavrão quando um braço ficou entalado na hora de botar o casaco. Evie ligou para a mãe de Scarlett enquanto se preparava, pegava a chave, a bolsa.

– Oi, Evie, minha querida. Eu estava falando de você, dizendo para Graham que a gente devia ligar para você. Você sabe, sobre a festa da Scarlett, de aniversário…

– Mel – e ela tentou ficar calma, mas a palavra saiu aguda, áspera. – Scarlett sofreu um acidente. Está numa ambulância. Ela está sendo levada para o Guy's Hospital, perto da Ponte de Londres.

Rápido demais. Ela estava falando rápido demais.

Calma, disse ela para si mesma. Mas seu corpo não queria ouvir.

– O quê? – disse Mel com rispidez. – Que tipo de…

– Eu não sei – e ela também foi ríspida. Era o pânico falando. – Desculpe. Eu não sei. Recebi uma ligação e…

– Tudo bem. Graham! – e Evie ouviu o eco da voz de Mel, imaginou-a no chalé de Scarlett, do qual seus pais nunca se mudaram. – Nós vamos pegar o trem e encontrar você lá. Se você descobrir alguma coisa antes de nós…

– Eu aviso – disse Evie, odiando aquele tremor na voz. O que exatamente ela teria que avisar?

– Ela vai ficar bem – disse Mel com firmeza. – É a Scarlett. Ela vai ficar bem.

– É. É, ela vai ficar bem.

Era isso que se dizia, não era? Por mais que o pânico estivesse tomando conta do seu corpo, gerando raios pequenos e agressivos de eletricidade nos nervos, por mais que a garganta estivesse apertada, dificultando a fala. Quando duas pessoas tentavam tranquilizar uma à outra, era isso que se dizia.

Ela desligou e teve dificuldade para chamar um Uber. Falou um palavrão, porque seus dedos estavam tremendo demais, desistiu na mesma hora e saiu de casa. Seria mais rápido pegar o metrô. E, pela primeira vez em mais de um ano, ela não pensou em tudo que poderia dar errado ao sair de casa. Porque só uma coisa importava. Scarlett. Sua melhor amiga no hospital. Sua melhor amiga, precisando dela.

Capítulo quatro

Ele segura a minha mão o tempo todo na ambulância. Aquele homem, aquele estranho, aperta meus dedos como se, ao fazer isso, estivesse me ancorando à vida. Talvez esteja. Talvez seja por isso que ainda estou aqui, suspensa. Eu me pergunto se minha mão ainda está quente. Consigo vê-la ali, inerte na mão dele, mas não consigo senti-la. Tento fazer contato, tento mover os dedos, apertar a mão daquele homem, mas nada acontece. Meus olhos estão fechados, e os paramédicos bombeiam meu peito, tentando me ressuscitar. Meu corpo parece inerte, frágil. Acho que é mesmo. Ou era. Frágil o suficiente para ser desligado assim, de repente.

Os paramédicos ainda estão fazendo massagem cardíaca, prendendo uma máscara no meu rosto. Já sabem que estou morta? Talvez eu não esteja. Talvez essa experiência, de me olhar de fora assim, só tenha acontecido porque eu caí e perdi a consciência. Experiências extracorpóreas. As pessoas têm isso, né? Talvez seja esse o caso. Explicaria por que não tem luz forte para a qual ir, não tem túnel. Não tem sinal da minha avó, morta há anos, e nenhum outro guia vindo me levar. Nunca pensei muito no que acontece depois que se morre, e agora parece burrice.

Estou estranhamente calma e ouço as sirenes tocando, as palavras dos paramédicos passando por mim como se eles não fossem importantes.

– Qual é o nome dela? – pergunta o menor dos dois ao homem.

– Eu não… – e ele engole em seco, o pomo de adão se movendo visivelmente. – Scarlett. O nome dela é Scarlett.

Ele sabe porque falou com Evie. Eu ouvi a voz dela do outro lado do meu celular quando ele atendeu. Atendeu quando tocou dentro da minha bolsa. Onde está minha bolsa agora? Não a vejo na ambulância, então ainda deve estar lá, no meio da rua. A bolsa que me esforcei tanto para comprar, já era agora, sem dúvida. Deve ter sido levada por algum transeunte em seu dia de sorte.

Algo surge dentro de mim. Demora um pouco para me dar conta de que é náusea. E isso é estranho. Como eu posso estar nauseada sem corpo? Mas estou. E não quero estar ali. Não quero ficar olhando para mim mesma, não quero vê-los lutando para me trazer de volta. Não quero olhar para o sangue, ainda escorrendo da minha cabeça, sujando meu cabelo. Não quero pensar em Evie correndo para me encontrar, quando não tem mais *eu* para ela encontrar. Mas sou levada com meu corpo, sem escolha.

– Me desculpe – diz o homem agora, falando junto com os paramédicos, que estão dizendo meu nome sem parar, me pedindo para ficar com eles. O rosto do homem está pálido, quase tão pálido quanto o meu, e o cabelo dele está caindo nos olhos. – Me desculpe – disse repetidamente. Ele está apertando tanto a minha mão agora que deveria doer. Algo se retorce em mim enquanto o olho, mas é como um eco distante. Minhas emoções estão ali, mas fracas. Como se eu estivesse protegida delas.

A ambulância para em frente ao hospital, aí começa a ação. Os paramédicos me levam. Tem médicos correndo para nos encontrar. Minha mão é tirada da mão do homem, ele segue atrás, tropeça nos próprios pés. Os médicos fazem perguntas diretas e eficientes enquanto me levam para a entrada do hospital. Por quê? Será que eles acham que vão conseguir me salvar? Será que *vão* conseguir me salvar? Consertar meu corpo para eu poder voltar para ele? Talvez seja por isso que eu ainda estou ali, a essência de mim: porque ainda tenho uma chance. Eu deveria ter alguma esperança. Ou ansiedade, talvez. Eu sei que deveria, mas nenhuma das emoções vem, tudo ainda está silenciado. Eu, que normalmente sinto tudo com tanta intensidade, de forma tão imediata. Nunca fui a calma e comedida. Essa é a Evie.

O homem é orientado a esperar quando sou levada por uma porta dupla, um dos meus braços caído para fora da maca. Ele olha ao redor, piscando por causa da luz forte do hospital. O arranhão no rosto dele parece pior naquela luz artificial. Tem gente ao redor, sentada na sala de espera, algumas pessoas olhando para o homem, como se estivessem se perguntando o que ele está fazendo ali. Ele só fica parado como se estivesse esperando uma instrução explícita. Eu também fico do mesmo lado da porta dupla. Parece que ninguém pode passar dali, exceto os médicos, e, por algum motivo, eu também. A verdadeira eu, não meu corpo. E, na verdade, eu não quero vê-los bombeando meu peito, tentando me trazer de volta de onde estou agora.

Um segundo antes de a porta giratória do hospital começar a se mover, eu sei. Parece que eu sinto a energia dela. Ela passa correndo, o cabelo escuro voando, o casaco abotoado todo errado.

Vejo aquele cardigã feio por baixo, o cheio de buracos. Por que ela insiste em usar aquilo? Faz com que pareça desleixada, e ela não é. Os olhos verdes estão arregalados e ela está respirando com força. Com força demais. Ela para de repente na sala de espera, os olhos se movendo freneticamente, como se estivesse procurando alguém. Como se estivesse me procurando. Novamente, sinto aquele impacto de um puxão, como uma dor fantasma.

Quando ela começa a andar de novo, o movimento está rígido, estranho. Eu já me acostumei a ele, mas é estranho reparar agora. Talvez seja algo que fique mais evidente num hospital, onde se espera que você esteja doente ou ferido.

Ela vai até a recepção.

– Eu estou procurando a minha amiga – e vejo que ela está tentando ser firme, mas as palavras saem trêmulas.

A recepcionista ergue o olhar, pisca algumas vezes, como se tentasse focar em Evie.

– A minha amiga – repete Evie. – Scarlett Henderson. Ela já deve ter chegado. Houve um acidente, e ela… – e sua voz parece entalada. Ela respira fundo para se acalmar. – Onde ela está? Por favor.

As últimas palavras saem como um choramingo, e sinto a falta do meu corpo de forma mais aguda naquele momento. Quando não posso pôr a mão no ombro dela para reconfortá-la.

– Vou tentar descobrir com os médicos – diz a mulher, a voz suave, firme. Acostumada a lidar com o pânico dos outros, com certeza. – Por favor, sente-se.

Vejo as palavras ríspidas que Evie quer dizer. Vejo a cor subir pelo seu pescoço quando ela fecha bem a boca. Claro que ela não pode *esperar sentada*. Quem aquela mulher pensa que é? Eu teria respondido, mas Evie só olha para ela e se contém. O homem, de quem eu tinha esquecido agora que minha atenção está toda em Evie, surge atrás dela.

– Você é Evie? – a voz soa rouca, como se tivesse gritado muito. Evie se vira para ele.

– Sou. Por quê? Quem é você?

– Meu nome é Nate – e ele faz uma careta, como se percebesse como isso é insignificante. – Fui eu que... Que estava com ela. – Estava *comigo*. Está errado o jeito como ele forma as frases.

– O que aconteceu? – pergunta Evie rapidamente. – Ela está bem? Onde ela está? O que aconteceu? – e ela vai em sua direção, segura a mão dele, num ato terrivelmente vulnerável.

– Eu... Acho que a gente devia sentar.

– Será que todo mundo pode parar de mandar que eu sente! – ela larga a mão dele e coloca as duas mãos na cabeça. O cabelo ainda está sujo como de manhã, aposto que ela nem o penteou. – Foi ruim, não foi? Foi por isso que você falou. As pessoas só mandam as outras se sentarem quando é ruim.

É verdade, não é? Ninguém diz: "Acho que você devia ficar de pé para ouvir isso".

Evie aperta bem os olhos e se vira, encolhendo os ombros. Ela praticamente desaba na cadeira mais próxima, uma que parece dura e comum.

E, naquele momento, sou puxada para longe. Não sei como nem por quê, mas não estou mais no hospital, com Evie e Nate. Estou numa praia. Estou rindo, me jogando na areia, e Evie cai ao meu lado, mas de pura alegria e não derrotada. É uma Evie mais jovem e mais despreocupada.

Creta. Estamos em Creta. Foi para lá que Evie e eu fomos com alguns amigos da escola, quando terminamos as provas finais do Ensino Médio. Nós *não conseguíamos* parar de rir, não lembro por quê. E isso é diferente do presente. Não estou vendo a cena de cima, sou parte dela. Estou no meu corpo, o corpo que eu tinha na época. Sinto tudo exatamente como senti na época. A areia grudando na pele por eu ter ido nadar, o calor do sol no rosto. A sensação de leveza, do mundo sendo *nosso*: meu e da Evie. Tento parar de rir, mas não consigo. Estou ali, mas estou presa.

– *Aí* estão vocês.

Agora eu paro de rir e vejo Connor, meu primeiro namorado. Ele está com as mãos nos quadris, olhando para Evie e para mim. Meu Deus, Connor! Eu não penso nele há anos. Acho que ele se casou, ficou na nossa cidade, perto de Cambridge. Talvez até já tenha filhos. Nunca achei que meu relacionamento com Connor fosse durar; afinal, eu só tinha dezoito anos e sabia que ele gostava mais de mim do que eu dele. Na minha cabeça, estava praticando para quando eu conhecesse "o cara de verdade". Pensar assim parece uma grosseria horrível agora.

– Eu estava procurando você.

Há uma leve acusação na voz de Connor que me faz querer contrair o rosto, embora essa minha versão não faça isso. Meu corpo está se levantando, indo na direção dele. Rebolando. Deus, eu costumava rebolar assim mesmo?

– Desculpe – digo, enrolando uma mecha de cabelo no dedo. Flertando sem vergonha nenhuma. Acho que isso não mudou. – Nós queríamos aproveitar um pouco do sol, e vocês estão tão preguiçosos.

Abro um sorriso e me lembro disto: como eu cedia às insegu-ranças do Connor, já ciente de como jogar aquele jogo.

Evie se levanta, e vejo a vergonha voltando no jeito como ela cruza os braços sobre o maiô preto.

– Bom, eu estou aqui agora – diz Connor. Ele passa o braço em volta de mim, a pele quente na minha barriga à mostra. O cheiro da loção pós-barba está muito forte, como se ele ainda não soubesse quanto passar. Eu reparava nisso na época? Não lembro. – Vamos nadar – fala baixinho, e percebo que ele está tentando ser sedutor. Agora, em minha consciência atual, quero me afastar. Até tento, procuro alcançar as extremidades do meu corpo, tento fazer minhas mãos, pés, *me* escutarem. Mas não me afasto.

– Vão – diz Evie com um sorriso, um movimento casual de cabeça. – Eu vou ficar bem. Vou voltar pra casa, sei onde fica.

Eu estava pensando nela na hora? Ou só estava prestando atenção em Connor, em garantir que estava agindo certo com ele? Eu já ter me preocupado com isso agora parece idiotice.

– Obrigado, Evie – e não há malícia na voz de Connor. Ele gostava de Evie. Ela sempre sabia o jeito certo de agir, como fazer as pessoas gostarem dela; quando fazer perguntas, quando rir. Acho que ela não sabia, era algo que fazia de forma inconsciente.

– Divirtam-se! – diz ela, com um leve deboche no sorriso.

Connor segura a minha mão, me puxa para longe de Evie, na direção do mar. Começo a rir e grito quando ele joga água em mim. Sinto Evie atrás de mim, mas não consigo ver o que ela está fazendo, porque a minha versão da lembrança não se vira para olhar, não se vira para ver o que ela…

Evie. O que estou fazendo ao reviver essa lembrança? Eu não quero estar ali, no mar com Connor. Preciso estar com Evie, ver se ela está bem, preciso…

De repente, estou de volta ao hospital, a lembrança arrancada de mim (ou eu arrancada dela), o sal e o sol, e o cheiro de filtro solar e da loção pós-barba de Connor substituídos por um vazio estranho, bizarro. Porque eu sei como *deve* ser o cheiro de um hospital. Imagino o odor asséptico, o cheiro de corpos demais, o cheiro característico que associamos a sangue. Mas não consigo sentir nada disso.

Evie ainda está sentada numa das cadeiras da sala de espera. Não sei se o homem, Nate, contou a ela o que aconteceu, mas ele está agachado ao seu lado, e ela está se encolhendo e se afastando dele, balançando a cabeça. Talvez.

Uma mulher sai pela porta dupla, por onde sumiram com meu corpo. Uma médica uniformizada. Ela passa os olhos pela sala, a vejo identificar Nate. Nate, não Evie. Ela vai na direção de Nate, vai na direção daquele estranho e não na da minha melhor amiga. O andar dela é seco, eficiente. O rosto cuidadosamente neutro, mas a boca apertada.

– Senhor?

Os dois se levantam, e a médica olha brevemente para Evie antes de voltar a atenção para Nate.

– Você estava com a mulher que acabou de ser trazida de ambulância?

Nate faz que sim, mas Evie começa a falar antes dele.

– Scarlett – diz ela. – Ela é minha amiga. O que houve com ela? Ela está bem? Posso vê-la?

A médica olha para Nate e em seguida para Evie e, quando Nate faz que sim com a cabeça novamente, ela se volta para Evie.

– Sinto muito por ser quem vai lhe dar a notícia. Ela faleceu – e Evie fica olhando para a mulher, o corpo paralisado. – Não houve nada que pudéssemos fazer – continua a médica, falando com calma, enquanto Evie começa a tremer. – Ela morreu com o impacto, e a tentativa de RCP... – continua a falar a médica, mas as palavras se perdem no caminho.

A informação chega até mim. *Morta.* Eu sabia disso o tempo todo, claro. Foi o motivo de eu não ter seguido meu corpo porta adentro, porque eu sabia que o que eles estavam fazendo não adiantava. Eles também deviam saber e só tentaram para garantir que poderiam dizer que tinham feito todo o possível.

Ninguém precisa dizer para Evie se sentar. Ela desmorona, o corpo fraco. Está balançando a cabeça. Não, fica repetindo. A médica está lhe explicando alguma coisa. Lesão na cabeça. Medula espinhal. Linguagem médica que eu não quero ouvir. Porque pertence ao meu corpo, não a mim.

– Sinto muito – repete Nate, quase em sincronia com os nãos de Evie. Sinto muito, sinto muito, sinto muito.

Sinto uma onda de emoções. E, desta vez, não é distante. É quente. Raivosa. Porque ele *tem mesmo* que sentir muito. Ele não deveria estar ao celular. Não deveria estar andando de bicicleta só com uma das mãos. Se estivesse concentrado, ele não teria sofrido o acidente, e eu não teria sido compelida a ajudá-lo. Ele estaria a caminho de aonde quer que estivesse indo, e eu estaria indo para o trabalho. Encontrar com Jason, com o meu chefe, com os investidores.

Fico ali, suspensa onde quer que eu esteja, e vejo Evie finalmente se entregar às lágrimas. Ela grita para a médica ir embora, para *fazer mais*, ignorando os olhares das outras pessoas na sala de espera, ou completamente alheia a eles. Nate estende uma das mãos para tocar no braço dela, mas faz uma careta, parece pensar melhor e dá um passo para trás, se afastando de Evie.

Que bom. Não quero que ele fique perto dela. Se Nate não tivesse sido tão descuidado, eu ainda estaria ali... e ela não *precisaria* de consolo. Se, se, se. Cenários passam na minha frente, um amálgama de imagens e lembranças. É demais. Não consigo entender. Não consigo entender nada.

Exceto isso. Exceto o fato de que eu estaria viva se não fosse aquele homem.

Capítulo cinco

Evie parou no canto do estacionamento de cascalho, longe da igrejinha nos arredores de Cambridge, perto de onde ela e Scarlett passaram a infância. As pessoas estavam saindo agora da cerimônia, se preparando para ir ao velório, mas ela não queria falar com ninguém. Achava que não suportaria se alguém se aproximasse e perguntasse como ela estava. Por isso, ficou lá fora, encolhida sob o céu cinzento, de casaco, esperando a multidão se dispersar.

Ela tinha sido uma das primeiras a fugir da igreja. A maioria das outras pessoas tinha ido até a frente, onde Scarlett estava, no caixão escuro e moderno. Mel e Graham estavam lá, Graham com a mão no ombro de Mel o tempo todo. Evie não conseguia imaginar como devia ser para eles. Ter que ouvir as pessoas dizerem repetidamente como elas sentiam muito. Mel tinha desabado no meio do discurso, e Graham teve que terminar por ela. Então, não, Evie não quis ir até a frente para ver os pais de Scarlett. Falaria com eles depois, mas agora achava que talvez eles, como ela, precisassem de alguns segundos de paz. Além do mais, não era Scarlett naquele caixão. Não de verdade.

As lágrimas ardiam nos olhos e ela os apertou muito, e enfiou as mãos mais fundo nos bolsos do casaco, tentando desesperadamente se manter calma. Quando abriu os olhos, viu um homem a observando. Quando seus olhares se encontraram, ele deu um passo na direção dela. Os olhos castanhos eram intensos e estavam fixos nela. Evie levou um momento para identificá-lo. Ele estava diferente de como aparentava no hospital. De terno preto, o cabelo meio domado e sem aquela expressão desvairada. O arranhão no rosto dele estava cicatrizado, mas tinha um brilho rosado de pele nova, e o queixo estava coberto de barba por fazer. Ainda assim, ela não podia esquecer o rosto da pessoa que estava com Scarlett quando ela morreu.

Ele se moveu lentamente, como se estivesse com medo de ela fugir ao menor movimento. Mal sabia ele que ela *não podia* fugir, mesmo se quisesse. Seus músculos estavam mais rígidos do que o habitual naquele dia. Mas era essa contração que a mantinha de pé, no lugar, e talvez ela devesse ser grata por isso, porque foi o que a impediu de desabar no chão.

Scarlett tinha partido havia duas semanas. Duas semanas exatas. Evie tirou uma licença no trabalho, e o tempo pareceu impossivelmente longo e, ao mesmo tempo, como se ela tivesse acabado de piscar desde aquele momento no hospital. Na hora que a médica disse aquelas palavras. *Ela faleceu.*

Ela tinha ficado no quarto quase o tempo todo depois daquilo, só indo aos outros cômodos quando precisava. Fora seu quarto, tudo no apartamento também era de Scarlett, e Evie não conseguia suportar isso. Mas, se fosse até a casa da mãe, ela teria que conversar, teria que tranquilizar a mãe, teria que ouvir reclamações sobre a doença que a mãe achava que tinha agora, e não dava para encarar aquilo. Era melhor ficar sozinha. Ela tomou comprimidos para dormir e lidar assim com a situação. Não costumava fazer isso porque, quando fazia, a sonolência se arrastava pelo dia seguinte, e ela já se sentia sonolenta demais. Mas, naquelas duas semanas, tinha gostado da sensação de ser puxada, como se sua cabeça estivesse cheia de algodão, porque aquela sensação de surrealidade, de não estar presente direito, foi o que a manteve viva.

O homem (Nate, lembrou) estava agora parado diante dela, enfiando as mãos nos bolsos, talvez por causa do frio, piorado pela sensação de umidade, que era sinal de chuva. Pareceu adequado que chovesse naquele dia, e ela gostou do céu cinzento. Porque parecia *certo* que o mundo ficasse de luto pela ausência de Scarlett.

– Oi, Evie.

A voz de Nate pareceu enferrujada, intensa demais para os seus nervos frágeis. Ela quase fez uma careta. Ele era mais alto do que ela, acabara de reparar. Uma cabeça mais alto, o que era raro.

– Oi – e pareceu um esforço enorme dizer essa palavra.

– Como você está? Está bem?

Evie o encarou, sentindo suas pálpebras piscarem devagar. Até aquilo era um esforço. Por que ele estava falando com ela? O que ele queria? Ela não podia fazer nenhuma daquelas perguntas em voz alta. Scarlett as teria feito. Conseguia imaginar Scarlett revirando os olhos por ela conter o que estava pensando. Assim como imaginara o sorriso, rápido e malvado, durante o discurso de Evie no funeral. *Bem-sucedida, animada, amorosa e gentil, é? Pare, Eves, você vai me deixar vermelha com tantos elogios. Que tal irritante, arrogante, meio egoísta...?* Isso teria feito Evie rir, e Scarlett teria balançado a cabeça. *É difícil viver com o peso de todos esses adjetivos.* Evie quase sorriu, chegou a sentir o rosto relaxar. Até que a verdade a atingiu de novo. Scarlett não tinha que viver com mais nenhum peso.

– Droga, desculpe – disse Nate, passando a mão pelo cabelo. – Claro que você não está bem. Eu não quis dizer... – e estendeu a mão como se fosse tocar no braço dela, mas a deixou pender ao lado do corpo. Olhou para a igreja, uma construção cinzenta sob um céu cinzento, e mais uma vez para ela. – Eu odeio funerais – disse ele com um suspiro.

– Já foi a muitos, é?

A voz dela soou cortante. Ela não sabia o que a fez dizer aquilo. Apenas que estava vulnerável e não tinha tanto controle de si quanto habitualmente. Era algo de que ela costumava se orgulhar: o fato de que, na maior parte do tempo, ela conseguia se controlar e não ser grosseira. Ela podia não ter o controle do seu corpo, mas algumas coisas ela *controlava*. Mas, naquele dia, algo nela parecia quebrado.

Houve uma pausa que foi longa demais antes de Nate dizer:

– Um. Fora...

Fora *este* era o que ele ia dizer. Mas a palavra "um", o jeito como ele a disse, fez Evie sentir o coração ficar apertado, e ela sentiu um eco de culpa se espalhar por seu corpo. Só um eco, ela não tinha espaço para mais, mas mesmo assim. Porque aquele era o um dela, não era? Não deveria ser Scarlett, pensou ela quando o gosto amargo tomou conta. Não deveria ser o funeral de *Scarlett* o primeiro que ela teria de enfrentar.

– Desculpe – disse Evie com rigidez, e ele balançou a cabeça na mesma hora.

– Não. Não, eu não quis dizer... É que... Eu sei que não é divertido. E sei que às vezes dá vontade de fugir de tudo.

Ela franziu a testa para ele – afinal, se ele sabia daquilo, por que tinha ido? Um dos cantos da boca de Nate se torceu de leve.

– Acho que imaginei que talvez fosse mais fácil falar com alguém que não se conhece – disse ele, respondendo à pergunta não verbalizada. – Que você pudesse estar sozinha aqui também.

Ela sentiu um nó na garganta e olhou para o cascalho no chão, a visão borrada de lágrimas. Porque era isso, não era? Agora que Scarlett tinha partido, ela *estava* sozinha. Respirou fundo, sentiu o ar travar, tentou engolir o choro. Tinha chorado copiosamente nos primeiros dias, um choro convulsivo, rasgando-a de dentro para fora até parecer que não sobraria nada dela. Durante o funeral, tentou não chorar porque sabia que, se chorasse, não conseguiria parar – e ela tinha um discurso a fazer. Scarlett tinha dito isso explicitamente quando Evie tocara no assunto funerais. Ela sempre supusera que morreria antes de Scarlett. Parecia óbvio, principalmente depois do diagnóstico. Evie ficara obcecada com o assunto, e Scarlett tentara transformá-lo numa conversa divertida, começando a planejar o próprio funeral. *Você tem que fazer um discurso, mesmo que não queira. Obviamente, meu futuro marido também vai fazer um, e a minha mãe. Se ela ainda estiver viva.* Scarlett franzira a testa. *Se bem que, pensando bem, eu que vou fazer um discurso no funeral dela, não é? Deus, que deprimente. Por que você está tocando num assunto tão deprimente?*

Eu não pretendia – tentou dizer Evie, mas Scarlett lhe fez um gesto com a mão.

Seria bom se você conseguisse levar alguma celebridade. Pode ser um dos irmãos Hemsworth. Qual é o dos Jogos vorazes?

Evie batera com o dedo no joelho. *Chris, eu acho. Vou pesquisar e ligar para ele, está bem?*

Exatamente. Só para ajudar minha futura marca, sabe? Para que minhas criações vivam depois de mim. Scarlett jogou a cabeça para trás e soltou uma risada maligna perfeita, uahahahaha, ergueu a taça de vinho como se estivesse brindando ao seu futuro sucesso. *E quero aquela música. Sabe aquela que a gente sempre dança?*

Não sei se eu chamaria de música, é mais...

Você tem que tocar. Scarlett botou o vinho de lado e segurou as mãos de Evie. *Você tem que tocar, porque você vai ser melhor do que uma gravação, e assim vai ter um significado de verdade, entende?*

Não sei se eu vou conseguir...

Evieeee, dissera Scarlett, usando aquela voz de choramingo que usava sempre que achava que Evie estava sendo irritante ou não estava cooperando. E Evie rira, porque Evie *sempre* ria quando Scarlett fazia aquilo.

Tudo bem. Eu toco.

Uma promessa falsa, que ela não cumprira. Não cumprira porque *não conseguiu*, mas, mesmo assim – a única coisa que sua melhor amiga pedira que ela fizesse, ela não fez. Ela tinha botado a música para tocar nos alto-falantes, conectados por bluetooth ao celular dela.

Pelo menos, Jason tinha comparecido. Ela só o tinha visto por fotos, mas sabia que era ele. Ela não o tinha convidado diretamente, não sabia como fazer contato, mas tinha enviado uma mensagem para o escritório de Scarlett, que a fez chegar até ele. Evie não o queria lá, mas sabia que Scarlett ia querer. Ela quase tinha ido até ele, quase o tinha botado numa saia justa. *E aí, de onde você conhecia a Scarlett?*, perguntaria ela, e o veria ruborizar. Ela duvidava que tivesse feito isso de verdade, mas nem teve chance. Ele saiu assim que a cerimônia acabou, o primeiro a ir embora. Como se Scarlett não significasse nada para ele.

Lágrimas caíram, e ela as limpou, ciente de que Nate ainda estava olhando.

– O que você está fazendo aqui?

Foi um esforço não arrastar as palavras. Ela só fazia isso quando estava particularmente cansada ou estressada, mas odiava quando acontecia, a falta de controle da própria voz.

Ele fez uma leve careta e, em seguida, a desfez.

– Eu só vim… prestar uma homenagem.

Evie sentiu uma onda de raiva quente que chegou para espantar o cansaço. Eles só estavam naquela situação porque Scarlett tinha parado para ajudar Nate. Ela não teria sido atropelada por aquele carro se não fosse por ele. Evie devia culpar o motorista que atropelou Scarlett, ela sabia. Ela *culpava* aquele motorista, tinha passado o dia anterior no telefone com a polícia, tentando obter respostas sobre quem era o motorista e o que tinha acontecido com ele ou ela. Mas a polícia não lhe dera informação alguma, só dissera que *avisariam* e que estavam *investigando*. Palavras inúteis e sem significado. E agora, *aquele* homem estava parado na frente dela – fazendo o quê? Tentando consolá-la? Ou tentando se sentir melhor? Ela não conseguia não culpá-lo também.

Mas havia uma coisa que ela queria saber, uma coisa que a manteve ali, com ele.

– Por que ela estava lá?

Nate franziu a testa.

– Como assim?

– Por que ela estava lá? – repetiu Evie. – Naquele dia. Em Borough Market. Era onde vocês estavam, não era, quando ela…

Ele engoliu em seco, o pomo de adão subindo e descendo, e concordou.

– Era. Foi lá que aconteceu.

Aconteceu. Um jeito tão passivo de dizer. Não *aconteceu*; Scarlett morreu. Foi morta.

Evie fez uma rotação com os ombros rígidos.

– Eu não entendo por que ela estava lá – e as palavras estavam quase suplicantes agora, o jeito arrastado que ela odiava surgindo. – Eu não... Ela não devia estar lá. Ela estava indo trabalhar, e não é lá que ela trabalha. Ela trabalha no Soho – e se ela estivesse no Soho, onde deveria estar, ela não teria visto Nate cair da bicicleta. Não teria parado para ajudar, não teria...

– Eu não sei por que ela estava lá – disse ele, gentil, menos rouco agora. – Nós mal... – e parou de falar, balançando a cabeça. – Eu não sei – repetiu ele. – Desculpe.

Ela fechou os olhos. Claro que ele não sabia. Por que saberia? A única pessoa que sabia era Scarlett.

– Eu tenho que ir – disse ela, os olhos ainda fechados. Mas não fez nenhum esforço para se mexer. As pessoas iam querer falar com ela quando ela chegasse ao velório. Ela tinha evitado falar com os antigos amigos de escola, pessoas que ela e Scarlett não viam há anos. Todos choraram durante a cerimônia, as garotas com a máscara de cílios escorrendo debaixo dos olhos. Evie nem tinha se dado ao trabalho de passar máscara de cílios de manhã, apesar de saber que Scarlett a teria repreendido por isso. *Você não quer ficar bonita para mim, Eves?*

Ela não deveria sentir raiva deles. Tinha certeza de que estavam tristes *de verdade*; não era por não serem mais uma parte grande da vida um do outro que eles não podiam sentir a perda. Mas estava borbulhando por dentro agora, a raiva procurando uma válvula de escape. Ela respirou fundo para tentar se controlar, sentiu o ar frio, como se estivesse tentando acalmá-la.

Capítulo cinco   49

– Tudo bem – disse Nate, ainda com o mesmo tom de voz gentil. Ela odiou aquilo. Não *queria* gentileza, não dele.

Os olhos dela se abriram.

– Você vai ao velório?

– Não – disse ele depois de um tempo, e Evie sentiu alívio. – Não quero me intrometer.

Ela fez que sim. Talvez devesse dizer que ele não estaria se intrometendo, mas estaria, e não o queria lá. Ela nem se deu ao trabalho de dizer adeus.

– Espere – e ela se virou e o viu mexendo no bolso da calça. Ele pegou um cartão de visitas e entregou-o a ela. Ela o pegou no automático, mas olhou para ele com a testa franzida. – É o meu cartão – explicou ele.

Ela olhou para baixo, leu o cartão.

– Você é jornalista? – perguntou, e sabia que suas palavras soaram secas, desprovidas de qualquer interesse genuíno.

Ele passou a mão pelo cabelo.

– Sou. Jornalista de viagem, principalmente. Estou meio que aguardando um trabalho no momento, por isso estou em Londres por algumas semanas – e balançou a cabeça, ao perceber que aquilo era irrelevante. – Mas, olhe, se você precisar de alguma coisa… Quer dizer, não sei o que você precisaria de mim, mas, se precisar, me ligue. Esse é meu celular.

Evie olhou para baixo meio perdida e, como ela ainda era *ela* o suficiente para não lhe devolver o cartão, enfiou-o no bolso do casaco.

– Tudo bem – disse, só para mostrar que tinha entendido. Quando saiu andando dessa vez, ela sentiu que perdera um pouco o equlíbrio e, mesmo trincando os dentes, para fazer seu corpo cooperar, tropeçou. Nate estava ao seu lado num piscar de olhos, acabando com a distância entre eles, com um passo suave e regular que ela invejou. Ele segurou o cotovelo dela para firmá-la.

Ela soltou o braço e olhou para ele de cara feia.

– Eu não estou bêbada.

As palavras saíram agressivas e desnecessárias, antes que ela pudesse pensar melhor. Era um sinal de como ela estava se sentindo, de ter deixado acontecer duas vezes.

– Eu não julgaria se estivesse – disse Nate com calma.

Ela não sabia por que sentia necessidade de se justificar, logo para ele. Odiava a ideia de ele pensar que ela estava desrespeitando Scarlett dessa maneira.

– Eu tenho EM – disse ela, as palavras saindo num suspiro. – Esclerose múltipla.

Ela olhou para ele, esperando para avaliar sua reação. Esperando o movimento de afastamento do corpo, a careta, os olhos transbordando pena. Um aceno de mão no ar como quando alguém lhe disse que conhecia tal pessoa que também tinha e que estava bem. O olhar imediato para as pernas dela, como quando outras pessoas se perguntavam se ela tinha uma deficiência, mas fossem educadas demais para lhe perguntar. Ou a expressão franzida e depois *É uma doença, né? Mas você não* parece *doente.*

Nate virou ligeiramente a cabeça para o lado.

– Entendi.

Ela franziu a testa pela falta de reação.

– Faz com que eu ande de um jeito esquisito às vezes – acrescentou, quase com impaciência.

– Entendi. Não sei muita coisa sobre isso, mas ouvi falar que pode ter esse efeito. Que droga, sinto muito.

Ele pareceu sincero e não lamentou demais, daquele jeito que normalmente a fazia travar os dentes de raiva. Por algum motivo, isso a fez se sentir idiota por tocar no assunto. Que diferença faria para ele? Por que ela contou? Não era da conta dele. Ela se virou e, sustentando a cabeça o mais alto que conseguiu, deixou-o lá. Ela viu sua mãe esperando do lado do carro, pronta para levá-la ao velório. Viu os pais de Scarlett, o pai com a mão no ombro da mãe, saindo da igreja. *Você consegue*, disse ela para si mesma. Só precisava aguentar umas poucas horas para poder ir embora e procurar o consolo dos comprimidos ao lado da sua cama.

Capítulo seis

Vejo Evie passar por Nate e o deixar para trás. Vejo Nate ficar olhando para Evie e sinto uma coisa quente e feia. Ele não deveria estar olhando para ela, não deveria nem estar *falando* com ela.

    Fico feliz por ela o deixar para trás assim. Sei exatamente o que ela está sentindo, porque sinto o mesmo. Queria não ter botado o pé naquele asfalto maldito, não ter ido ajudá-lo. Eu o odeio por isso. Esse é o calor que sinto. Ele não pode penetrar a minha pele, então toma conta do meu ser e me engole. Eu odeio aquele homem porque ele é o motivo de eu não estar mais ali, com as pessoas que amo, e, sim, confinada naquele limbo. Se não fosse por ele, eu não teria que ver minha mãe desmoronar e meu pai tentar segurar as pontas, não teria que ver Evie perder toda a energia que ainda lhe resta. Talvez Nate tivesse ficado bem se eu não tivesse parado. Talvez tivesse se levantado, tirado a bicicleta da rua sem nenhum problema e ido embora. Talvez outra pessoa tivesse parado. Talvez não, talvez aquele carro o tivesse atropelado e não a mim, mas aí eu ainda estaria aqui. Ali.

Tem tanta coisa que eu ainda quero fazer. Quero saber se foi real o que Jason e eu tivemos. Quero me casar, ter a cerimônia perfeita e ficar com dor no rosto de tanto sorrir. Quero ver se a nova marca de roupa vai dar certo, e quero continuar tentando se não der. Quero ver as pessoas usando minhas roupas na rua, quero ouvir meu nome nos lábios delas. Quero deixar uma marca no mundo. Quero ter *importância*.

Não tenho nem trinta anos. Não é *justo* eu estar morta.

Ouço o som de Evie suspirando ecoar na minha cabeça. *Mas essa é a questão, né, Scar? A vida não é justa.*

E estou de volta, puxada pela lembrança. Há dois anos e meio, estou no mesmo apartamento do qual saí pela última vez duas semanas atrás, andando de um lado para outro, e Evie sentada no sofá. Nós tínhamos acabado de chegar em casa depois da consulta com o neurologista. Não falamos nada no caminho, as duas ainda estavam assimilando as informações. Nós não acreditávamos que ia ser algo sério, acho. Estávamos conversando bobagens a caminho da consulta: meu último encontro marcado pelo aplicativo, as miniférias dela com Will, o fato de que Henry, o chefe de Evie, a estava enlouquecendo no trabalho. Porque, claro, não haveria nada com que nos preocupar. Evie era jovem e saudável. O clínico geral a encaminhara ao neurologista só por precaução, só isso.

E então… Esclerose múltipla.

É mais fácil entrar na lembrança dessa vez, estar lá mais integralmente. Acho que é porque eu não resisto. Não quero estar no presente, vendo meus amigos e familiares sofrendo. Não quero ver as ondas de choque que criei ao morrer.

Evie está em casa agora, sentada no nosso sofazinho vermelho. Ainda está olhando para a frente, como se estivesse em estado de choque. Tudo faz sentido agora. As dores e formigamentos aleatórios que ela tinha às vezes, uma coisa que analgésico algum conseguia resolver. As crises de visão borrada, a rigidez estranha, o cansaço avassalador.

Foi o tremor que a fez ir ao médico. As pessoas não procuram um médico por estarem se sentindo cansadas ou com dor muscular, não é?, disse Evie. Mesmo quando o tremor começou, precisei pegar no pé dela para que fosse. Ela não queria ser um incômodo para o sistema de saúde pública, disse ela, e eu sabia que ela estava pensando na mãe. Mas ela acabou indo ao médico e passando por vários exames antes de ser encaminhada para um neurologista.

Não é ncm um pouco simples de diagnosticar, disse o neurologista. *Poderia ter passado despercebido mesmo se você tivesse vindo antes.* Ele falou isso para ser gentil. O que eu achava era o seguinte: ele estava tentando ser gentil para que Evie não se culpasse. Porque ele também tinha dito que o tratamento, apenas para tratar os sintomas e não para curar, tinha mais chance de sucesso quanto mais cedo se descobria a doença, e com ela não tinha sido "cedo". *Mas vamos cuidar disso agora*, disse ele com um sorriso animador, e nos mandou para casa com vários folhetos informativos e um remédio para tentar reduzir a quantidade e severidade das "crises".

Levanto as mãos, meu corpo controlado pelas minhas ações da ocasião, minha mente atual incapaz de mudar nada. Estou andando de um lado para o outro da nossa sala, gastando o tapete preto e branco de segunda mão que encontramos num brechó beneficente.

– Não é justo, Evie!

Aquele suspiro. Ela fecha os olhos, finalmente parando de encarar o nada, e passa as mãos pelas pálpebras.

– Mas essa é a questão, né, Scar? A vida não é justa.

– Mas…

Lembro que me senti irritada com isso, embora o sentimento não venha agora. Minhas ações não podem ser alteradas, mas minhas emoções ainda são minhas. Eu queria que ela ficasse furiosa, achava que era o que ela *deveria* fazer – principalmente porque é o que eu faria. Eu queria que ela gritasse e berrasse. Tudo volta com tanta facilidade que sinto uma pontada de culpa.

– Você é jovem e brilhante – digo – e não *merece* isso.

Evie abaixa as mãos e me olha. Considerando o quanto foge de confrontos, ela tem um olhar muito direto.

– Sou diferente de todas as pessoas que têm esclerose múltipla, elas merecem?

Faço um som de "puf".

– Não é isso que eu estou dizendo. Eu só… Por que você está reagindo assim?

Evie balança a cabeça e parece cansada.

– O que você quer que eu diga? – a voz soa resignada, e reviver esse momento faz algo em mim doer. – Que eu queria que isso não tivesse acontecido? Eu queria. Estou apavorada, Scar – sua voz muda nessa hora, e a ouço se partir. Algo dentro de mim, do corpo que eu tenho na época, se parte também. – Eu estou *morrendo de medo* do que pode acontecer e como isso vai impactar tudo, e estou tão… – e ela respira fundo. – Estou zangada pra caramba por isso ter acontecido comigo.

Raramente escuto Evie falar palavrão, e a palavra produz um choque em mim. Vejo os olhos dela faiscarem, sei que ela está sufocando a raiva dentro de si.

– Odeio que isso signifique que não posso fazer o que amo, que eu não vou poder, que isso – e ela sacode a mão no ar – não vai passar.

Eu me sento no sofá ao lado dela.

– Desculpe – digo baixinho. – Desculpe. Eu não quis dizer que você tem que... – e balanço a cabeça. – Você pode lidar com isso como quiser. Obviamente. E nós vamos segurar as pontas. Está bem? Eu vou ajudar você. Nós podemos comprar garfos com peso e aquelas coisas de que o médico falou – e sinto meus lábios tentarem dar um sorriso encorajador, mas, apesar de não haver espelho algum na sala, percebo que não consigo.

Evie suspira.

– Acho que não é algo que garfos com peso possam resolver – ela chora, e eu passo o braço em volta dela. Ela encosta a cabeça no meu ombro, um peso reconfortante. – Talvez facas com peso – diz ela, a voz meio abafada, e sei que ela está se esforçando.

– Panelas com peso?

– Controle remoto com peso.

– E... – ao que parece, não tenho mais ideias.

– O apartamento todo pode ter peso, por que não?

Há um momento de silêncio entre nós, e eu digo:

– Você vai ficar bem, sabe.

– Mas nós *não* sabemos, né? A única coisa que entendi na consulta é que ele não sabe. Ninguém *sabe* como vai ser – e ela aperta os olhos, a cabeça ainda no meu ombro. – Nós não sabemos como vai ser, não sabemos se vai piorar. Não sabemos, não sabemos, não sabemos – e as palavras saem mordazes, com uma rispidez nada característica. Eu entendo. De verdade. Essa imprevisibilidade é uma das piores coisas para Evie, mesmo agora. – Se alguém pudesse só me dizer o que vai acontecer, pelo menos eu poderia estar preparada.

Não digo nada sobre isso. Deve ser uma das poucas vezes em que não sei o que dizer a Evie. Não posso garantir a ela que as coisas não vão piorar. Porque eu sei que *vão* piorar.

Evie abre os olhos.

— Melhor eu ligar para o Will – diz ela, com voz pesada, como se fosse uma obrigação, e faço um "hum" de reprovação no fundo da garganta. Evie suspira. – Não fale nada.

— Eu não falei nada – digo, e minha voz soa meio na defensiva.

— Não, mas eu escuto os seus pensamentos.

— Virou telepata agora?

Um sorriso pálido passa pelos lábios dela.

— Só com você.

Emito um ruído de desdém.

— Que tédio. Prefiro a habilidade de voar.

Dou uma risada nessa hora e algo em mim fica mais leve.

— Ou ficar invisível? – sugere ela.

— Não, eu quero que as pessoas me vejam, que saibam que quem está fazendo as coisas sou eu. Me mover na velocidade da luz, disso eu ia gostar. Não perderia mais tempo indo de um lugar para o outro.

— Tudo bem. Eu vou ser a Mulher Invisível do *Quarteto Fantástico*, e você pode ser... Quem corre muito rápido? É o Flash, né?

Faço que sim.

— Combinado.

O sorriso de Evie permanece no seu rosto por mais um momento e some.

– O que vou dizer para o Will? Eu não quero... E se ele passar a me olhar diferente quando eu contar que tenho essa... essa *doença*?

– Bom, eu sei, e *eu* não estou olhando pra você diferente.

– É, mas você é *você*.

Faço uma pausa e sei que estava pesando as palavras.

– Eu esperaria pra contar quando você estiver preparada. *Você* ainda nem teve tempo de absorver isso, então quem sabe esperar uns dias... ou semanas... pra entender como vai lidar com isso.

– Eu não posso mentir pra ele.

– Você não está mentindo. Só está... esperando.

Evie franze o nariz, e percebo que ela não gostou disso. Valorizo sua honestidade, de verdade, mas às vezes ela é muito preto no branco sobre as coisas. Não faria mal algum não contar para o Will imediatamente, faria?

Ela conta para ele alguns dias depois, pelo que me lembro, e tudo vai ladeira abaixo depois disso. Não que ela devesse estar com ele. Nem sei por que ela gostava dele... Nem se gostava mesmo ou se só tinha se acostumado. *Ele é confiável*, disse Evie quando perguntei certa vez. Eu tinha feito uma careta. *Talvez você devesse estar procurando coisas mais confiáveis na sua vida*, respondeu ela.

Eu tinha desdenhado. *Que nada. Não é meu estilo, Eves.*

– Vai ficar tudo bem – repito, e Evie concorda. Mas ela não parece convencida, e continuo. – Nós vamos superar isso, Evie. Vamos encarar um dia de cada vez e resolver, tá?

Ela suspira.

– Você sabe que eu te amo, né? Só para o caso de eu me esquecer de dizer no futuro, quando meu cérebro ficar ruim, ou se minha fala ficar esquisita e eu não conseguir dizer as palavras.

Apesar de haver uma preocupação real escondida na sua fala, dou uma risada, porque ela está tentando fazer piada.

– Vou lembrar você disso quando você reclamar da minha habilidade para lavar louça ou do meu comportamento horrível quando fico bêbada nas festas – e ela sorri um pouco. Depois de uma pausa, continuo: – Você sabe que eu também te amo?

Por que sempre foi tão fácil dizer isso para Evie? Acho que é um tipo diferente de amor, mais fácil de se ter certeza do que "o Amor".

– Obrigada, Scar – diz Evie na lembrança. – Obrigada por ir comigo.

– Sempre – e bato palmas. – Bom. – Ela se senta direito, e eu pego o celular e o conecto à caixinha de som bluetooth. E olho para ela. – Você sabe o que isso pede…

Ela faz uma careta e balança a cabeça. Mas eu a ignoro. Aperto o play. E lá está: a nossa canção. Tudo bem, não tem letra, e Evie é chata com isso, mas de que outra forma posso chamá-la? Foi a música que tocou no meu funeral, a música que eu tinha pedido para Evie tocar, mas ela não tocou. Por causa do tremor, eu sei. Não consigo nem lembrar quando começou; nós éramos adolescentes, eu acho, e tocou no Spotify, e é tão *alegre* que nós decidimos. É nossa.

Aumento o volume, me levanto e estendo a mão.

– Você sabe a regra – digo com firmeza. A regra era: quando escutarmos essa música, onde quer que estejamos e com quem estejamos, temos que dançar. Temos que dançar de forma *ridícula*, a mais ridícula que pudermos. E funciona bem, porque nenhuma de nós leva muito jeito para dança.

Evie faz outra careta e, por um momento, acho que ela vai recusar. Mas ela não recusa, ela se levanta. Como eu poderia ter me esquecido disso? Ela *levanta*. E dançamos, nós duas, e somos ridículas, girando ao redor do sofá, e Evie faz um passo em que ela fica rígida e vai de um lado para o outro, debochando do próprio diagnóstico, e isso me faz rir tanto, que solto guinchos como os de um porco.

Eu tinha me *esquecido* disso. Lembro-me dela recebendo o diagnóstico, mas tinha esquecido que ela conseguiu se levantar e dançar comigo naquele dia. Não foi algo sendo desligado de imediato nela, mas as coisas foram mudando gradualmente, destruindo sua autoconfiança cada vez mais, à medida que ela começou a deixar a doença defini-la.

Quando foi a última vez que nós dançamos assim? Não consigo lembrar. Acho que parei de tentar chamá-la para dançar, achando que ela recusaria, e agora não terei mais a chance de fazer isso. E será que Evie, Evie algum dia vai dançar assim de novo, será? Será que vai simplesmente dançar um dia?

Capítulo sete

Evie estava deitada no sofá com os fones nos ouvidos. Não havia mais motivo para ela usar os fones, acreditava. Não havia mais ninguém no apartamento para ouvir a música, para olhar para ela com pena pelo fato de ela ouvir o tipo de música que não conseguia mais tocar. Mas era hábito. Ela estava ouvindo uma peça que deveria ser calmante, embora o cansaço que sentia dificultasse saber se ela estava *mais calma* mesmo ou apenas exausta. Não era aquela fadiga profunda da esclerose múltipla que batia de repente, em horas aleatórias do dia. Era mais um cansaço comum. Ela tinha perdido a noção do que era comum àquela altura, mas seus sintomas não estavam tão ruins nas últimas semanas, e tinha parado de tomar os comprimidos para dormir, sabendo que depender deles só tornaria seus problemas piores com o tempo.

Era sexta-feira, e, depois do fim de semana, ela tinha voltado a trabalhar. As quatro semanas que ela tinha tirado foram demais. A gerente foi gentil, além de ser superprofissional, mas havia um limite para o que ela podia fazer. *Não era uma pessoa da família próxima, Evie.* Ela odiou isso. Odiou ter que tentar qualificar seu relacionamento com Scarlett. Ainda assim, talvez fosse bom para ela, tinha admitido de uma forma meio indiferente, voltar a trabalhar. Um motivo para acordar de manhã. Ela teria que fazer um esforço para voltar para o escritório depois disso também; Henry não ia querer que ela trabalhasse de casa depois de uma pausa tão longa.

Ela se ergueu o suficiente para pegar o celular no sofá, ao seu lado. Havia uma mensagem de texto de sua mãe (ela se recusava a baixar o WhatsApp), pedindo que ela ligasse. Vinha ignorando as ligações da mãe e fez o mesmo naquele momento, dizendo para si mesma que responderia no fim do dia. Junto com a mensagem, havia uma ligação perdida. Ela se sentou ereta e leu o número. Podia ser a polícia retornando a ligação dela, finalmente. Mas era um número de celular. A polícia ligaria de um celular? Ela pesquisou o número no Google, mas não obteve resultado algum. E não havia mensagem de voz. Se fosse importante, haveria uma mensagem de voz, não?

Ela botou o celular de lado e olhou ao redor. O apartamento estava muito vazio. Ela tinha empacotado as coisas de Scarlett na semana anterior, porque não conseguia ficar olhando para elas. Não as do quarto, ela não tinha conseguido entrar lá. Tinha aberto a porta e olhado lá dentro, mas seus pés pararam na entrada. A cortina estava aberta e o quarto parecia claro demais para um momento de luto. Ela teve vontade de gritar com o quarto: *Tenha um pouco de respeito!* Mas, claro, era um quarto e, mesmo se quisesse, não podia fechar as próprias cortinas.

Scarlett sempre dormia de cortina aberta. Era uma coisa que sempre deixara Evie perplexa, mas Scarlett dizia que gostava de saber quando o mundo estava acordado para poder acordar junto.

Sempre invejara a energia infinita de Scarlett, principalmente nos últimos anos, quando parecia que ela mesma não tinha mais energia alguma. Agora, ela só sentia saudade.

Ela tinha pedido aos pais de Scarlett para irem buscar as coisas dela, esvaziar o quarto, mas Mel disse que não conseguiria enfrentar a tarefa, e Evie não queria fazer isso, e meio que as coisas ficaram por isso mesmo. Ela sentiu uma pontada. Sempre tinha sido próxima de Mel e Graham, principalmente de Mel, mas mal tinha conversado com eles desde o funeral.

Houve uma batida na porta. Evie ficou sentada por um instante, torcendo para que a pessoa fosse embora. Mas a batida soou de novo, e ela não teve o que fazer senão se levantar. Seu corpo parecia se mover um pouco mais facilmente, naquele dia, um alívio depois da rigidez que a assombrava.

Ela abriu a porta e olhou.

– Will – disse, em voz alta, franzindo as sobrancelhas.

– Oi, Evie.

A voz dele continuava suave e calorosa como ela lembrava. Ele estava barbeado, como sempre, o cabelo louro-escuro caindo nos olhos. De ombros largos e braços musculosos, de passar tanto tempo na academia.

Algo contorceu suas entranhas quando ela observou o rosto dele, os contornos familiares, mas não sabia direito o que era. Quando o tinha visto pela última vez? Uns oito meses antes, achava, quando eles trocaram caixas contendo os pertences um do outro. Mas a última conversa de verdade que eles haviam tido foi antes, ali mesmo, no apartamento, quando ele dissera que estava dormindo com outra pessoa durante um café da manhã, num fim de semana, quando Scarlett ainda não tinha voltado para casa desde a noite anterior.

– Me liberaram lá na portaria – disse Will, cuja mudança sutil no corpo era o único sinal de que estava nervoso por aparecer assim na porta dela. Mas ele sempre tinha sido do tipo excessivamente confiante; era parte do que facilitava as coisas entre eles, porque permitia que ela o acompanhasse. Evie franziu a testa, e Will começou uma explicação antes que ela pudesse dizer alguma coisa. – Eu soube da Scarlett e quis vir ver se você estava bem – disse, abrindo um sorrisinho. – Achei que você precisaria de um amigo.

Ela o avaliou por um momento. Devia bater a porta na cara dele, não devia? Seus dedos tremeram, como se ela realmente pudesse fazer isso. O que ela diria? *Vá embora?* Era bem dramático, né?

Ela afastou a mão da porta e deu um passo para o lado, para deixá-lo entrar. Porque ela nunca tinha conseguido dominar a atitude desaforada que era tão natural para Scarlett. E porque... Tudo bem, porque ela *precisava* de um amigo e, bom, de cavalo dado não se olham os dentes, né?

Quando você ficou tão patética, Evie?

Decidiu que era melhor não responder a isso.

– Quer chá?

Ela ficou um pouco surpresa com o quanto sua voz soou rouca. Quando tinha sido a última vez que ela falou com alguém em voz alta?

– Eu preparo – disse Will rapidamente, tirando a jaqueta de couro e a pendurando atrás da porta antes de ir para a cozinha. – Ainda lembro onde ficam as coisas.

Evie o acompanhou com o olhar. Ele parecia tão à vontade na cozinha dela, como se eles tivessem voltado no tempo. Ela não conseguiu pensar em nada para dizer, então não disse nada, só ficou olhando. Percebeu os folhetos ainda em cima do micro-ondas, os que Scarlett tinha levado para casa na noite antes de morrer. Sua última noite com Scarlett e elas a tinham passado discutindo.

Ela foi até o chão de plástico da cozinha, tentou ser sutil ao dar espaço para Will pegar a chaleira e tirou os folhetos do micro-ondas, enfiando-os numa gaveta. Will não precisava vê-los.

O que ele estava fazendo ali? Queria mesmo ver como ela estava? Eles não se falavam desde que tinham terminado. Ele fizera tudo parecer tão racional. Ela vivia tão cansada, nunca queria fazer nada, não tinha interesse na vida dele, nos seus hobbies. Os hobbies dele, que eram basicamente ir à academia ou *estar* na academia de certa forma, o que ela não poderia fazer nem se quisesse. E aí, o ponto crucial. *Parece que você não quer mais transar.* E, sim, aceitar uma doença incurável tinha afetado sua libido, e o cansaço que a atingia com tanta intensidade em alguns dias tornava isso ainda pior. Não que ela e Will tivessem um relacionamento apaixonado, já tinha meio que caído na rotina, achava, mas, perto do fim, a vida sexual deles era quase inexistente. Foi o que ele jogou na sua cara quando contou que a estava traindo.

Então é culpa minha?

Não! Não, não, não foi isso que eu quis dizer. Eu só estou tentando explicar. Ela ficou completamente imóvel, sem saber como processar aquilo tudo. Ele limpou a garganta. *Acho melhor eu ir.*

Ela engoliu as milhões de coisas que queria gritar para ele, os nomes com que queria xingá-lo. Conteve a agitação dentro dela quando falou: *É, acho melhor.*

Eles nem chegaram a ter a "conversa de término" oficial. Ela esperou que ele ligasse, suplicasse e, como ele não fez isso, bem, foi o fim. Foi Scarlett que teve que lidar com o que veio depois, com o buraco em que Evie foi parar, porque essa era a *prova*, não era?, de que havia algo de errado com ela. Prova de que ninguém gostaria de ficar com ela, porque isso também significava ficar com sua esclerose múltipla.

Mas agora, Will estava ali. De volta. Porque tinha se arrependido? Porque queria de verdade ser amigo dela?

Ele entregou a ela uma caneca de chá e houve algo de reconfortante nisso, em ser cuidada. Depois de semanas sozinha, tinha alguém ali, cuidando dela.

Eles ficaram em lados opostos da bancada da cozinha pequena, e Will apoiou os cotovelos ali. Os olhos azul-acinzentados, menos vibrantes do que os azuis de Scarlett, avaliaram o rosto dela, como se ele estivesse procurando sinais físicos de dano.

– Como você está? – perguntou ele, e a voz foi tão suave, tão confiante. Como se ele não visse motivo para eles *não estarem* ali, tendo aquela conversa.

– Eu... – e Evie ergueu o chá, e segurou a caneca com as duas mãos, e tomou um pouco para sentir o calor reconfortante. – Deus, não sei. Um passo de cada vez, eu acho. – E ela não sabia se era verdade. Não sabia se as outras pessoas concordariam com a definição dela de "passo".

– Ela era uma pessoa incrível – disse Will, embora tenha soado estranho vindo dele. Eles não gostavam um do outro, Will e Scarlett, e nenhum dos dois tentou esconder esse fato. – É um choque pensar nisso.

Evie fez que sim, o que mais podia fazer? Era uma coisa idiota de dizer. A coisa *errada* de dizer. Se bem que, se alguém perguntasse qual era a coisa certa, ela não conseguiria responder.

– Então não vamos – disse Will, se empertigando na frente da bancada.

– O quê?

– Vamos falar de outra coisa, que tal? Qualquer coisa. Como está o trabalho?

– Ah, não me pergunte sobre isso – disse Evie, fazendo um movimento cansado com a mão. Ele continuou olhando para ela, os olhos avaliadores. – Henry ainda é um pesadelo, vamos dizer assim.

Ele já tinha mandado uma mensagem quando soube que ela voltaria na segunda, dizendo que eles precisavam "conversar" sobre o aniversário de casamento. Porque é claro que ele não conseguia decidir sozinho o que fazer. As pessoas que trabalhavam com propaganda não eram supostamente criativas?

– Ainda faz você comprar os presentes de aniversário da esposa e da filha?

Ela tentou abrir um sorriso, embora o esforço fosse quase doloroso.

– Todos os anos, sem falta.

Mas ela não contou que estava em licença de luto, parecia uma fraqueza.

– Não vamos falar sobre mim. Como está seu trabalho?

Will sorriu, os dentes brancos perfeitos à mostra. Ela sabia que ele tinha feito clareamento. Era uma coisa anual ou algo que só se fazia uma vez? Provavelmente não *ficariam* tão brancos assim, se você não ficasse repetindo?

– Bem. Eu fui promovido.

– É mesmo? – e ouviu como sua voz soou oca e tentou injetar um pouco de vida nela. – Que ótimo!

Ele estava trabalhando para isso antes de eles terminarem. Ela não sabia como uma promoção a corretor imobiliário mudaria alguma coisa fora a parte óbvia de ganhar mais dinheiro, mas sabia que era importante para ele. Vender casas melhores?, supôs ela. As maiores e mais caras? Ela tinha debochado dele certa vez, quando o ouviu ao telefone, tentando vender por um valor muito alto um apartamento de um quarto em Hackney: *Perfeitamente compacto, fácil de cuidar para quem tem uma vida agitada. Dá para economizar com faxina, certo?*

Então, basicamente, você está dizendo que só cabe uma cama de solteiro e que a pessoa que vai morar lá não pode nem pagar por uma faxina?

Will não tinha entendido.

Ela o deixou falar, a voz entrando por um ouvido e saindo pelo outro, e ficou grata pelo fato de que ele parecia precisar de uma colaboração mínima da parte dela, só um ocasional movimento de cabeça ou "Hã-hã". Mas ele tinha razão até certo ponto. Aquilo era uma distração do abismo que a aguardava.

Ele fez outra rodada de chá e eles foram para o sofá. Tão familiar aquela rotina. Havia certo consolo na previsibilidade de tudo.

– Vamos botar um filme? – perguntou Will, pegando o controle remoto na mesa de centro e abrindo a Netflix. – Vamos de ação – disse ele, de forma decisiva. – Nada muito triste nem meloso.

Evie fez um gesto que foi meio de cabeça e meio de ombro para concordar, sabendo muito bem que desligaria a tevê quando ele fosse embora. Que seria quando exatamente?, perguntou-se. Ela o observou enquanto ele prestava atenção na televisão.

– Will, por que você está aqui?

Ele olhou para ela.

– Já falei, achei que você precisava de um amigo agora.

A voz dele pareceu genuína, mas as palavras soaram meio pegajosas na sua mente. Eles eram amigos? Ela achava que sim, pois as pessoas num relacionamento tinham algum grau de amizade. Mas eles tinham se conhecido num aplicativo de relacionamentos e nunca tinham sido amigos de verdade antes de começarem a dormir juntos, e certamente não ficaram amigos depois que terminaram. Mas talvez fosse bom ter uma pessoa conhecida por perto. Londres já estava muito solitária sem Scarlett.

Ele colocou um filme qualquer e ela nem viu o título. Ele pôs o controle remoto de lado e olhou para ela.

– Além do mais... senti saudades, Evie – disse ele, e ela só conseguiu franzir a testa. Era a primeira vez que ela ouvia aquilo. – Eu estava querendo fazer contato há meses, mas não sabia como. E aí soube da notícia e... bem, acho que foi o empurrão de que eu precisava.

Havia algo de incômodo ali, no fato de que foi preciso que Scarlett morresse para ele fazer contato, mas Evie impediu que seu cérebro fosse por esse caminho, porque sabia que isso só a faria se sentir pior.

Ele esticou o braço, passou-o por debaixo do braço dela, e ela não pôde fazer nada a não ser se inclinar na direção dele. Ela queria essa conexão. Que alguém a abraçasse, que dissesse que ficaria tudo bem. Ninguém tinha feito isso. Sua mãe não era desse tipo, e os pais de Scarlett estavam lidando com a própria dor. Seus amigos de escola tinham lhe dado abraços rápidos, mas ninguém a *abraçara* de verdade. Ela ficou surpresa com o quanto desejava isso.

Ele se aproximou mais e ela soube o que aconteceria. Os gestos de Will eram sempre os mesmos. Ele colocou a mão no pescoço dela e passou o polegar pela linha da mandíbula. Ela só ficou olhando, não foi na direção dele nem recuou. Ele se inclinou, beijou o pescoço dela e os lábios, tudo reconfortantemente previsível. Ela sentiu seu corpo reagir na mesma hora, como acontecia quando ouvia a canção dela e de Scarlett. E por que não deveria? Ela não queria ficar sozinha, não queria ser solitária.

Ela achava que ele estava com alguém. Não a mesma garota com quem ele a traiu, mas ela tinha visto fotos dele com uma nova namorada no Instagram. Talvez não fosse namorada. Ou talvez eles tivessem terminado no mês anterior. Ela tinha parado de entrar nas redes sociais, porque muitos amigos estavam postando sobre Scarlett, postando fotos dela, dizendo o quanto estavam tristes, e Evie não suportava isso. Já deviam ter parado de postar, mas ela não tinha certeza. Qual era o sentido de tudo aquilo? Scarlett não estava lá para ver.

Se bem que, se *pudesse* ver, havia boas chances de que ela amaria todas as postagens nas redes. A forma como as pessoas a celebravam, lamentavam sua partida. Afinal, ela amava ser o centro das atenções. Isso quase fez Evie sorrir, e Will interpretou a expressão dela errado.

– Agora, sim – disse ele baixinho, e se inclinou para beijá-la de novo. Ela retribuiu o beijo, deixou que ele a deitasse no sofá e se posicionasse sobre ela. Deixe-o fazer o que quiser, porque era mais fácil do que resistir e porque, sim, ela queria uma distração e sentia falta de contato físico e estava absurdamente solitária. Porque Scarlett tinha morrido, a essência dela tinha se dissipado assim que o carro a atingiu, e ela preferia estar beijando Will a pensar sobre isso. Ela deixou, então, que ele tirasse sua blusa e passou a mão pelo peito musculoso quando ele tirou a dele, um passo a passo fácil porque ela o tinha feito muitas vezes antes.

Ela não pensou no que a estaria esperando quando aquilo acabasse. Só fechou os olhos e deixou a mente ficar alegremente vazia.

Capítulo oito

Eu não olho, obviamente. Quando ficou claro para onde aquilo estava indo, percebi que podia simplesmente *não* estar lá. Eu posso deixar minha mente vagar, ao que parece, e ir para onde quiser, passado ou presente. Mas precisei voltar e dar uma olhada nela. Eles estão vestidos agora, os dois, e Evie está sentada no sofá, os braços em volta do próprio corpo.

Will é tão babaca. Mais do que isso. É cruel. Ficou tão claro que ele estava se aproveitando dela. Eu não deveria ficar surpresa, considerando como ele a traiu com alegria, mas não achei que ele fosse se rebaixar tanto.

Ele parece constrangido agora, fica mexendo nas roupas e não olha para Evie. O que ela viu nele? Quer dizer, entendo a necessidade de afeto. Quem sou eu para julgar? Nunca fiquei mais do que uns poucos meses sem sair com alguém, de alguma forma. Não estou julgando Evie por fazer sexo, longe disso. Se ajuda, se é um consolo, por que não? Mas ela não parece consolada, e isso não foi ideia dela. Foi dele.

Tento desesperadamente ser uma presença física, querendo empurrar Will porta afora, fazer alguma coisa voar nele. Fazê-lo sofrer, de alguma maneira, pela dor inevitável que minha amiga vai sentir como resultado disso.

Mas nenhum objeto voa pela sala; nenhum dos dois treme nem olha em volta como se tivesse sentido minha presença. Não tem nada. Estou confinada a um espaço vazio, minha alma perdida num vácuo entre a vida e a morte.

Will limpa a garganta.

– Melhor eu ir.

Evie se levanta, mas mantém os braços em volta do próprio corpo.

– Eu acompanho você até a porta.

Ela está se afastando de novo. Odeio a ideia de que ela já está arrependida e de que, quando Will for embora, vai ser ainda mais difícil para ela segurar as pontas.

Eles descem até o térreo, nenhum dos dois toca no outro. Evie abre a porta para Will, apesar de ele ser capaz de fazer isso sozinho. Acho que ela está tentando ser educada, acompanhá-lo até a rua. Eu o teria empurrado para fora do apartamento e pronto; mas duvido que teria me envolvido com alguém como Will. Ele não tem moral.

Mas, de novo, quem sou eu para julgar se alguém tem ou não tem moral?

– Foi bom ver você, Evie – diz Will, se inclinando para dar um beijo no rosto dela. Ele foi até lá com aquele objetivo explícito em mente? Não descartaria essa possibilidade.

– Bom ver você também – diz Evie, embora eu perceba que as palavras dela são automáticas, que ela não está falando com sinceridade. Eu me pergunto se Will percebe isso. Espero que sim.

Ela fecha a porta quando ele sai e olha para a pilha de cartas no saguão de entrada. O carteiro tem a senha e deveria entregar as cartas em cada apartamento individualmente, mas, às vezes, aquilo acontece e encontramos um monte de cartas no chão. Ela pega as que são do nosso apartamento depois de dar uma olhada rápida. Uma delas está endereçada a mim.

Ela está segurando as lágrimas quando sobe a escada. Eu queria saber o que ela está pensando. É injusto. Morrer não deveria tornar a pessoa onisciente? Não deveria haver algum tipo de benefício, como ler mentes, por exemplo?

Nessa hora eu me dou conta. Will não perguntou nenhuma vez como Evie estava de saúde. A coisa na qual ele botou a culpa do rompimento, o motivo que ele deu para traí-la, o que a fez pensar que não era digna de ser amada ou que não teria a sorte de, um dia, encontrar alguém que talvez "a encarasse", e ele nem sequer tocou no assunto.

Evie para na escada. Eu também escuto. Tem alguém tocando violino. De um jeito meio estranho, meio desajeitado. Nem perto de como Evie tocava. Mas está ali.

Ela continua subindo a escada, com hesitação agora. Vira no lance do nosso andar e para. Tem uma garota lá, sentada no alto do lance de escada, no meu andar e de Evie. Ela é jovem, talvez tenha acabado de entrar na adolescência. O cabelo castanho está preso num coque alto e seu rosto não tem maquiagem alguma. Ela está usando uma calça larga e um casaco de moletom e está olhando de cara feia para o violino.

Evie dá outro passo, e a garota olha.

– Ah, oi.

– Oi – diz Evie lentamente, e percebo que ela está se perguntando, como eu, quem é aquela garota.

– Aquele cara era seu namorado? – pergunta a garota e, para ser bem sincera, uma parte de mim aprecia o jeito direto dela.

– Ahn...

– Eu acabei de me mudar para o apartamento em frente ao seu – diz a garota, como se isso explicasse a pergunta. Ela aponta para a porta branca. O número seis, em frente ao nosso número quatro.

– Bom, acho que isso depende do que você entende por "acabei". Mas tem uns três dias.

– Ah – diz Evie. – Bom, bem-vinda, então.

– Eu o vi. Vi vocês dois. Descendo. Ele é seu namorado?

Evie suspira e massageia as têmporas.

– Não.

– Ah. Ele é seu amigo?

– Não exatamente.

– Então por que ele veio aqui?

Evie ergue as sobrancelhas, mas a garota não retira a pergunta.

– Para ver se eu estava bem.

– Por que ele foi embora?

– Porque ele é homem – diz Evie, meio secamente.

A garota retorce os lábios, como se estivesse pensando nisso.

– Acho que nem todos os homens vão embora quando você não está bem. Isso seria muito deprimente.

Evie inclina a cabeça.

– Quem disse que eu não estou bem?

– Você disse. Mais ou menos. Você *insinuou* – e ela diz essa palavra como se a estivesse experimentando.

Evie desvia do assunto indicando o violino.

– Você toca?

– Bem, estou tentando – e faz uma careta. – É difícil.

Um sorrisinho surge nos lábios de Evie, me fazendo perceber que não a vi sorrir nenhuma vez nas últimas semanas.

– É. É difícil. Mas vale a pena.

A garota faz que sim devagar e gira o arco entre o indicador e o polegar da mão esquerda.

– Então você toca?

Evie empalidece de leve.

– Eu...

Mas a garota não deixa Evie terminar.

– Minha mãe fica cansada de me ouvir no apartamento. Mas eu preciso praticar.

– Então você veio para o corredor – declara Evie, e a garota sorri para ela, como se as duas estivessem agora na mesma sintonia.

– Isso – e ela pega o violino de novo, coloca-o debaixo do queixo como vi Evie fazer incontáveis vezes e ergue o arco. Ela faz uma careta para a nota que sai, mas não sei direito por quê.

Evie se senta ao lado da garota e estica a mão.

– Posso ver? – pergunta, e a garota hesita, e aperta ligeiramente o violino com os dedos. – Vou tomar cuidado, prometo.

Algo no tom dela convenceu a garota, porque ela entrega o violino a Evie, que o pega com gentileza.

– A afinação está meio errada, só isso – diz Evie.

– Eu mandei afinar.

– Hum, mas se você o deixa cair ou alguma outra coisa, isso pode alterar a afinação – diz Evie, examinando o violino.

– Eu nunca o deixaria cair.

Evie ergue o olhar e encara a garota. Ela sorri, e é um sorriso genuíno, verdadeiro.

– Que bom. Você não deve mesmo, não se você gosta dele. Mas será que não bateu em algo na mudança?

A garota retorce os lábios de novo, mas não diz nada. Evie levanta a mão e gira uma das peças na extremidade do braço do violino. Cravelhas, eu me lembro. Ela chamava essas peças de cravelhas. A mão treme quando ela faz isso e ela faz uma cara feia.

– Qual é o problema da sua mão?

A garota tem olhos perspicazes, o tremor está sutil hoje. Só acontece quando Evie tenta fazer alguma coisa. É um tremor de *intenção*, o médico chamou assim numa das consultas. Evie tira a mão do violino, flexiona dos dedos, olha para eles.

– Eu tenho EM.

– Ah – e a garota franze o nariz. – Acho que a minha avó tem isso. Você fica cansada o tempo todo, né?

– Mais ou menos.

– Que saco.

– É – e Evie ainda está olhando para a mão, quase como uma acusação, como se ela não soubesse como *aquela* mão pode pertencer a ela.

Elas ficam em silêncio por um tempo, e a garota diz:

– Meu pai nos abandonou. Eu e minha mãe. Foi por isso que a gente veio pra cá, porque a gente não pode pagar a casa onde morávamos, mas minha mãe precisa ficar em Londres pra trabalhar.

Evie abaixa a mão.

– Sinto muito. Isso é um saco também – ela sabia disso, não sabia?

– É.

Evie tenta de novo, gira as cravelhas apesar do tremor. E passa os dedos pela lateral do violino quando termina.

– Você está melhor agora? – murmura ela. A garota franze a testa e Evie cora, como se percebesse que falou em voz alta. Isso é tão incrivelmente *Evie*, que eu fico um pouco mais leve. Ela faz isso, fala com violinos. Principalmente com o violino *dela*, mas não só.

Ela limpa a garganta quando devolve o violino para a garota, como se isso fosse disfarçar.

– Tente agora.

A garota tenta, e o som é melhor, mesmo para o meu ouvido não instruído. Evie se levanta, pronta para ir embora, mas olha para a garota antes de ir.

– Meu nome é Evie.

A garota hesita.

– Astrid – diz ela.

Astrid olha para o violino novamente, e Evie a deixa e entra em casa.

Ela ainda está segurando a carta quando entra no apartamento, a carta endereçada a mim. Olha para o envelope, para o meu nome, por um minuto, antes de colocá-lo na bancada da cozinha e deixá-lo lá, fechado. Ela não vai querer abrir nada que seja para mim, eu sei. E, naquele momento, isso é bom, porque não quero que ela abra aquela carta. Porque acho que sei de quem é, e sem eu estar lá para explicar tudo, sei que Evie vai interpretar do jeito errado. Então, no fim das contas, é melhor ela nunca saber.

Capítulo nove

Evie viu Nate assim que entrou no café. Ela hesitou na entrada. A falação misturada com o zumbido da máquina de café e a gritaria de uma criancinha num dos cantos eram intensos demais para quem tinha ficado em silêncio por tanto tempo no apartamento. O ambiente abafado a surpreendeu e a deixou com calor por causa do casaco que tinha vestido. Em maio, nunca se sabe, não é?

Ela tirou os fones de ouvido e andou entre as mesas para chegar até ele. Ele deu um pulo para se levantar quando a viu, o olhar percorrendo seu rosto quando ela se aproximou. Olhos que pareciam café, pensou ela.

– Evie, oi – e a voz dele soou formal demais. Na mesma hora, ele balançou a cabeça, como se estivesse arrependido das palavras. – Quer uma bebida? – disse Nate. – Café? Chá?

– Eu posso ir buscar.

Evie olhou para o balcão, onde havia uma fila perpétua. Era um dos cafés da moda no distrito de Clapham – um local alternativo que servia ovo pochê, abacate na torrada e brownie keto vegano, com uma variedade de leites sem lactose. Scarlett amava aquele café, e agora que Evie estava ali, o buraco que se abriu devido à saudade de Scarlett tinha voltado a aumentar. Ela deveria ter sugerido outro lugar. Mas tinha entrado em pânico de leve quando ligou para Nate, usando o número no cartão de visitas, e disse o primeiro lugar que veio à mente.

– Não, não, eu busco – insistiu Nate, já indo na direção do balcão. Evie hesitou. Mas seria bom se sentar, ela já estava cansada da caminhada até ali. E ela precisava de um momento para se recompor, para ter certeza de que sabia exatamente o que dizer. – Um *latte*, se você não se importar.

– Um *latte* a caminho – disse ele, levantando um dedo no ar. Ele fez outra careta. Ele estava nervoso, ela reparou. Era mau sinal? Provavelmente, mas talvez funcionasse a favor dela. Talvez houvesse mais chance de ele falar o que ela queria saber.

Ela tirou o casaco quando se sentou e jurou sentir os olhares dos outros clientes. *Pare de ser idiota, Evie*, disse ela para si mesma com firmeza. *Não tem ninguém olhando*. Era uma ansiedade de nível baixo que começara a surgir nos meses anteriores à morte de Scarlett: a ideia de que as pessoas estavam olhando para ela, julgando-a, achando que ela devia ser *diferente* por causa da esclerose múltipla.

Ela olhou o celular enquanto esperava Nate, em parte para se distrair do estômago embrulhado e do jeito como suas palmas estavam quentes e grudentas. A música que ela estava ouvindo no caminho até lá, uma peça alta e vibrante com crescendos fortes e sequências rápidas, algo para distraí-la e bloquear todo o resto, ainda estava tocando nos fones de ouvido, agora guardados na bolsa. Ela fechou o Spotify e viu que tinha duas mensagens. Abriu a da mãe primeiro.

Como você está? Eu ia dizer pra você vir pra Cambridge no fim de semana, mas não estou me sentindo muito bem e li um artigo outro dia sobre a gripe aviária, e não ia querer passar isso pra você, se for o que eu tenho. Vou ao médico na segunda e aviso você do que ele disser. Será que podemos nos ver se me liberarem?

Evie sentiu a pulsação reveladora nas têmporas, a que surgia sempre que ela recebia uma mensagem assim da mãe, e decidiu esperar antes de responder.

Havia também uma mensagem da mãe de Scarlett.

Tudo bem, Evie, minha querida. Nós estamos seguindo em frente. Mantenha contato e venha nos visitar quando puder. Bjs.

O estômago dela se embrulhou ainda mais. Ela tinha perguntado a Mel como ela estava, sentindo-se culpada por não estar fazendo mais por eles. Não tinha contado ainda sobre as ligações para a polícia, por não querer piorar as coisas, se não obtivesse as respostas que desejava.

Ela botou o telefone de lado com a tela para baixo quando Nate voltou com o *latte* e um café puro. Como Scarlett tomava. Ele limpou a garganta ao se sentar. Ainda havia barba por fazer no queixo dele, ela reparou. Como no funeral. Talvez fosse uma coisa permanente.

– Você mora por aqui? – perguntou ele, procurando uma introdução para a conversa.

– Moro. Perto da estação Clapham North, não sei se você a conhece.

– Mais ou menos. Cresci perto de Kent, mas meu irmão mora em Londres agora, e eu venho visitá-lo às vezes. Mas ele mora em West London. Perto de Hammersmith.

Evie fez que sim e puxou o *latte* para perto. Tinham desenhado uma folha de espuma na parte de cima do café. Ela sempre admirou quem era capaz de fazer aquele tipo de coisa, transformar um café numa miniobra de arte. Ela se sentiu culpada por beber. Uma vez, ela esperou, quando tinha ido lá em outra ocasião. Esperou a folha se dissipar sozinha, sumir na espuma, antes de beber o café. Scarlett rira dela por ser tão sentimental.

Ela viu Nate observando-a e limpou a garganta.

– Então você não mora em Londres?

– Não. Eu não moro *em lugar nenhum*, para ser sincero.

Evie franziu a testa. *Seja educada*, disse para si mesma.

– Eu me mudo muito – explicou ele. – Dependendo de para onde meu trabalho me levar.

– Entendi. Jornalista de viagem – comentou ela.

– Isso, e outras coisas. O que eu arrumar, na verdade. Mas eu me mudo para onde o artigo me leva, fico um pouco, vou para outro lugar quando acaba ou quando tem outro lugar para eu ir.

– Parece… interessante – disse ela. *Exaustivo* era a palavra que tinha em mente, mas achou que seria a coisa errada a dizer. A ideia de viajar era para ser interessante, não era? Mas a ideia de arrumar as coisas e se mudar de um lugar para o outro o tempo todo parecia exaustiva. Não havia outra palavra. – Mas você está em Londres agora? – era uma pergunta redundante. O que ela estava pensando mesmo era: *por quê*? Se ele viajava tanto, se não *morava* em Londres, por que estava lá no dia em que Scarlett morreu? Tudo poderia ter sido diferente se ele não estivesse lá.

– É. Eu vim visitar meu irmão porque estou num intervalo entre um trabalho e outro. Meu irmão vai fazer quarenta em breve, então vou ficar por aqui.

Ela fez que sim e percebeu que estava sem coisas triviais para dizer. Ele pareceu sentir isso e se inclinou para a frente para colocar o café na mesa baixa entre as duas poltronas.

– Então, você tinha perguntas?

Não adiantava ficar fugindo do assunto, não é? Ela se endireitou na poltrona.

– Você disse pra polícia que foi um acidente – declarou ela, e ele franziu a testa, a expressão foi surgindo no rosto dele devagar, uma coisa gradual. Como se ele estivesse pensando no assunto.

– Eu tenho ligado para lá – explicou ela. Quando percebeu que estava torcendo as mãos no colo, ela as afastou. – Pra tentar descobrir o que estão fazendo com relação à morte da Scarlett.

Nate concordou com a cabeça devagar, pegou o café, mas não o bebeu.

– Mas foi. Um acidente, quero dizer.

– Não foi – retrucou Evie imediatamente e puxou o cabelo para trás. – Quer dizer, não pode ter sido – e a voz dela estava suplicante. – O motorista, quem quer que ele seja – a polícia se recusara a lhe dar um nome – atingiu Scarlett. *Com força.* – Não só atingiu, pensou Evie, mas a acertou em cheio, com tanta força que ela morreu ali mesmo.

Quando Nate falou, foi como se ele estivesse escolhendo as palavras com muita cautela.

– Ela estava no meio da rua.

– Ela não *estava* simplesmente no meio da rua – disse Evie com rispidez, sentindo o corpo vibrar com a tensão. Ela respirou fundo e lutou para afastar a sensação. Atualmente, ela parecia sempre mais próxima do seu ponto de ebulição. – Ela não teria entrado no meio do trânsito. O motorista devia estar indo rápido demais, ou não devia estar olhando, ou... – mas ela não conseguiu terminar e sua garganta se fechou com as palavras.

Nate botou o café na mesa.

– Ela foi pegar a minha bicicleta na rua.

– Sua bicicleta?

Ele tinha dito que estava com ela. Que tinha caído da bicicleta, que Scarlett tinha parado para ajudar e que foi nessa hora que ela foi atropelada. Tinha explicado isso tudo no hospital, mas ela não estava em condições de se concentrar e tinha guardado o mínimo.

– A minha bicicleta, bem, a bicicleta do meu irmão – disse, com outro movimento de cabeça – que estava na rua e ela foi buscar, colocou o pé no asfalto e... – e ele soltou o ar de uma vez. – O carro, o motorista, não teve chance de parar, nem de vê-la, na verdade, ou...

Evie percebeu que estava balançando a cabeça antes mesmo de ele terminar. Mas estava errado. O que ele estava dizendo estava tudo errado.

– Scarlett não *faria* isso – disse ela. – Ela não era... ela não era idiota, ela não teria se atirado no meio do trânsito pra pegar a *sua* bicicleta, de uma pessoa que ela nem conhecia.

Lágrimas brotaram em seus olhos e ela afastou o olhar para tentar disfarçar. Nate não entendia. Scarlett era inteligente. Tinha cérebro. Sabia exatamente quando pular para dentro do metrô quando as portas estavam se fechando, sempre calculava certinho, e conseguia subir a escada rolante como ninja, desviando das pessoas paradas e...

– Por que você está dizendo isso? – sussurrou Evie, ainda sem olhar para ele. – Essa pessoa a *atropelou*, a matou, e, por causa do que você falou, a polícia está… – e ela se virou para olhar para ele. – Não está fazendo nada – disse ela rispidamente. – E ninguém vai pagar pelo que aconteceu – falou, engolindo em seco. – O motorista deve ter furado um sinal vermelho, ou devia estar olhando o celular, sei lá.

– Eu não…

– E como você saberia! – explodiu ela nessa hora, a raiva chegando quente e forte, se recusando a ficar nas profundezas, onde costumava se esconder. E foi *bom* se entregar a ela. Sentir algo de um jeito assim tão forte, depois de semanas se sentindo vazia. Ela não ligava que todo mundo estivesse *mesmo* olhando agora. Não ligava para o que Nate achava dela, se isso pioraria as coisas. Ela não estava nem aí. – Você tinha acabado de cair da bicicleta, não é? Não estava no chão? Dava pra *ver* o motorista vindo? Como você *sabe* que ele não foi o culpado?

Ele fez uma careta, mas não disse nada. E ela soube: ele não voltaria atrás. Aquela conversa tinha sido para nada.

– Outras pessoas disseram o mesmo que eu – disse ele baixinho. – Outras testemunhas. E havia câmeras nos sinais. Se houvesse alguma falha nelas…

Mas Evie o interrompeu com um movimento súbito de cabeça. Ela não queria ouvir aquela tentativa de explicação racional. Porque nada naquilo era *justificável*. E agora, ele, a testemunha principal, a pessoa que Scarlett tinha parado para ajudar, não queria ajudá-*la*.

Ela se levantou, deixou o *latte* intocado com a folha se dissipando e pegou o casaco.

– Isso foi um erro – disse ela, virando-se para ir embora.

– Evie, espere – pediu ele. Ela deu alguns passos desajeitados para longe da mesa ao mesmo tempo que o viu se levantando atrás dela. – Evie!

Mas estava andando agora e não se virou. Limpou as lágrimas quentes que tinham escorrido pelo rosto sem ela notar. *Inútil!* Ela se sentia completamente inútil.

Mas a raiva também ainda estava lá. E foi a isso que ela se agarrou quando saiu. Embora normalmente ela fosse tentar engoli-la, dessa vez Evie se agarrou a ela. Porque era muito mais fácil ter alguém para odiar, alguém para culpar, do que sentir que tinha sido o próprio universo a arrancar Scarlett dela.

Capítulo dez

Sinto um prazer vingativo ao ver Evie sair pela porta como um furacão, se afastando de Nate. Pela segunda vez, devo acrescentar.

Só agora percebo que o motorista não apareceu muito nos meus pensamentos. Foi o carro, a coisa em si, que se fez presente... e Nate, claro. Ver o rosto de Nate no momento anterior ao carro me atingir. Mesmo agora, o motorista não tem rosto. Eu nunca o vi (ou a vi). E acho que não quero que tenha rosto, porque isso vai fazer com que pareça real. Soa ridículo, né? Eu sei que sim. Sei que estou morta, mas esse momento intermediário... sei lá. Quase dá para fingir que é temporário, que vai haver um jeito de sair daqui.

Mas entendo por que Evie quer que alguém seja punido. Só que não sei o que ela faria se descobrisse quem é essa pessoa, se a visse ser presa pelo que fez. Não consigo imaginá-la feliz com a vida de outra pessoa arruinada, com os danos colaterais se espalhando, percorrendo as múltiplas camadas. Então, por mais que eu odeie admitir, talvez Nate esteja certo.

Mas Nate não assumiu o fato de que foi *ele* que furou o sinal vermelho, né? Por quê? Que jogo ele está fazendo? Mas, enquanto estou pensando, sei que não tem jogo nenhum. *Quero* desconfiar dele, mas não consigo. Vi como ele recontou a experiência, a dor nas palavras. Eu vi, mesmo achando que Evie não viu. Eu não *queria* ver. Não quero ver esse tipo de emoção vinda dele, não quero ver as coisas na perspectiva dele.

Sinto que estou sendo puxada de volta para o dia do acidente, de tanto que estou pensando nisso. Sinto a brisa fresca no rosto, sinto o cheiro do café.

Eu bloqueio tudo. Não quero enfrentar aquele momento porque sinto que aí vai ser o fim. Não tenho certeza disso, claro, é uma *sensação*, mas, seja o que for esse limbo, seja qual for o objetivo dele, é melhor do que a alternativa.

Direciono meus pensamentos para outra coisa. Penso na mensagem de texto que Evie recebeu, não a da mãe dela, mas a da minha mãe.

Na mesma hora, vou para a casa em que cresci, de onde meus pais nunca saíram. Minha mãe está sentada no quarto de hóspedes, na cama de solteiro, com uma colcha azul com estampa de estrelas cadentes. Nós sempre tivemos três quartos: o meu, que continuou sendo meu mesmo depois que saí de casa; o quarto dos meus pais; e o quarto de hóspedes. Acho que o quarto de hóspedes era para o segundo filho que eles não tiveram. Eles nunca disseram isso explicitamente, mas sei que minha mãe queria muito outro filho. Ela nunca entrou em detalhes sobre o *porquê* de não ter acontecido, só que "não era para ser". Ela brincava comigo sobre isso se eu perguntasse. *Talvez as moiras tenham achado que nós já estávamos bem ocupados com você!* E talvez tenha sido por isso que Evie e eu sempre fomos próximas: irmãs que se escolheram e amigas.

O rosto da minha mãe está inchado, a pele vermelha, os lábios rachados. Ela costuma ser tão religiosa com as idas ao cabeleireiro, o mesmo que cuida do cabelo dela há anos vai em casa de seis em seis semanas, mas agora o grisalho está aparecendo na raiz, se misturando com o castanho. Meu pai era louro, como eu, apesar de estar quase completamente careca agora. Ela está segurando um porta-retrato. Estamos nós duas na foto, sorrindo para a câmera, com uma praia ao fundo. Meu pai tirou a foto, eu lembro. Estávamos em Bournemouth. Eu tinha dezessete anos, e aquelas foram as últimas férias familiares que tivemos juntos. Minha mãe nos obrigou a viajar naquele ano, como se soubesse que era sua última chance. Eu fiquei emburrada na maior parte do tempo, reclamando que não tinha nada para fazer nem com quem sair, mas depois que a foto foi tirada, minha mãe e eu fomos fazer as unhas e, depois, comprar algumas coisas. E nós compramos coisas ótimas, e ficamos animadas com algumas belezinhas que encontramos em brechós. Eu estava tentando ser criativa e misturar coisas para treinar para a minha futura carreira – eu era tão segura, mesmo naquela época.

– Se eu cortar essas mangas – estou dizendo, mostrando uma blusa verde com mangas compridas horríveis, e dá para entender por que queria me livrar delas – e juntar com *isso* aqui – uma saia preta midi –, pode dar certo.

Minha mãe está sentada no sofá, uma xícara de chá na mão, me deixando falar. Faço um biquinho de entusiasmo com os lábios quando tiro o resto dos itens das sacolas e os coloco no chão da sala da casinha que alugamos para passar a semana. Meu rosto está meio queimado de sol. Eu sinto a pele repuxar. Não me lembro disso. Eu sempre achei que era especialista em bronzeamento: pele imediatamente morena, sem ficar vermelha.

– E aí, quando eu começar... – levanto o rosto ao ouvir passos e vejo meu pai. Ele está menos careca e ainda está magro, sem a barriga que desenvolveu nos últimos anos.

– O que é isso? Exageraram um pouco nas compras, é? – e ele dá uma piscadela para mim, e eu reviro os olhos.

– É tudo de brechó, não tem problema. É tipo pra ajudar o mundo. Principalmente se eu usar essas peças pra criar coisas *novas*, aí é ajudar duplamente, porque vou dar pras pessoas uma roupa nova que elas vão querer usar e que não é nova de verdade.

Meu pai ri.

– Pra quem você está planejando dar essas roupas "novas"? – pergunta ele, sentando-se ao lado da minha mãe e passando o braço em volta dela. Percebo que não vejo esse gesto casual e tranquilo entre eles faz tempo.

– Não, pai – digo com certa impaciência. – Estou falando do futuro. Quando eu trabalhar com moda.

Meu pai suspira.

– Ainda isso, Scarlett?

Olho para ele, sentada de pernas cruzadas no chão.

– Como assim, "ainda"?

– Eu só... Achei que você já tinha abandonado essa ideia. Você termina a escola ano que vem e precisa se concentrar, pensar no seu futuro.

– Eu *estou* pensando no meu futuro – e ainda sinto a dor que as palavras dele me causam.

– É, mas eu quero dizer...

– Deixe ela – diz minha mãe baixinho, e meu pai tira o braço de seu ombro.

Minha raiva chega rápido. Tenho vontade de engolir as palavras. Não quero ser ríspida com meu pai assim, não mais. Mas, claro, eu não tenho controle.

– Só porque *você* não seguiu o *seu* sonho.

Nem sei se meu pai *tinha* um sonho. Eu já perguntei o que ele queria fazer da vida? Ou será que assumi que ele nunca tinha tido um sonho? Que ele estava feliz sendo contador? Eu queria poder voltar e perguntar.

Meu pai suspira de novo.

– Eu só me preocupo com você.

– Não – respondo. – Você está dizendo que não *acredita* em mim.

– Você é inteligente, Scarlett – diz meu pai com sinceridade. – Pode fazer muito mais.

– E quem determina o que é "mais"? Trabalhar num emprego chato de escritório, isso é melhor? Só porque você acha?

– Não, porque a sociedade acha. São os empregos que pagam contas – e meu pai levanta as mãos num gesto de impotência. – Eu não faço as regras.

– Não quero saber. Eu não preciso ouvir isso.

Aí, pego minhas compras do chão e subo as escadas, batendo os pés deliberadamente. Eu me sento na cama de solteiro e pego o celular. Connor mandou mensagens, mas lembro que pensei que era melhor fazê-lo esperar mais um pouco. Eu mando uma mensagem para Evie.

Estas são as piores férias do mundo. Queria que você estivesse aqui.

Só faltam dois dias! E temos o festival em duas semanas!

O festival a que Evie e eu fomos, eu lembro. Nosso primeiro. **Não vou conseguir sobreviver a mais dois dias.** Muito dramática.

Eu tenho fé. Sei que vocês vão ter um momento em família incrível, vai ser como *Doze é demais*, mas sem os outros onze filhos.

Na lembrança, solto o ar com força quando boto o celular de lado. Mas eu deveria ser grata, não é? Por meus pais *quererem* viajar comigo nas férias. Eu sou adolescente, isso acontece quando se é adolescente, mas mesmo assim. Evie nunca teve isso, não é? Ela e a mãe nunca viajaram de férias juntas até onde me lembro.

Escuto meus pais discutindo no andar de baixo. O chalé não é grande.

— Por que você a provoca assim? – diz minha mãe.

— Pelo amor de Deus, Mel. Eu não estou provocando, estou tentando ser um pai responsável.

— Ela pode acabar deixando pra lá sozinha, então pra que discutir sobre isso agora?

Faço cara feia pela ideia de a minha mãe também achar que eu não sou capaz de fazer isso. Ou achava, suponho.

— E se ela não deixar?

— Bom, se não deixar, aí a gente precisa dar apoio.

— Você é indulgente demais.

— Eu não sou indulgente, Graham. Estou tentando fazer o melhor.

— Você é leniente demais – insiste meu pai. – Parece que você…

— Parece o quê?

Há uma pausa.

– Nada.

– Nada. Claro – e quase imagino minha mãe retorcendo o rosto nessa hora. Ela suspira. – A gente não devia brigar. Devia ser uma frente unida.

– Você aprendeu isso num daqueles livros sobre maternidade? Achei que você tinha parado de ler isso tempos atrás.

– Bem, algumas coisas ficam – e ouço um ruído. Minha mãe se levantando, talvez? Ou botando o chá na mesa? – Vou subir e ver Scarlett. Ela vai estar emburrada, sozinha no quarto. É em momentos assim que eu queria...

– O quê? Queria o quê?

Agora é a vez de a minha mãe dizer "nada".

Há silêncio por mais tempo do que parece confortável.

– Eu achei que tínhamos superado isso, Mel. Não era pra ser.

Meu estômago se embrulha. Eles não fizeram segredo que minha mãe não conseguiu engravidar de novo, mas não é divertido ouvir isso em voz alta. Saber que minha mãe não teve o que desejou. E saber que, agora, a única filha que ela teve, eu, foi tirada dela.

Acho que é esse pensamento que me leva de volta ao presente, onde minha mãe ainda está sentada na cama. Já é noite, as cortinas estão abertas e está escuro lá fora. Não consigo entender como o tempo passa para mim, como funciona, ao pular entre lembranças e realidade. Acho que nem estou "aqui" o tempo todo. Às vezes, acho que eu vago. O pensamento me assusta, e eu o isolo e me concentro na minha mãe.

Eu queria poder falar com ela. Mas o que eu diria? Que eu estou bem? Eu não estou, né?

Há uma batida na porta e meu pai entra. É estranho ele bater? Não consigo saber.

– Você está bem? – pergunta ele.

Meu Deus, ele está tão grisalho. Não o cabelo, embora o pouco de cabelo que ele ainda tenha *esteja* grisalho, mas a barba que está por fazer e até sua palidez. Grisalho, cinzento, cheio de rugas e velho.

Minha mãe olha para cima e pisca, como se estivesse voltando de um transe.

– Estou – diz ela com voz rouca. – Estou bem.

Essa é a maior mentira que eu já ouvi.

– Eu vou para a cama. Precisa de alguma coisa antes que eu vá? – e minha mãe balança a cabeça negativamente, e meu pai hesita. Quando fala, acho que não é o que ele quer dizer de verdade. – Tudo bem. Até amanhã – e fecha a porta.

Eu lembro como meu pai a abraçou quando ela desmoronou no meu funeral. Onde está isso agora? Por que ele não vai até ela, não a consola?

Minha mãe se levanta e abre uma gaveta da cômoda. As roupas dela. São as roupas dela naquelas gavetas. Tem algo nessa rotina que me parece familiar.

Penso na última vez que estive ali. Foi alguns meses antes. Eu pretendia voltar havia um tempo, mas tinha ficado ocupada com o trabalho – e com Jason, admito. Quando eu *fui*, liguei para a minha mãe antes, para avisar que estava indo. Ela sempre ia me buscar na estação de trem de Cambridge, apesar de ser um trajeto de trinta minutos de carro.

– Evie também vem?

– Não – digo depois de um momento. – Ela não está disposta.

– Espero que ela esteja bem.

– Ela está. Ou vai ficar. Não é a esclerose múltipla – acrescento rapidamente. – Eu sei que isso não vai melhorar, mas a cabeça dela. Ela estará mais disposta a fazer coisas em breve – tento explicar. Evie tinha fases, e achei que aquela era uma fase ruim que ia passar.

– Bem, me avise se ela mudar de ideia, tá? Vou precisar mexer em algumas coisas, arrumar o quarto de hóspedes.

– Por quê? Ninguém dorme lá.

– Não, não, eu sei. Mas eu precisaria abrir as janelas, arejar um pouco o ambiente, sabe como é.

Deixei para lá, assim como tinha deixado para lá quando vi algumas das coisas da minha mãe no banheiro compartilhado e não no banheiro da suíte. Mas, agora, eu percebo. Então, talvez, estar morta *esteja* me dando uma espécie de onisciência. Porque eles estão em quartos separados há algum tempo, não é? Mas eles mentem sobre isso. Fingiram estar no mesmo quarto quando fui visitá-los, fingiram que estava tudo bem.

E eu estava focada demais no meu próprio drama para reparar.

Capítulo onze

Evie nem sabia por que estava olhando o Instagram quando viu a postagem do Will. Ela estava olhando com hesitação, achava que era para ver se as pessoas ainda estavam postando sobre Scarlett. Mas agora que tinha visto a postagem, ela não podia *não ver*.

Uma foto dele com o braço em volta da mesma garota com quem estava antes de surgir na porta do apartamento. Ele estava sorrindo para a câmera, aquele sorriso grande e branco, cheio de dentes. A garota parecia mais "o tipo dele" do que Evie, pensou objetivamente. Ela era pequena e magra, com cabelos castanhos perfeitamente lisos e reluzentes e um sorriso largo que combinava com aqueles cabelos e parecia um pouquinho falso. Como o do Will, na verdade. Eles estavam ao ar livre, com colinas verdes ao fundo, e a legenda dizia: *Visita rápida ao campo!*

Era culpa dela. Ela não devia ter deixado que Will a beijasse. E não deveria ter mandado mensagem depois, perguntando se ele queria encontrá-la para tomar café.

Estou meio ocupado agora, mas em breve, claro. Uma dispensa, obviamente. Patético. *Patético, Evie!*

Ela fechou os olhos, tentou imaginar o que Scarlett diria. *Ele é o babaca nessa situação, Evie. Não você.*

Ela levou um susto com o som de uma batida na porta do apartamento. Will de novo? Ela o tinha invocado ao pensar nele? Jogou a colcha longe, se levantou e andou com cuidado pelo apartamento até a porta.

Era de fato um homem do outro lado da porta. Mas não Will.

– O que *você* está fazendo aqui? – perguntou. Ela falou com desprezo, esquecendo por um momento que ainda estava de pijama. Às 11h da manhã – de um *domingo*, mas mesmo assim. Era o pijama xadrez de flanela feio, e ela o estava usando direto na semana e meia anterior. Não que ela se importasse com o que Nate achava da sua aparência. Ela levantou o queixo e resistiu à vontade de cruzar os braços para se esconder um pouco. Um pequeno ato de desafio. – Como você sabe onde eu moro?

– Eu sou jornalista, lembra? Eu tenho meus contatos – falou ele, com leveza, e ela fez uma cara feia pela tentativa de ser fofo. *Não era* fofo. Era sinistro. Invasivo. O rosto dele ficou sério. – Eu quero levar você a um lugar – explicou ele – e achei que você não ia concordar se eu falasse por telefone.

–Então você apareceu achando que eu estaria aqui?

Ele deu de ombros.

– Eu arrisquei – disse ele. Era arriscado porque ela estava muito patética agora. Evie fez uma cara feia para si mesma. Ali estava a mesma palavra de novo. – Por favor, eu quero tentar explicar por que falei o que falei para a polícia. O que aconteceu naquele dia.

Ela deu um passo para trás, mas não pôde impedir que as palavras caíssem em sua mente como pequenas pedras. Nate olhou para ela. Ela olhou para ele. Os dois esperando.

– Eu não estou vestida – disse ela de repente. Como se *essa* fosse a questão ali.

– Eu espero.

– Preciso tomar banho.

– Tudo bem.

Ele estava tão calmo. Não parecia certo. Ele não estava dilacerado por dentro? Ele não conhecia Scarlett, mas mesmo assim – se estivesse na posição dele, ela estaria… bem, ela estaria agindo de um jeito diferente.

Mas ela queria entender por que Nate se recusara a dar uma declaração contra o motorista e por que estava se oferecendo para fazer aquilo agora. Qual era a alternativa a ir com ele? Ficar sentada em casa, sozinha, esperando o dia seguinte, quando ela teria que enfrentar o trabalho e o mundo real de novo? Henry já tinha enviado uma lista de coisas a fazer no dia seguinte para "ela ir adiantando". Uma lista que incluía reservar uma viagem de aniversário de casamento para ele e a esposa. Com desconto. No fim de semana seguinte.

Ela apertou os olhos.

– Você não é um psicopata assassino, é?

Ele sorriu, rápido como um raio.

– Não.

– Se bem que, se você *fosse* um assassino, responderia exatamente isso.

– Eu não falei que não era assassino, só que não era um psicopata assassino. Você deveria ser mais específica com as suas perguntas.

Isso não a fez rir, mas Evie sentiu a cara feia se abrandar.

– Aonde nós vamos? – perguntou, mordendo o lábio. Parecia que ela já tinha concordado. – Quer dizer, aonde você quer me levar?

Ele hesitou.

– Não posso contar. É mais algo que é preciso *mostrar*. Mas vai fazer sentido no final, prometo.

Ela parou um momento para avaliá-lo. Nate não interrompeu o contato visual, só continuou olhando para ela daquele jeito firme e direto. A maioria das pessoas desviava do seu olhar. Scarlett tinha dito mais de uma vez que ela tinha um olhar assustador e que devia tentar se controlar um pouco com pessoas que tinha acabado de conhecer, mas ela nunca tinha descoberto como fazer isso. Mas parecia que Nate era imune.

– Tudo bem – disse ela depois de um tempo. – Pode entrar e esperar enquanto eu me arrumo.

Eles saíram de Clapham na direção sudoeste. Nate tinha ido de carro até o apartamento dela e parado em frente. O carro era do irmão dele, ao que parecia, como a bicicleta. Quando ela perguntou se ele tinha alguma coisa que fosse dele, ele deu de ombros e disse:

– Não exatamente. Eu me mudo muito e minhas posses são limitadas.

O rádio estava ligado, o que acabava com a necessidade de dizer alguma coisa, e Nate não tentou forçá-la a conversar trivialidades, algo que Evie apreciou.

Eles foram para Wimbledon e pararam em frente à praça principal. Tudo estava tão verde, as árvores mais vivas agora, as flores caindo e as folhas se preparando para o verão. Ela saiu do carro e sentiu um calor sutil no rosto. Maio. Seria verão logo, e aquele lugar ficaria lotado de turistas antes que se percebesse, prontos para as partidas de tênis.

Wimbledon: ela e Scarlett tinham falado sobre tentar comprar ingressos um ano, mas não chegaram a fazer isso. Tantas coisas que Scarlett nunca faria agora.

– Por aqui – disse Nate, indicando o caminho com a cabeça. Ele a levou para uma lojinha que vendia cerâmica, ao que parecia, embora houvesse velas expostas e uma estante com brincos. O cheiro de incenso pairava no ar, e a loja era iluminada e ampla, graças às janelas grandes na frente.

– O que nós estamos fazendo aqui? – sussurrou ela. Talvez ela não devesse ter ido tão alegremente. Afinal, ela não sabia nada sobre ele. Talvez fosse uma fachada estranha, encobrindo algum tipo de coisa sinistra. E era para lá que ele estava indo agora, descendo a escada.

Ela hesitou, mas foi atrás dele. Era improvável que ele fosse assassiná-la, não era? Não numa loja de cerâmica, com outras pessoas ao redor.

A maioria das pessoas prestava atenção no andar rígido e tentava ajudá-la a descer escadas, mas não Nate. Ela se perguntou se era falta de consideração da parte dele, embora parecesse mais que ele não tinha notado. Ela desceu a escada apoiada no corrimão. Ela *esperava* que ele a tratasse de forma condescendente, percebeu. Tinha passado a esperar que as pessoas a tratassem como frágil. Foi o que Will fez; quase no instante em que soube do diagnóstico, ele começou a tratá-la como se estivesse meio *quebrada*.

Estava mais escuro embaixo e parecia um bar de porão, com iluminação esparsa e velas nos cantos. Havia algumas mesas redondas, com crianças sentadas em volta, vendo uma mulher na frente da sala. Evie olhou para Nate, esperando uma espécie de explicação, mas ele também estava olhando para a mulher, que estava adornada com pulseiras douradas e brincos pendentes, usando batom vermelho-escuro, os cabelos cacheados volumosos emoldurando o rosto. Ela passou o xale roxo em volta do corpo quando viu Nate, mas sorriu e fez que sim, e depois fez sinal para ele ir para a única mesa livre nos fundos da sala.

Ele guiou Evie e puxou uma cadeira para ela se sentar.

– O que nós... – mas a mulher começou a falar, e Evie viu que não conseguiria terminar a pergunta, porque tinha a sensação de estar de volta à escola, onde a professora lhe daria uma bronca se você falasse junto com ela.

– Hoje nós vamos trabalhar nas tigelas. É hora de pintar!

Evie viu que havia tigelas de argila na frente das crianças, além de tintas e pincéis. Na mesa dela e de Nate, havia tintas e pincéis, mas não as tigelas. A mulher botou as crianças para trabalhar, deu instruções sobre o que fazer e foi até os dois.

– Obrigada por vir – disse ela calorosamente para Nate, embora Evie não tenha deixado de notar como ela apertou as bordas do xale com mais força do que parecia necessário.

Nate balançou a cabeça.

– Tasha, essa é Evie. Evie, Tasha.

– Oi – disse Evie, e foi difícil não parecer um tanto perplexa.

– Vocês perderam a aula de argila para fazer as tigelas, mas podem pintar outras que já fizemos – e ela levou duas tigelas para eles. – Podem começar, pensem nas tintas que gostariam de usar. Já volto, só preciso fazer as crianças começarem.

Nate começou a abrir tintas na mesma hora, mas Evie só ficou olhando para ele.

– O que estamos fazendo numa aula de cerâmica?

O que ele estava querendo?

– Tasha é dona daqui – explicou Nate, o que não era resposta. – Algumas dessas crianças pagam pra vir fazer aula semanal de cerâmica, e outras não têm dinheiro pra isso. Elas vêm de lares carentes, e ela usa o dinheiro das que pagam pra ajudar a custear o material das que não pagam, pra que possam participar também.

– Tudo bem – disse Evie lentamente. – E o que isso tem a ver com Scarlett?

Mas Tasha se aproximou antes que Nate pudesse responder.

– Pintem! – ordenou ela, erguendo as mãos e fazendo as pulseiras douradas dançarem.

Evie levou um susto e, na mesma hora, pegou o pincel, como se tivesse levado uma bronca. Ela foi mergulhar o pincel na tinta e o tremor começou. Era um dos sintomas mais difíceis de controlar. Ela tinha tentado vários medicamentos, mas alguns a deixaram sonolenta demais para ser funcional e os outros não deram certo. O médico tinha dito que o tremor era notoriamente difícil de aliviar com medicação, embora houvesse avanços o tempo todo, acrescentara ele rapidamente.

Ela praguejou baixinho e abaixou a mão.

– Eu não posso fazer isso – murmurou ela.

Nate estava com a língua entre os dentes enquanto tentava fazer linhas verdes na tigela. Ele olhou para ela.

– Por quê?

– Minha mão, ela treme quando tento fazer coisas assim – e foi difícil não parecer amarga.

– E por que você não desenha uma linha trêmula? É só chamar de arte.

– Porque… – *Porque vai ficar ridículo*, quis dizer.

– Precisa ficar perfeita? A minha não vai ficar – e ele voltou a pintar suas linhas, olhando para a tigela e não para ela. Mas tudo bem para ele, não? Ele não tinha algo que o atrapalhava. – Eu queria ser pintor – continuou ele, alheio aos pensamentos sombrios que ela estava lhe dirigindo. – Era uma das minhas muitas ambições de carreira quando era pequeno. Isso até eu perceber que não tenho nenhum talento artístico – acrescentou, com um sorriso na direção dela.

Do outro lado da sala, uma garotinha jogou o pincel na mesa, fez um ruído mal-humorado alto e cruzou os braços. Tasha foi até lá, e Evie a ouviu explicar pacientemente que ela não podia ficar com raiva toda vez que um detalhezinho dava errado. Que ela devia *usar* a raiva que sentia agora, porque da raiva grande vinha a grande arte.

Evie sentiu os lábios tremerem um pouco ao ouvir as palavras de Tasha. E suspirou. Ela estava sendo idiota por nem tentar. Diferentemente daquela garotinha, ela *não* era mais criança e não podia dar chilique por causa daquilo. Nem importava mesmo. Ela disse isso para si mesma, mesmo com o tremor começando assim que ela pegou o pincel. Não importava. Era só uma tigela idiota.

Uma tigela que acabou ficando bem ridícula mesmo. Ela tinha escolhido tons de azul e cinza, e as cores estavam meio jogadas, trêmulas, se misturando sem qualquer controle. Se bem que, em parte, talvez isso fosse porque ela tinha evitado olhar para a porcaria do objeto enquanto o pintava.

Ela ficou surpresa quando Tasha bateu palmas e declarou que o tempo tinha acabado. Quando ela olhou o celular, viu que estavam ali havia uma hora. Uma hora tinha se passado e mal se deu conta. Uma hora em que ela não sentiu que gostaria de ser engolida pela terra, mas uma hora em que ficou… bem, *distraída*, ela achava, mas no sentido saudável da palavra, diferentemente da distração que Will tivera em mente.

Tasha abriu um sorriso ao se aproximar. Ela riu um pouco da tentativa de Nate, com linhas verdes e vermelhas, mas com gentileza, de um jeito que fez Nate sorrir para ela, e fez um ruído que pareceu de verdade um ronronar quando olhou para a tigela de Evie.

– Parece um céu tempestuoso! – declarou ela. – Muito abstrato. Amei.

Abstrato era uma palavra para aquilo, achava. Ainda assim, ela tinha conseguido, não tinha?

– Nós vamos esmaltar e colocar no forno – disse Tasha –, e vocês podem voltar pra buscar outra hora.

Ela fez um gesto para eles subirem a escada, por onde as crianças já tinham sumido, e Evie se inclinou para sussurrar para Nate:

– A gente precisa pagar?

– Não se preocupe, eu já resolvi.

Nate se virou para Tasha na entrada da loja, e Tasha segurou suas mãos.

– Você vai voltar?

– Vou – disse Nate, apertando as mãos dela com uma delicadeza que, incomodamente, lembrou Evie de quando ele ficou com ela, do lado de fora da igreja, depois do funeral de Scarlett. – Sempre que eu estiver em Londres. Vou fazer questão de vir visitar você.

Os dois trocaram um olhar, um que Evie não conseguiu interpretar, e Tasha apertou os lábios, como se tentasse impedir que eles tremessem. Ela engoliu em seco e se virou para sorrir para Evie – um sorriso que pareceu muito aquoso.

– Você também, garota do Nate. Pode voltar quando quiser.

Evie franziu a testa, mais por causa do "garota do Nate", mas também pelo fato de que ainda não fazia ideia de quem era aquela mulher, nem por que Nate a tinha levado para vê-la.

Nate segurou a porta para Evie sair, ela foi para fora da loja enquanto vestia a jaqueta jeans. Ela inspirou o ar fresco, que levou o cheiro de tinta embora. Olhou para Nate e viu seus olhos de café olhando diretamente para ela.

– Hum, isso foi muito legal e tal – disse ela –, mas eu ainda não entendi. Como isso explica alguma coisa?

Ela enfiou as mãos nos bolsos, e eles foram andando na direção do carro. A raiva que ela sentia dele tinha se dissipado durante aquela hora pintando, e agora ela não sabia como agir perto dele.

Ele não disse nada, e ela olhou para ele e o viu olhando para a praça.

– Porque, Evie... – e olhou para ela novamente. – Porque aquela mulher, Tasha, foi a pessoa que atropelou Scarlett.

Capítulo doze

Droga! Por essa eu não esperava. Eu não sabia o que Nate estava planejando. Imaginei que ele estivesse levando Evie a algum tipo de passeio bizarro para perdoá-lo. E ela estava derretendo aos poucos. Eu sei que ela não *quer* derreter, mas estava derretendo, com a maldita cerâmica e as crianças, e todo o clichê daquela situação.

Como Patrick Swayze em Ghost, eu diria para Evie num mundo em que ainda estou viva, em casa, enquanto ela está fora nesse… bem, *não* é um encontro, mas poderia ser se as coisas fossem diferentes, não é?

Exatamente como Patrick Swayze em Ghost!, diria ela em resposta.

A ironia não passa despercebida: esse filme é a referência perfeita, não por causa da cerâmica, mas porque estou ali, vendo os dois.

Vejo os olhos verdes de Evie faiscarem de dor, de raiva. Sinto a mesma dor e a mesma raiva. Foi aquela mulher que me atropelou? Com as pulseiras e a droga do xale? A sensação do carro batendo no meu quadril volta, seguida do gosto de sangue. Lembranças que eu não percebera que tinha, porque tudo acabou tão rápido naquela hora.

– O quê?! – diz Evie. – Como você...?

– Eu a vi – explica Nate, a voz baixa. – Quando ela saiu do carro naquele dia, para ver o que tinha acontecido – e o corpo dele treme na próxima respiração.

Que ousadia a dele! Como se *ele* estivesse traumatizado. Não é ele que está morto, é? E, meu Deus, aquela mulher. Tasha.

– Eu a procurei depois. Queria... – e ele não termina a frase. Eu me pergunto se ele sabe aonde estava indo, o que ele queria dizer. Eu queria que *eu* soubesse.

– Eu não acredito nisso – e a voz de Evie é um sussurro, mas cortante. – Não acredito que você me trouxe aqui pra... pra quê? O que você está tentando provar? – e a voz dela fica mais alta. Não chega a gritar, ela é boa em evitar isso, mas alta o suficiente para que algumas pessoas virem a cabeça para olhar. Não sei se Evie repara. – Você está tentando me *manipular*?... – e ela se interrompe, se vira de costas para ele, e eu sei: ela está tentando sair dali, antes que o que está entalado dentro dela exploda. Vê-la tentando conter isso tudo, sentir o quanto isso a machuca faz com que eu sinta *dor*, dor de verdade.

Nate estica a mão para tocar nela, mas ela se desvencilha dele. E se vira, tirando o cabelo do rosto.

– Você está fazendo disso uma espécie de julgamento moral? Por ela ser uma "boa pessoa", o que quer que isso signifique, ela não precisa ser punida? Ela *matou* a minha melhor amiga. Você não entende isso?

Isso sobe em mim como uma náusea que não dá para controlar. Ela me matou. Aquela mulher me *matou*. E, por um momento, isso arde, quente e sombrio ao mesmo tempo.

Mas passa, lentamente. Porque eu sei, como sei que Nate sabe, que não há nada que Tasha poderia ter feito. Eu não olhei. Não *olhei* antes de ir para a rua pegar a bicicleta. A bicicleta *dele*, porque ele estava pedalando como um idiota. Mas, quer Nate tenha sua parcela de culpa ou não, acho que Tasha não tem. Eu não deveria ter corrido para a rua daquele jeito. E eu sei, lá no fundo, que Tasha não deveria ser punida por isso. Evie também vai saber com o tempo.

Mas, agora, ela está chorando e, embora eu não queira, vejo como a expressão de Nate se transforma com isso, vejo a angústia no rosto dele.

– Olhe – diz ele em desespero –, não estou tentando…

Mas ele não consegue terminar – de novo. Ele é o tipo de pessoa que fala sem pensar, ao que parece, depois fica entalado. Ele certamente *agiu* sem pensar, não é? O oposto de Evie. Talvez ele nem saiba por que a levou ali, o que estava querendo provar. Droga, será que ele pensou em alguma coisa?

– Não importa se a pessoa era boa ou horrível – diz ele. – É uma pessoa, que tem vida, e ir para a prisão… isso pode acabar com qualquer um.

O jeito como ele fala essa última parte: tem alguma coisa ali, tenho certeza. Alguma coisa que acho que Evie não notou. Será que ele já esteve preso? Não parece, mas qual é a cara de quem já foi preso? Imagino alguém careca, musculoso, tatuado, e sei que estou sendo ridícula.

– Eu sei disso – diz Evie com rispidez. Ela fecha os olhos por um instante, e percebo que ela está arrependida do tom ríspido. Sei que ela está com medo de para onde a raiva vai levá-la. Ela nem sempre foi assim, tão desesperada para enterrar seus sentimentos.

Mas acho que ela nem sempre teve tanto motivo para sentir raiva.
– Mas algumas pessoas merecem – sussurra ela.

– Algumas merecem, é – concorda ele. – Mas não nesse caso
– diz ele. Depois hesita e continua baixinho: – Foi um acidente.
Um acidente horrível.

Lágrimas brotam nos olhos de Evie de novo, e eu sinto uma
resposta surgir dentro de mim. Um *acidente*.

Não inevitável. Só uma coisa que aconteceu porque eu estava
no lugar errado, na hora errada. Porque eu tomei uma série de
decisões naquele dia – e Nate também.

– Sinto muito. Sinto muito, Evie.

– Pare de dizer isso – diz ela, soluçando. Ela balança a cabeça e
a ação parece frenética. – Eu não sei o que fazer. Eu queria encontrar a pessoa que matou Scarlett pra... – e ela engole em seco, e
eu percebo que ela não sabe o que ia fazer quando encontrasse a
pessoa e, nessa hora, sinto uma onda de ódio contra Nate por jogar
isso em cima dela. Ele deveria ter deixado que ela chegasse a isso
no tempo dela. – E agora, o quê? Eu não posso voltar lá, não posso
olhar na cara daquela mulher. Eu não sei...

Os soluços dela estão mais rápidos agora. Nate enfia as mãos
nos bolsos, e vejo a tensão no corpo dele, como ele está se con-
traindo. Ele quer tocar nela. Eu já vi muitas vezes aquela linguagem
corporal, me tornei especialista nela. Não só com Jason, mas com
os homens em geral. Eu sei quando eles querem me tocar e,
naquele momento, sei que Nate quer tocar em Evie. Mas ele não
toca nela. Como se soubesse que só pioraria as coisas.

– Tudo bem – diz ele. – Você não precisa voltar. Se nunca mais
quiser olhar pra ela, tudo bem. Mas agora você sabe.

Ela passa a mão no rosto.

– Você não teve medo de eu passar a me vestir de preto e ir para cima dela com uma faca?

Tem um toque de amargura na voz dela, mas percebo o que ela está fazendo. Ela está tentando dissipar algo entre eles – assim como fez comigo na manhã da minha morte. Ela também não quer dizer isso no sentido de ficar maluca. Ela está falando do filme, *Psicose*, com a mulher de preto, atacando com uma faca no chuveiro. Mas Nate não entende.

– Eu não pensei nisso, pra ser sincero – e massageia a nuca, como se percebesse pela primeira vez que deveria ter pensado melhor. – Você quer *voltar*? Quer voltar lá, falar com ela?

– Quero – diz Evie bruscamente. Mas fica imóvel, não se mexe para voltar lá. Ela *quer* querer confrontar Tasha, eu sei. Parece que talvez ela deva. Mas tenho certeza de que ela não vai. – Ela atropelou a Scarlett – diz ela com torpor na voz. – Tasha a atropelou. E a matou.

Nate dá um passo na direção dela, diminuindo o espaço entre eles de modo que ela precisa virar a cabeça para cima de leve para olhar nos olhos dele. Ele é mais alto do que ela. Só um pouco, mas é.

– Olhe, Evie. Não foi culpa da Tasha. Na verdade…

Droga, ele vai falar. Ele vai ter coragem de falar. Não sei por que, mas esse pensamento me dá certo pânico, e percebo que estou tentando ocupar o espaço entre eles, tentando impedi-lo. O que é idiotice. Ele *deve* contar. E deve estar se sentindo péssimo por isso. Talvez seja porque sei que ela não aguenta mais. Mas, claro, eu não tenho controle. Só posso assistir.

– Eu não estava concentrado – admite Nate. – Estava ao celular, só com uma das mãos no guidão, e furei um sinal vermelho no último minuto e… – e ele olha para a calçada e não para ela. – Eu não estava olhando e, quando um carro quase me atropelou, eu caí. E foi por isso que Scarlett parou, para me ajudar.

O momento em que o vi na bicicleta surge na minha mente. Evie está olhando para Nate. Ele olha para ela e, por um segundo, seus olhares se encontram. E, sem uma palavra, ela se vira e se afasta dele.

Ele corre atrás dela, e percebo agora que eles estão caindo nesse padrão: ela vai embora, ele vai atrás.

– Evie, espere.

– Não – diz ela rispidamente, ainda de costas para ele. – Eu não consigo lidar com isso agora. Não consigo lidar com *você*. Eu vou embora.

Nate tem uma passada maior do que a dela, e ela já anda devagar, então não demora nem um segundo para ele a alcançar e parar na frente de Evie, obrigando-a a parar também. Ela tenta desviar dele, mas ele se move para bloqueá-la. Seria quase cômico, se não fosse a situação.

– Espere – diz ele de novo. – Me deixe pelo menos levar você pra casa – e a voz dele tem certo tom de súplica.

– Não – diz Evie brevemente. Mas ela parou de tentar passar por ele e seus ombros estão caídos, murchos. – Acho que você devia ir embora.

– Mas eu...

– *Você* é o motivo de ela estar morta – e o corpo dela começa a se transformar nessa hora, a coluna se endireita, o queixo se levanta. Talvez Nate não repare, mas eu a conheço bem o suficiente para ver a mudança, como o corpo dela deve estar se aquecendo de raiva. – É isso que você está me dizendo, não é? Eu já... – e ela balança a cabeça, mas as palavras que ela não diz são óbvias. *Eu já culpava você.* – Você foi descuidado, mas isso não custou a *sua* vida, custou a *dela*.

– Eu sei. Meu Deus, eu sei, e só estou tentando compensar... – e ele para de falar e faz uma careta suave.

– *Reparar?* – e ela olha para ele com incredulidade. – Não se pode *compensar* algo assim... não é a droga de uma balança! – grita ela. Aí está. Finalmente. Aí está a raiva descontrolada. Eu a vejo borbulhando, o corpo dela praticamente vibrando. – Eu tenho que tentar *lidar* com isso de alguma forma. Tenho que empacotar as coisas dela, tenho que encontrar um novo lugar pra morar – e ela limpa com raiva uma lágrima que escapou. – Eu não consigo fazer isso, você não entende? Eu tenho que voltar para o trabalho amanhã e encarar a realidade, e meu chefe quer que eu reserve uma viagem de última hora para um aniversário de casamento *idiota e insignificante*, em algum lugar incrível e barato, e se eu não conseguir, pode ser a gota d'água pra ele e eu vou ser *demitida*, e eu não posso perder o emprego porque minha maldita esclerose múltipla significa que eu não vou conseguir outro tão fácil e...

– Eu posso ajudar com isso – interrompe Nate.

Ela prende a respiração.

– O quê?

Ele limpa a garganta.

– Eu tenho contatos. Posso ajudar com a viagem.

– Eu não *quero* a sua ajuda – diz ela com raiva. – Não quero ser a pessoa que você ajuda só pra se sentir *melhor* com o que aconteceu – completa ela. Nate não diz nada, e eu me pergunto se é verdade, se ele está tentando ajudar porque realmente quer ou se é para aliviar a culpa. – O que você estava esperando? – continua Evie, a voz amarga. – Que você ia me trazer aqui e explicar tudo, e eu ia sorrir e dizer "Obrigada, agora eu posso seguir com a vida"? Ou que você me contaria o que aconteceu e eu daria um tapinha nas *suas* costas, e diria que não foi sua culpa? Foi! – e a voz dela está muito tensa, como se ela estivesse com dificuldade de botar as palavras para fora. – *Foi* culpa sua e da Tasha, e... – e as lágrimas dela estão caindo mais rápido, seguindo caminhos paralelos pelo rosto pálido.

Quase como se não conseguisse se segurar dessa vez, Nate dá um passo à frente e coloca a mão no braço dela.

– Não toque em mim! – grita ela, e ele se afasta. – Scarlett morreu. Ela *morreu*, e nada disso vai *tornar esta situação melhor*, nada disso vai trazê-la de volta. Está tudo bem pra você, você não a conhecia. Você pode seguir com a sua vida e esquecê-la, e sua vida não vai mudar, mas a minha... Ela era a minha melhor amiga, a pessoa com quem eu sempre escolhia passar meu tempo, e agora eu não tenho mais ninguém e eu... – e ela não consegue mais falar em meio às lágrimas e vai se abaixando até se sentar no chão. Evie se entrega aos soluços e abraça os joelhos. Ali, em público, chorando na calçada, com uma fileira de lojas logo atrás.

E, Deus, isso é uma tortura. Quero dizer para ela que ainda estou aqui. Dizer que sinto muito por deixá-la naquela manhã. Dizer que vai ficar tudo bem.

Nate só fica parado olhando para ela, indeciso. *Faça alguma coisa*, peço a ele. Porque, sim, ele não é minha primeira escolha e é descuidado, e não tem consideração, e é *inconsequente*, mas agora ele é a única opção que há. Eu sei que ele não consegue me ouvir. Logicamente, eu sei. Mas tem uma parte de mim que se sente vitoriosa quando ele se senta ao lado dela, na calçada.

Ele não diz nada. Não toca nela. Só fica sentado ao lado dela, em silêncio.

– Vá embora – diz Evie em meio às lágrimas, apertando mais os joelhos.

Ele não diz nada, só imita a postura dela e fica lado a lado com ela no meio-fio, com os braços em volta dos joelhos, olhando para a frente. Algumas pessoas olham de um jeito estranho ao passar, mas, se Nate repara, ele as ignora.

– Por favor, vá embora – sussurra ela. Os soluços dela estão diminuindo e o corpo está mais calmo.

Ele balança a cabeça.

– Eu não vou deixar você.

É uma declaração que não abre espaço para discussão. E, pela primeira vez, acho que talvez haja algo mais nele. Que talvez haja uma parte dele que não é completamente egoísta.

Ela se vira para ele com lágrimas brilhando nos olhos.

– Por quê?

– Porque... – diz ele, soltando o ar. – Porque eu sei como é estar triste e sozinho.

Eu penso no meu funeral.

Já foi a muitos, é?

Um.

– E talvez eu não possa ajudar com a parte da tristeza – continua ele –, mas, ao menos agora, posso fazer alguma coisa sobre a solidão.

Se eu pudesse prender a respiração, prenderia. Mas Evie não diz nada. Ela fixa o olhar em Nate por um longo tempo, depois olha para a praça e para todo o verde.

Os dois ficam sentados em silêncio, até que as lágrimas de Evie cessam. Silenciosos e sozinhos. Mas sozinhos juntos.

Capítulo treze

Pela terceira vez seguida naquela semana, Evie saiu de casa mais cedo do que precisava, dando a si mesma bastante tempo para chegar a Waterloo, onde ficava o escritório. Scarlett dissera que ela estava "desistindo" quando aceitou aquele emprego, uma vaga permanente, em tempo integral, diferente de todos os trabalhos temporários que vinha fazendo. Ela tinha visto Evie decidir que não ia nem *tentar* fazer a música virar realidade, desistir do sonho de vez. E talvez ela estivesse certa, pensou Evie. Talvez tivesse desistido antes mesmo do diagnóstico, com as audições constantes e as muitas rejeições a cansando.

E, agora, ela estava presa de novo, fazendo uma coisa que odiava. Porque ela tinha descoberto nos anos anteriores que não tinha interesse algum em propaganda. Por que estavam sempre tentando vender mais coisas para as pessoas? Todo mundo já não tinha coisas suficientes? Não que ela tivesse manifestado sua opinião no trabalho, onde as reuniões giravam em torno de como fazer eletrodomésticos "serem sedutores" ou como convencer as pessoas de que comprar certa marca de relógio traria amor e respeito para quem a tivesse.

Ela desacelerou o passo quando chegou ao térreo do bloco de apartamentos. Astrid estava lá, olhando pelo vidro jateado que formava a parte de cima da porta. Ela estava de uniforme escolar: calça preta, blazer largo, gravata. O cabelo estava preso num coque alto, do mesmo jeito que Evie a tinha visto quando a conhecera alguns dias antes.

Evie parou no saguão pequeno.

– Oi, Astrid.

Astrid olhou para ela, mordendo o lábio. Numa das mãos, ela estava segurando uma bolsa preta comum com uma alça só.

– Eu tenho que ir pra escola – disse ela com certa relutância.

Evie fez que sim lentamente.

– E eu tenho que ir para o trabalho.

– Pelo menos você recebe por isso.

– Verdade – concordou Evie. Ela tinha essa mesma perspectiva quando era criança, a ideia de que pelo menos os professores *recebiam* para estar lá. Mas agora ela daria qualquer coisa para voltar para a escola, voltar para quando Scarlett ainda estava viva e não tinha uma doença, e tudo parecia vibrante e intenso e *possível*.

– É meu segundo dia. Minha mãe me deixou tirar a segunda-feira de folga, mas não me deixa mais ficar em casa. Ontem foi *horrível*, e é o último semestre e todo mundo já se conhece, e eu não entendo metade do que os professores estão ensinando, e eles já estão falando do exame de avaliação geral, que só começa no ano que vem, como se eu já quisesse entrar em pânico por causa disso – falou, despejando tudo de uma vez só e engolindo em seco quando terminou.

Evie tentou fazer as contas: se o exame de avaliação geral só começava ano que vem, então...

– Quantos anos você tem?

– Treze.

Astrid parecia mais nova, embora talvez fosse porque ela usava roupas frouxas e largas como se estivesse se escondendo.

– Você podia entrar para um clube. Na escola. Você sabe... – disse Evie quando Astrid franziu a testa para ela. – Pra fazer amigos. – Astrid olhou para ela de cara feia, e Evie percebeu que tinha falado como um *adulto*. – Ou não – disse ela com um suspiro. – De qualquer modo, a gente precisa ir. Escravas das instituições, essas coisas.

– O quê?

– Nada – e Evie foi na direção da porta, mas Astrid não se moveu, ainda estava no caminho.

– Tem uma orquestra – disse Astrid. – E um clube de música. Tem um orientador, sei lá, que me passou a lista de todos os clubes ontem. Mas eu não quero participar – e ela olhou para Evie. – Você fez isso? Você tocou na escola?

Evie hesitou e fez que sim.

– Toquei.

– Você gostava?

– Gostava – e soltou o ar com força, lembrando a sensação do violino encostado no corpo, como o arco deslizava entre os dedos, como ela conseguia fechar os olhos e simplesmente *existir* cada vez que tocava. – Eu gostava, sim. Não a parte de me apresentar, mas eu gostava de ser parte de uma coisa – falou, e não sabia bem por que tinha dito aquilo. Parecia idiotice.

– Bem, eu não quero – disse Astrid. – Eu quero voltar pra minha antiga escola.

– Por que você teve que se mudar?

Ela fez uma careta.

– A gente morava em North London. Minha mãe tentou encontrar um lugar lá, mas não tinha nada que ela pudesse pagar, e a minha escola, ao que parece, fica muito longe. A minha mãe não quer que eu tenha que me deslocar tanto, e agora estou em outro distrito escolar, sei lá. Meu pai ainda mora lá – murmura ela. – Acho que esse é o verdadeiro motivo pra minha mãe não ter encontrado uma casa em North London. Ele quis ficar com outra pessoa, mas ainda está lá, e eles estão morando na *minha* casa agora. Ele *nos* deixou, mas ficou com a casa. Isso é justo?

– Não é – disse Evie simplesmente.

Astrid olhou para ela com a expressão de quem esperava que Evie dissesse outra coisa.

– Não é mesmo. Pra que lado você vai?

Evie ergueu as sobrancelhas com a mudança abrupta de assunto.

– Na direção de Clapham Junction.

– Legal. Eu também. A gente pode ir andando juntas.

Astrid abriu a porta, mas Evie hesitou, sentindo a pressão de ser a adulta responsável naquela situação.

– Você *vai* pra escola, né? – e olhou em volta. – Cadê a sua mãe?

– Ela teve que sair cedo para o trabalho. Eu falei que iria sozinha. *Não* quero ser vista andando por aí com a minha mãe.

– Faz sentido – e Evie saiu pela porta. Estava chovendo. Só um chuvisco, mas mesmo assim. Ela procurou o guarda-chuva na bolsa. O mês de maio claro e ensolarado do fim de semana já tinha acabado. – Você não vai se mandar, né? – perguntou Evie, olhando para Astrid, ainda sem saber se deveria estar fazendo algo mais "adulto".

– Me mandar? Ah, você quer dizer matar aula? Não. Quer dizer, eu até pensei nisso, mas acho que minha mãe não ia aguentar.

Evie fez que sim.

– Tudo bem, então. Vamos andando.

Evie se sentou à mesa do trabalho e sorriu para Suzy, a outra assistente, quando ela chegou pouco tempo depois.

– Bom dia, fofinha – disse Suzy ao se sentar.

Ela tinha uma aparência maternal, a Suzy, com um rosto redondo simpático, um sorriso fácil e um cabelo que ela estava deixando ficar grisalho, apesar de ter pouco mais de quarenta anos, porque "custaria uma fortuna cuidar dele". Ela tinha dois filhos, Evie sabia. Talvez fosse disso que viesse a energia maternal, talvez todo mundo *ficasse* maternal depois de ter filhos. Se bem que isso não tinha funcionado com sua mãe, então talvez não.

– Quer uma? – perguntou Suzie, oferecendo a Evie um pacote de balas.

Evie balançou a cabeça. Ela viu Suzy pegar uma bala, apesar de ainda não serem nove da manhã. Ela ficou imaginando as balinhas gritando dentro do pacote e para Suzy, *Não me comaaaaa*. Uma pena. Pobres balinhas.

Todo mundo estava chegando agora. Podia ser cedo, mas ali era o tipo de escritório onde você ganhava pontos por estar presente, e todo mundo sabia. E, claro, Henry foi o primeiro a se aproximar.

– Você está ótima, Evie – disse ele no lugar de "bom-dia". Não era um elogio, ela já tinha aprendido isso há bastante tempo. Era algo que começara a dizer com certa regularidade, desde que ela tinha sido diagnosticada, como se para observar que ela não *parecia* doente e, portanto, deveria estar fazendo as coisas como "todo mundo". – Como estão os preparativos para o fim de semana? Minha esposa está bem ansiosa, não quero decepcioná-la.

Bem, então por que você não resolve tudo você mesmo, seu babaca preguiçoso? Mas essa foi a voz de Scarlett em sua mente. Em voz alta, Evie disse:

– Estou trabalhando nisso.

Quando Henry saiu andando, ela gemeu.

– O que eu vou fazer, Suzy? Não tem como eu encontrar alguma coisa agora – falou. Ela já tinha passado dois dias ligando para hotéis sem resultado. Ninguém estava disposto a dar desconto, o que era óbvio, porque ninguém sabia quem era Henry. Ele podia achar que era importante em Londres, mas não era. – Não tem como, e aí, o que vai acontecer? O que ele vai dizer? – e sentiu a ansiedade ferver dentro de si, porque, mesmo com todos os pensamentos sobre a vida ser mais fácil se ela não tivesse aquele emprego, estava ciente do quanto precisava dele.

Suzy balançou a mão.

– Não faça nada. Ele não pode despedir você por isso, seria um pesadelo com o RH.

Muito útil. Realmente muito útil.

– Não, ele pode me demitir *por causa* disso, sim, e dizer oficialmente que foi por outra coisa.

Suzy não teve resposta para isso, e Evie abriu a caixa de entrada e começou a limpar os e-mails para se distrair. Ela franziu a testa quando chegou ao terceiro.

Prezada srta. Jenkins,

É um prazer confirmar sua estada conosco no Balmoral Hotel, em Edimburgo. A suíte Junior foi reservada para o fim de semana, com entrada na sexta-feira, 13 de maio, e saída na segunda-feira, 16 de maio. Dois tratamentos no spa estão incluídos no pacote, assim como o café da manhã e o jantar no nosso premiado restaurante. Se você tiver alguma pergunta, não hesite em fazer contato.

Atenciosamente,

Equipe de Reservas

Ela leu o e-mail inteiro de novo. Ela não tinha ligado para aquele hotel. Era caro, fora do orçamento de Henry, e ela sentiu um pânico crescente ao tentar lembrar se *tinha* tentado fazer aquela reserva antes, considerando o número de lugares para onde ligara. Seu neurologista tinha avisado que a esclerose múltipla podia causar problemas cognitivos também, além de físicos, e embora ela ainda não tivesse tido sinal disso, talvez aquele fosse o primeiro, um pequeno lapso de memória. Ela sentiu o coração bater dolorosamente.

Evie ligou para o hotel e pediu para falar com a Equipe de Reservas.

– Oi, meu nome é Katie. Como posso ajudar?

– Sim, oi, aqui é Evie Jenkins. Acabei de receber um e-mail de vocês, mas acho que deve ter havido algum engano. É um e-mail de confirmação de reserva para o fim de semana, mas eu não fiz reserva, e eu queria saber se...

Se o que, Evie? Se ela estava perdendo a memória, assim como o corpo?

Capítulo treze 121

– Aguarde só um momentinho, por favor – e Evie pôde imaginar o tipo exato de pessoa a quem a voz pertencia, alguém com um sorriso largo e reluzente.

Ela foi colocada na espera até que uma pessoa diferente, agora um homem, pegou o telefone.

– Aqui é o gerente falando.

Evie começou a dar a mesma explicação, mas, quando chegou ao seu nome, o homem a interrompeu.

– Ah, sim. A garota do Nate.

Garota do Nate. O eco das palavras de Tasha fizeram Evie se encolher. Ele tinha se sentado com ela. Ficara enquanto ela chorava, até ela se sentir tão exausta, que mal conseguia se manter de pé, e aí ela o deixou ajudá-la a se levantar e a voltar para o carro. Eles ficaram calados o caminho todo até o apartamento, mas algo tinha mudado, e ela não sabia bem como interpretar esse fato.

– Nate? – repetiu ela.

– Isso. Ele aceitou escrever um belo artigo para nós em troca de um pequeno desconto – o gerente falou o preço, e Evie sentiu o coração disparar. "Pequeno desconto" era gentileza. – É para o seu chefe, não é?

– É – disse Evie, ainda sentindo como se estivesse brincando de relembrar. Ela se lembrava da discussão. *Eu posso ajudar com isso.* Mas Nate não tinha tocado mais no assunto e ela não tinha pensado mais nisso.

– Sim. Bem, Nate se hospedou com a gente antes para fazer um artigo de viagem e acha que consegue nos colocar nos "Dez melhores lugares para se ficar na Escócia", então não se preocupe com nada. Qualquer amigo de Nate é nosso amigo. Qual é o nome do seu chefe? Vou colocar o nome dele no sistema em vez do seu, tudo bem?

Ela deu todas as informações de Henry para o gerente e teve a presença de espírito de pedir para ele mandar outro e-mail confirmando tudo, só para ter certeza de que não era um golpe. Quando desligaram, Evie ficou olhando para o telefone. Tinha sido coisa do *Nate*. Bem, pelo menos isso significava que ela não estava perdendo a memória.

Suzy olhou para ela.

– O que houve, fofinha? Tudo bem?

– Eu não... – e balançou a cabeça. – Eu encontrei um lugar pra viagem do Henry no fim de semana.

– Que bom. Mas... por que você está com essa cara zangada?

– Porque... – e começou a dar uma explicação sobre Nate: quem ele era e o fato de que tinha agido pelas costas dela para resolver isso.

Suzy fez que sim o tempo todo.

– Admito que parece meio complicado, mas eu não diria que ele agiu pelas suas costas, fofinha.

– Mas ele nem me *falou* disso.

– Bem, talvez ele não queira levar o crédito.

– Suzy, você não me ouviu? Não ouviu o que ele fez?

– Ouvi, sim – e ela pegou outra balinha. – Mas tente se colocar no lugar dele, hein? Faz sentido ele querer deixar as coisas melhores pra você.

Evie se encolheu de leve. *Compensar*, dissera ele. Ela ainda odiava aquela palavra. E ela não *queria* ser grata ao Nate. Como ele tinha descoberto onde ela trabalhava e conseguido o endereço de e-mail dela? Por outro lado, isso não era um grande mistério. Ele era jornalista, como ele mesmo tinha dito, e todas essas informações estavam no site da empresa. Era constrangedoramente fácil persegui-la pela internet, ao que parecia.

Ela encaminhou o e-mail para Henry, pois não ia recusar aquela ajuda, considerando a situação, e recebeu um "Bom trabalho" de volta. Ela soltou o ar, e o celular tocou na hora.

Era o mesmo número desconhecido que tinha tentado ligar algumas vezes. Ela estava começando a reconhecer os dígitos. Depois de uma olhada rápida em volta para ver se Henry estava por perto, ela atendeu.

– Alô.

– Alô. É a Evie que está falando?

– É – respondeu Evie, franzindo a testa. Ela não reconhecia aquela voz. – Quem é? – perguntou e viu Suzy olhar para ela de soslaio.

– Jason. Nós não nos conhecemos, mas eu…

– Eu sei quem você é – disse Evie friamente. Uma imagem surgiu na sua mente, de Scarlett chorando no sofá. *Eu o amo, Eves.*

– Certo. Entendi. É… Bem, como você sabe – disse ele com um ar de formalidade –, eu trabalhei com Scarlett algumas vezes, e nós… Nós estamos tentando juntar as últimas peças dela. Queríamos ver se os investidores ainda estão interessados em levar a marca para a frente. Seria no nome dela – acrescentou ele rapidamente. – Uma chance de o sonho dela se tornar realidade, ainda que… – e a voz dele falhou, o tom formal se dissipou. Ele soltou o ar com força. – Nós queríamos saber se você tem algum desenho dela no seu apartamento? Algum rascunho, alguma peça que ela talvez ainda não tenha mostrado pra ninguém? Nós temos alguns, mas queremos ver o que mais conseguimos juntar. E faríamos umas fotos, pra ter algo pra mostrar e… Desculpe. Estou me adiantando aqui – e o tom formal e profissional voltou. – Eu só… Eu não sabia para quem perguntar. Eu sei que vocês moravam juntas. Sei que eram próximas. E aí, achei que, se alguém fosse saber disso, seria você.

Evie ficou quieta por um momento, ouvindo o som do seu coração enquanto pensava no que ele tinha dito. A marca da Scarlett, uma chance de os desenhos dela, de as ideias dela, serem produzidos. Era algo que ela ia querer, Evie tinha certeza.

– Não sei – disse ela. – Desculpe – e ela disse aquilo com sinceridade. – Acho que é possível que haja alguma coisa, sim. Pra quando você precisaria?

– Não tem nada confirmado ainda. É só... uma ideia por enquanto.

– Vou dar uma olhada – disse Evie antes de pensar melhor no assunto, antes de poder imaginar o quanto mexer nas coisas de Scarlett a faria desmoronar. – Eu ligo pra você se encontrar alguma coisa.

– Tudo bem. Obrigado, Evie.

Evie hesitou e se perguntou se deveria dizer mais alguma coisa para ele, aquele homem que tinha sido causa de tanto sofrimento para sua melhor amiga. Mas acabou só dizendo "Tá bom". Algumas coisas, decidiu ela, não podiam ser ditas pelo telefone.

Tantas coisas teriam que ser deixadas para trás agora que Scarlett tinha morrido. Todas as conversas, as discussões, as risadas, que teriam acontecido se ela não tivesse descido da calçada naquele dia, se perderiam, com uma realidade diferente levando tudo embora.

Capítulo catorze

Jason ligou para Evie. Ele realmente *ligou* para ela. E o que ele quer fazer… Bem, isso prova o quanto ele gostava de mim, certo? Tenho uma sensação de calor repentina. Ele quer fazer uma coisa para manter minha memória viva. E *eu* quero que ele faça isso. Quero muito. Isso sempre foi um fator motivador para mim – não o único, mas uma parte grande. A ideia de que as pessoas conheceriam meu nome, diriam que tinham saído para comprar um artigo exclusivo de Scarlett Henderson.

Quero detalhes. Por que Evie não pediu mais detalhes? Ela ainda está sentada lá, olhando para o celular, naquela prisão deprimente que é aquele escritório. Eu nunca tinha visto o escritório dela antes, e ela nunca me contou como é sem graça, todo em tons de cinza e branco, com as persianas meio fechadas para que a luz artificial possa brilhar. Era de se esperar que uma agência de propaganda teria mais vibração e cor. Quero que ela se levante, que volte para casa, que comece a procurar. Queria que ela saísse dali agora. Ela deveria, porque está se depreciando naquele emprego, já falei muitas vezes.

Tem uma peça no apartamento que eles poderiam usar, tenho certeza. E Evie a encontraria sem muita dificuldade. Mas o calor passa quando penso nisso. Eu não criei aquela peça para ser compartilhada com o mundo. Era para uma pessoa, só uma. Eu não deveria estar pensando nela assim. Mas pode ter outras, e mesmo que não tenha, Jason pode encontrar o que ele precisa no meu escritório, pois acredito que ele já tenha ligado para lá.

Jason. Eu não fui vê-lo por motivos óbvios. Não quis ver o que ele está fazendo, como está passando o tempo. Nunca quis saber os detalhes da vida dele em casa quando estava viva, por que deveria ser diferente agora que eu morri? Mas minha mente fica voltando para ele. Pensando no momento em que o conheci.

Foi numa festa, um evento de trabalho. Foi logo depois de Evie ser diagnosticada. Eu não queria deixá-la sozinha, mas Evie insistira. *Você precisa fazer contatos de trabalho, certo? Você nunca vai ser uma estilista famosa se não fizer isso, e eu me recuso a ser o motivo de você perder uma coisa tão importante. Vá. Trabalhe nos seus contatos.*

Estou com Ben, um cara do trabalho, nós dois em meio a um monte de gente reunida, tomando champanhe. É um local subterrâneo fresco, com paredes de pedra e luz baixa, velas tremeluzindo em volta. Isso é ridículo para o lançamento de uma marca – é preciso poder *ver* as roupas, e a iluminação fica desviando o foco, fazendo as coisas parecerem mais pesadas e melancólicas do que realmente são. Se bem que talvez seja esse o objetivo. Essa marca não chegou a decolar. Depois do lançamento, ela meio que desapareceu. Talvez soubessem que não funcionaria na luz direta do dia.

– Eu sempre me sinto um impostor nesses eventos – murmura Ben, olhando ao redor e ajustando o colete. Ele é magro e comprido, mas apesar do corpo nada ideal e do cabelo ruivo, que torna o uso de algumas cores proibido, ele sempre parece estar na moda. Foi nossa chefe que sugeriu que fôssemos lá representando a empresa. Ela não tinha tempo, dissera, e eu sabia que era porque ela não achava o lançamento importante o suficiente, mas não liguei. Um lançamento era um lançamento – e nunca se sabia quem poderia estar lá.

– Aja como se aqui fosse seu lugar – murmuro, tomando um gole do meu champanhe um pouco quente. Sinto o gosto agora como senti na hora e percebo que nunca mais vou tomar champanhe, nunca mais vou sentir aquele borbulhar na boca, a sensação da bebida deslizando pela garganta, a euforia que vem depois de duas taças. Quero levantar o braço, tomar outro gole, mas preciso esperar até que a eu do passado decida fazer isso.

Ben suspira.

– É fácil falar, você sempre parece estar no lugar certo.

– Isso é porque aprendi a ser uma boa atriz – digo, piscando, e Ben ri. Ele saiu da empresa uns seis meses depois daquele evento e, embora nós tenhamos prometido manter contato, nunca mais nos falamos, ficamos presos no fluxo da vida. Será que ele sabe que eu morri? Deve saber por causa das redes sociais, mas não tenho certeza. Quanto tempo vai levar para a notícia se espalhar, até todo mundo com quem já tive contato saber?

Ben se aproxima um pouco mais de mim e faz um gesto com a cabeça, indicando o outro lado da sala.

– Tem um cara ali que não para de olhar pra você – diz ele com um tom de voz baixo.

Tomo um gole de champanhe de novo (*viva!*) e espero um momento para me virar. Eu o vejo na mesma hora. Alto, braços musculosos bem evidentes no paletó preto moderno, o queixo bem definido e olhos escuros e profundos. Deus, como ele é bonito. Sinto a emoção percorrer meu corpo mesmo agora. E tão *descolado*. Ele sempre foi.

Abro um sorriso malicioso para Ben.

– Melhor eu ir ver o que ele quer, né? Não se divirta muito sem mim – e dou outra piscadela para ele. Quem é esse ser piscante? Eu piscava tanto assim mesmo?

Eu o tinha reconhecido na mesma hora, claro, apesar de ainda não ter trabalhado com ele. Eu não ia muito a sessões de fotos naquela época e, mesmo depois, só fui a algumas. Esse era um daqueles aspectos da profissão que eu achava que faria o tempo todo, que correria para as sessões de fotos e para modelos encantadores (até eu ficar famosa o suficiente para que *eles* tivessem que correr atrás de *mim*), mas a realidade é meio diferente.

Ele não está olhando para mim diretamente quando ando até ele, mas sinto que sua atenção ainda está na minha direção. Sei que fico maravilhosa andando – já treinei isso muitas vezes. Os ombros para trás, a cabeça erguida, elegante sobre os saltos. Rápida o suficiente para parecer ocupada, mas não tão rápida a ponto de ficar desajeitada e apressada. É um andar que passou a ser tão natural para mim, que mal reparo que o faço. Esse tipo de performance é parte de mim agora. Sempre agir como se houvesse alguém olhando, porque *pode* haver alguém olhando.

– Oi – digo quando chego perto dele, e ele se volta para mim tão rapidamente, que sei que estava certa: ele tinha acompanhado meus movimentos pela sala. Os olhos dele. Meu Deus, os olhos dele! Escuros em volta e mais claros no centro, o que lhes dava um brilho ardente. Senti a fagulha da atração imediatamente e, mesmo agora, a presença dele me envolve.

Tomo um gole de champanhe e o observo por cima da borda do copo.

– Você é Jason Ballard – declaro. – O fotógrafo.

Ele ergue uma sobrancelha.

– Sou?

Ele é meio famoso, ao menos no mercado.

– Eu sou Scarlett – digo, deixando os lábios ligeiramente abertos.

– Oi, Scarlett. E você é o quê? Modelo? – diz, abrindo um sorriso, mostrando que aquilo é só uma cantada, que ele sabe que eu não sou. Sou baixa demais, para começar. Mas dou risada mesmo assim, entrando no jogo.

– Eu sou estilista.

– Ah, é? – diz ele com aquele mesmo tom de voz. – Por que nunca ouvi falar de você?

– Estilista iniciante – explico, franzindo um pouco o nariz antes de perceber que isso pode não ser atraente. – Mas não por muito tempo.

– Olhe, eu acredito nisso.

Nossos olhares se encontram, e sinto um formigamento até a alma. Eu tinha visto fotos dele, claro, e sempre que diziam o nome dele no trabalho, alguém suspirava, uma piadinha que era repetida sem parar. Mas nada disso tinha me preparado para conhecê-lo pessoalmente.

– Aceita outra taça de champanhe? – pergunta ele, olhando para a minha taça quase vazia.

Abro um sorriso.

– Eu adoraria, mas disseram que acabou. Parece que era só para a chegada, e agora é vinho branco barato – e me arrependo das minhas palavras assim que as digo; afinal, ele podia conhecer os estilistas do evento. Mas Jason sorri.

– Não há nada como os antigos dias de glória – diz ele com um movimento debochado de cabeça.

– Já me disseram – respondo. Minha chefe sempre falava de como os lançamentos eram melhores.

– Ainda assim – diz Jason. – Sei que vão nos deixar comprar umas taças. Ou então... – continua ele, baixando a voz de leve. – Eu conheço uma champanheria boa aqui na rua. Nós podemos ir lá tomar uma taça de algo melhor.

Sinto o corpo dele se mover. Ele não me toca, ainda não, mas chega tão perto, que a sensação da presença física dispara algo em mim. Meu corpo reage, meus nervos vibram. Eu nunca tive essa reação com ninguém além dele, nem antes, nem depois. Olho ao redor e mordo o lábio, vejo-o acompanhar esse movimento com o olhar.

– Confie em mim – diz ele. – Não tem ninguém aqui com quem valha a pena conversar – conclui. Ele soube no que eu estava pensando, que eu tinha que fazer "presença" ali. – Você e eu somos as pessoas mais interessantes de longe – acrescenta ele, e minha pele formiga com o jeito que ele diz "você e eu". Além do mais, as pessoas já estão indo embora, não estão? Não vejo sinal de Ben. Ou ele já foi embora ou encontrou alguém.

Coloco a taça vazia de lado, permito que ele pegue meu casaco e o sigo para sairmos da festa e irmos até a champanheria, onde ele vai pagar mais duas taças de champanhe para mim e nós vamos conversar e rir à toa.

Nós não dormimos juntos naquela noite. Nem nos beijamos. Mas foi como ser carregada por uma onda daquele momento em diante – houve uma inevitabilidade nele à qual eu não queria resistir. E, quando resisti, já era tarde demais.

Penso na mensagem, ainda no meu celular, onde quer que o aparelho esteja agora.

Me encontre antes de ir para o trabalho hoje. Quero ver você.

Ele teria me visto na festa naquela noite, mas não era desse tipo de "ver" de que Jason estava falando.

Eu ainda não sei o que teria dito, o que teria feito. Ainda não sei se teria cedido uma última vez.

Capítulo quinze

Assim que Evie saiu do carro e sentiu o sal do mar, a brisa quente no rosto, ela se arrependeu da decisão de ir. Na verdade, tinha se arrependido quando entrou no carro, mas agora o arrependimento bateu com tudo. Nate não tinha dito muita coisa na mensagem de texto, fora que precisava ir a uma praia em Somerset para escrever um artigo e, como uma segunda opinião sobre o assunto seria útil, será que ela não gostaria de ir junto? E, como ela sentia que devia algo depois de ele a ter ajudado com a viagem de Henry, apesar de ele não ter pedido nenhum tipo de reconhecimento, ela acabou dizendo sim. Ela desconfiava que ele poderia estar inventando o fato de precisar de uma segunda opinião, mas tinha dado certo, não tinha?

No fim, ela não tinha falado com Tasha, não soube o que dizer. Tinha pensado nisso depois, lembrando a expressão triste trocada entre Tasha e Nate, como eles estavam claramente ligados por algo terrível. Talvez ela voltasse lá ou talvez não. No fim das contas, o que isso mudaria? Mas Nate estava certo sobre uma coisa: ela não queria ver Tasha presa. E achava que Scarlett também não ia querer isso. Talvez inicialmente, com a raiva, mas depois... Bem, isso não seria bom para ninguém, não é?

Nate olhou para ela quando foi até o lado do passageiro. As palavras do outro dia voltaram por vontade própria. *Porque eu sei como é estar triste e sozinho. E talvez eu não possa ajudar com a parte da tristeza, mas, ao menos agora, posso fazer alguma coisa sobre a solidão.* E quer ela admitisse ou não, esse era outro motivo para ter aceitado ir lá com ele.

– Vamos? – perguntou Nate, e indicou o outro lado do estacionamento.

Ela fez que sim, só arriscando um olhar rápido para ele, e avaliou os arredores quando eles começaram a descer a escada que levava à praia rochosa. Não havia areia por perto; as ondas arrebentavam nas pedras e rochedos, que viravam um penhasco verde acima. Era mais uma praia para escalada do que uma em que os turistas iam tomar banho de sol, apesar de haver algumas pessoas sentadas em toalhas tentando fazer isso, de um jeito tipicamente inglês, e algumas crianças brincando nas ondas. Estávamos em junho – ainda bem no comecinho –, e o sol estava quente e o céu de um azul brilhante, mas não estava quente o suficiente para *aquilo*, na opinião de Evie.

Ela sentiu a rigidez familiar dos músculos quando eles chegaram perto da escada. Mas ainda estava de manhã, e ela costumava se sentir melhor de manhã. Evie se agarrou a isso, na esperança de que passaria por aquilo sem muito drama.

– Você não me contou por que estamos aqui – disse ela para Nate quando ele virou para a direita. – Por que você precisa de uma segunda opinião? É uma praia, que tipo de opinião diferente se pode ter?

Ele abriu aquele sorriso que parecia surgir muito naturalmente. Como devia ser fazer tudo naturalmente, poder sorrir com tanta facilidade?

– Você ficaria surpresa. Dá para a gente ter *muitas* opiniões diferentes sobre os lugares, mesmo que objetivamente eles pareçam todos iguais. Eu fiz um artigo sobre "As dez melhores praias da Europa" uma vez.

– Foi tão glamouroso como parece? Ficar na praia tomando *piña colada*?

– Sem dúvida nenhuma. Bem, mais ou menos. Mas ninguém vai pagar pra você ir a todas as praias, então uma parte do trabalho é ficar no Airbnb pesquisando no Google. Mas eu escrevi em Creta.

– Eu já fui a Creta – disse Evie, relembrando.

– É mesmo?

– É. Com a Scarlett.

Ambos ficaram em silêncio depois disso, e Evie franziu a testa para si mesma. Ela estava tentando não fazer isso. De alguma forma, falar o nome dela perto de Nate parecia uma… traição. Uma traição a Scarlett: estar ali com a pessoa que era, ainda que de forma não intencional, a causa da morte dela.

Um acidente. A palavra ficava pulando na sua mente, seu cérebro tentando fazer as pazes com ela.

– Então – disse ela, tentando deixar a voz um pouco mais animada –, esse artigo vai ser "As dez melhores praias da Inglaterra"? Ou os dez melhores lugares para ir se você quiser ficar melancólico vendo as ondas se quebrarem, esse tipo de coisa?

– *É* um pouco melancólico mesmo, né?

– Se Heathcliff aparecesse aqui, eu não ficaria surpresa – e Evie levantou as mãos. – Só digo isso.

Nate abriu outro sorriso quando eles se aproximaram de um tipo de loja, ou cabana, na verdade. Estava pintada de vermelho e havia bancos de piquenique num deque do lado de fora, com guarda-sóis enormes, como se as pessoas pudessem se sentar para tomar café ali.

– Esta praia é um lugar novo de aventura e escalada – disse Nate –, e eles querem um relato pessoal. Para uma revistinha para qual já trabalhei algumas vezes.

– Escalada? – e Evie parou de repente, na hora em que alguém saiu da loja. – Nate, eu não...

Mas o homem que tinha saído da loja estava vindo na direção deles. Ele sorriu e ofereceu a mão a Nate. Era baixo e estava usando uma camisa polo vermelha com um logotipo. Evie não sabia por que, mas conseguia imaginá-lo no cenário de *As aventuras de Alice no País das Maravilhas*. Talvez alguém que trabalhasse para a Rainha de Copas.

– Você deve ser o jornalista – disse ele com um sotaque radiante de West Country. Sim, ele trabalhava para a Rainha de Copas de West Country.

Nate fez que sim e apertou a mão do homem.

– Nate Ritchie. E essa é Evie.

Ele mal olhou para ela.

– Ótimo. Eu sou Tim. Bem, entrem. Vou explicar tudo – e ele foi andando para a loja, e Evie não viu alternativa a não ser segui-los. Cruzar os braços e bater o pé, e se recusar a andar não adiantaria, pensou ela. – Tem três níveis diferentes de muro de escalada, não sei se você já fez algum de tipo de turismo de aventura?

Nate meio que fez que sim e deu de ombros ao mesmo tempo, enquanto Evie mordia o lábio. Turismo de aventura não era o estilo dela. Nunca tinha sido, mas especialmente depois do diagnóstico.

– Nós já preparamos tudo antes da sua chegada, então podemos pular a loja. Vocês podem olhar depois se quiserem. Vamos direto pra lá. Esse é o Ed – acrescentou ele, indicando um homem louro que tinha saído da loja quando passávamos. Ele também estava de camisa polo vermelha: o escudeiro da Rainha de Copas, parte dois.

Ed, ao que parecia, estava com o equipamento, e Evie decidiu que era melhor não olhar. Ela não faria nada daquilo mesmo. *Não faria.*

– Hum, eu posso só...

Mas o escudeiro da Rainha de Copas 1 estava falando de novo.

– A teoria é que o nível iniciante é para começar, o intermediário e o avançado têm mais desafios. Você fica preso na corda o tempo todo, obviamente, e tem um dos nossos rapazes com você, caso precise. É só diversão na praia mesmo. Sabe como é, uma atração pra turistas, mas é diferente porque é um muro de escalada externo, e não num centro fechado, e você tem – e ele indicou a porta de entrada e a costa logo depois – ondas ao fundo, a vista dos penhascos, isso tudo.

Ele fez um quadrado com as mãos, como se imaginasse tudo na televisão, ou talvez pensasse como ficaria o artigo.

Nate olhou para Evie, que estava um pouco para trás deles.

– O que você acha? Iniciante, intermediário ou avançado?

Evie balançou a cabeça.

– Eu não...

Mas novamente falaram por cima dela.

– Acho que ela faria o iniciante e você o avançado? Nós queremos encorajar garotas a virem também, claro! – e ele fez uma pequena saudação para Evie, como se isso fosse um elogio.

Nate ergueu as sobrancelhas, claramente concordando com o homem. Ela *queria* ser mais do tipo aventureiro. Queria ter um corpo melhor e mais forte para poder pegar a escalada iniciante e... enfiar tudo nele.

Ela parou de repente. Ali estava. E aquilo não era um muro, era um penhasco. Um penhasco com pontos vermelhos, azuis e verdes na encosta. Era uma coisa meio brega, para ser sincera, e atrapalhava um pouco a atmosfera taciturna do lugar. E por que alguém ia querer escalar a porcaria de um penhasco? Qual era o *sentido*?

O escudeiro da Rainha de Copas 2 botou todo o equipamento no chão (novamente ela se recusou a olhar) e os dois se agacharam e começaram a mexer nele. Evie aproveitou a oportunidade e segurou o braço de Nate antes que ele pudesse se juntar aos outros dois.

– Nate, eu não consigo fazer isso – disse ela. Por que, *por que*, ela precisava parecer patética e em pânico? Por que não podia só declarar aquilo como um fato lógico?

Ele olhou para a mão dela em seu braço e a encarou.

– Por quê?

– Porque...

Ela odiava ter que explicar, ter que chamar atenção para o problema. Sentia todos os seus nervos à flor da pele. Por que ele não tinha se lembrado da esclerose múltipla? Será que ele não tinha pensado que ela poderia ter dificuldade de fazer aquilo? Estava na cara que ele era uma daquelas pessoas que supunha que porque ela *parecia* bem, ela não estava lutando contra a doença, quando, na verdade...

Ela respirou fundo.

– Meu... meu corpo não *funciona* às vezes, fica rígido, e eu tenho medo de não conseguir...

– Estão prontos? – perguntou o escudeiro da Rainha de Copas 1.

Evie tirou a mão do braço de Nate e engoliu em seco.

– Você pode tentar? – perguntou Nate. – Eu entendo que você fica com medo, mas não tem como saber se não tentar, né? Se for um problema, a gente para e desce você – e ele muda o foco da atenção e olha para a dupla de escudeiros da Rainha de Copas. – Tim! Eu vou fazer o iniciante primeiro também, com Evie. Preciso me aquecer um pouco e, pra ser sincero, a altura daquele ali é meio assustadora – e ele indicou o lado vermelho do penhasco, sorrindo. – Eu não faço isso há muito tempo.

– Claro, claro – disse Tim. – Não queremos assustar o cara que vai fazer um artigo bom sobre a gente! – e ele deu um soco leve no braço de Nate quando ele se aproximou. – Mas você vai fazer o avançado, né? O nosso caminho vermelho? Temos o maior orgulho dele e...

– Claro – disse Nate. – Só vou me preparar.

Evie ainda estava parada ouvindo as ondas quebrando nas pedras atrás dela, o som distante de crianças rindo. Ela deu continuidade à caminhada rígida e hesitante quando Tim e Nate se viraram para olhar para ela com expectativa.

Nate tirou o casaco e o colocou numa pedra próxima, de forma que ficou só com uma camiseta azul. Evie não pôde deixar de reparar nos músculos do braço dele, não tão óbvios e volumosos quanto os de Will, mas definitivamente presentes, acentuados por um bronzeado que já estava começando a sumir, meio que *ondulando* quando ele se moveu para colocar o equipamento de segurança e... Não, eles *não* estavam ondulando, quem dizia "ondulando"? Scarlett, pensou ela com um sorrisinho triste. Era algo que Scarlett teria dito.

Com seus protestos sendo completamente ignorados por Homens Que Achavam Que Sabiam Mais, ela colocou o cinto e logo estava subindo. Estava na porcaria do penhasco, seu destino na mão dos escudeiros da Rainha de Copas abaixo.

Ela inspirou e começou a escalar. E, realmente, no começo foi tudo bem. A rigidez nas pernas pareceu ajudá-la a ficar no lugar e, usando os braços para se erguer, ela percebeu que conseguia. Mal, mas conseguia. Nate a estava acompanhando, e ela percebeu que ele estava indo devagar de propósito.

– O que você está cantarolando? – perguntou ele, e Evie levou um susto e parou de cantarolar.

– Eu não percebi que estava cantarolando – disse ela com sinceridade. Mas aquilo servia para acalmá-la e motivá-la, como a música sempre fazia.

Ele abriu um sorriso malicioso.

– Eu não tenho como ter *certeza*, mas parecia a música tema de *Piratas do Caribe*.

Ela sorriu um pouco, incapaz de ficar constrangida quando estava agarrada a um penhasco.

– Era. Eu adoro – admitiu ela. – A trilha sonora, não o filme. Se bem que o filme também é bom.

E era um dos favoritos de Scarlett.

– Eu me fantasiei de capitão Jack Sparrow no Halloween certa vez – disse Nate, esticando o braço para agarrar a pedra seguinte, a respiração bem mais regular do que a dela. – Mas não consegui dominar os trejeitos dele.

Evie soltou o ar com força, de um jeito que era quase uma risada, mas agora, envergonhada demais para continuar cantarolando, ficou quieta. Ela realmente *amava* aquela música. Era a que tinha violinos, composta por Hans Zimmer, aquela em que todo mundo pensa quando se lembra do Johnny Depp naquele filme. Ela tinha aprendido a tocá-la no violino quando ela e Scarlett eram adolescentes, e Scarlett tinha ficado tão feliz que ficava pedindo para Evie pegar o violino e tocar a música nas festas.

Na metade da subida, ela quase perdeu o apoio num dos suportes verdes acima. Seu coração disparou e o sangue subiu todo para o rosto. Ela ficou com calor. Calor demais. Mas se obrigou a respirar fundo. *Devagar*, disse para si mesma.

Nate parou ao lado dela, inclinando-se para trás nas cordas, de forma que ficou quase pendurado no ar, enquanto ela agarrava o penhasco com força.

– A vista é linda – disse ele, fazendo um sinal.

Ela se moveu tanto quanto teve coragem e virou a cabeça para olhar. E *era* mesmo linda. O mar estava cintilando sob a luz do sol, as ondas brancas com espuma na margem de pedras iam ficando mais azuis e mais fundas quanto mais se olhava para o mar. Se você olhasse direto para ele, dava para ignorar as pessoas na praia abaixo, o caminhão de sorvete mais distante e até a equipe da Rainha de Copas abaixo. Dava para ignorar tudo e fingir que estava lá sozinha. E, pela primeira vez desde que Scarlett morrera, a solidão não pareceu uma coisa tão apavorante. Não lhe pareceu nem um pouco solitária.

– Tem alguma coisa no mar – murmurou Evie baixinho -- que faz tudo parecer em paz.

– É. Eu viajava de férias com a minha família para a praia. Não aqui, mais em Birmingham – falou Nate, pendurado no penhasco completamente à vontade. Como era possível que ele não estivesse apavorado? – Nós fazíamos o pacote completo: sorvete, peixe frito com batata, o mergulho obrigatório, estivesse o tempo que estivesse. Era divertido, mas eu não chamaria de *pacífico* – disse ele com um sorriso meio torto.

– Vocês não fazem mais isso?

– Não depois que meus pais se divorciaram.

O sorriso dele sumiu depois disso, e ela viu a tristeza surgir nos olhos castanhos, como um tom específico, que ela achava que ainda não tinha visto neles.

– A minha mãe não gostava de viajar de férias – disse Evie.

Na verdade, ela achava que nunca tinha viajado de férias só com a mãe. Elas não saberiam o que fazer juntas, presas no mesmo espaço por tanto tempo.

– E seu pai?

Ela balançou a cabeça, se esforçando muito para *não* olhar para baixo. Na verdade, eles não estavam tão alto, mas ainda *estavam* na lateral de um penhasco. Os braços dela estavam começando a tremer. Ela queria poder balançá-los, mas não teve coragem de fazer o que Nate estava fazendo e entregar o peso corporal à corda.

– Meu pai nunca esteve presente. Eu nem o conheci.

– Você ainda quer?

Ela olhou para ele. Não era muita gente que perguntava isso diretamente – ao menos não tão rápido. Elas costumavam expressar solidariedade primeiro, e, mesmo depois de tanto treino, Evie não sabia como responder direito. Seria assim com Scarlett também? Será que ela descobriria como falar sobre isso?

– Não – disse ela com uma espécie de suspiro, uma resposta fácil e verdadeira. – Eu nunca quis procurá-lo. Ele foi embora, então qual era o sentido disso? – disse, olhando para cima, para tentar ver o quanto faltava. – Quer dizer, se ele fizesse contato e quisesse me conhecer, eu não diria não por princípio nem nada, mas é essa a questão. Seria fácil para ele nos encontrar, então não vejo sentido em procurar alguém que não quer ser encontrado.

– Faz sentido – disse Nate.

Evie piscou.

– Faz?

A maioria das pessoas tentava convencê-la de que *deveria* querer conhecer o pai, como se ter uma ligação biológica fosse mais importante do que as pessoas que você conhecia e com quem criava conexões genuínas ao longo do caminho.

– Pra mim, faz.

Com isso, Nate voltou a subir, e ela puxou o corpo, apertando os dentes por causa daquela sensação de dor por todo o corpo. Depois de alguns segundos, sentiu um espasmo muscular e todos os seus músculos ficaram rígidos. Em seguida, eles relaxaram, e ela soltou um grito quando escorregou e ficou pendurada pelos braços.

– Você está bem! – gritou um dos homens lá embaixo, a voz grave e estrondosa, alta o suficiente para passar pela barreira do sangue latejando na cabeça dela. Evie tentava controlar a vontade de chorar enquanto se agarrava à parede, e conseguiu fazer uma perna obedecer e encontrar um apoio para o pé de novo.

– Tudo bem, pode se soltar – disse Nate, a voz tranquilizadora e bem ao lado dela. – Ele vai segurar você. Você vai ficar bem.

Evie apertou os olhos e balançou a cabeça, ainda agarrada.

– Você está bem – disse Nate de novo.

– Não estou – disse ela, constrangida por estar quase chorando.

– Está, olhe, você...

– *Não estou*, Nate – e talvez porque ela já tinha perdido a cabeça com ele, duas vezes até, foi fácil se descontrolar e botar tudo para fora. – Eu falei que isso ia acontecer. Eu não sou forte o suficiente. Não é que eu vá ficar um pouco dolorida depois. Meu corpo está *com defeito* e não é forte o suficiente pra isso – falou, respirando rápido demais, sem conseguir parar. – Eu não devia ter vindo – murmurou ela. – Não devia ter feito isso – e deu uma olhada para ele com uma cara feia, mas Nate não reagiu. Só continuou olhando para ela com calma. – Eu não teria vindo se soubesse que o plano era esse.

E devia ter sido por isso que ele não contou. Droga! Por que, *por que* ela tinha permitido que a levassem para aquilo, por que não tinha se posicionado? Ela tinha aprendido, não tinha, a não exagerar? Ela conhecia suas limitações. Não tinha sido isso que ela dissera para Scarlett? *Ela* as conhecia, Nate, não. E nem podia esperar que ele conhecesse, então ela sabia que a raiva que sentia por ele não era justa, que aquilo era culpa *dela*, por ter aceitado, por não ser firme com ele, por...

Ele esticou a mão e a colocou sobre a mão de Evie no penhasco. Ela levou um susto – não tinha reparado como eles estavam próximos. Ela olhou para a mão dele. A sentiu quente, e seca, e suja em sua pele, embora a dela devesse estar fria e grudenta.

– Desculpe – disse ele. – Eu não sei como isso funciona, essa coisa da esclerose múltipla.

– Eu falei que não conseguia – repetiu ela, mas sua voz estava cansada agora.

– É, mas achei que era porque você estava com medo, o que é diferente – e ela franziu a testa, e ele sorriu. – Todo mundo tem um pouco de medo de algumas coisas, mas isso não significa que não deva fazer. Mas, olhe – disse ele, falando quando ela abriu a boca para contradizê-lo –, nós estamos quase no topo.

Ela olhou para cima, viu que ele estava certo. O beiral estava ali, tão próximo que quase dava para tocar nele. Ela olhou para baixo e engoliu em seco. Ele apertou a mão dela.

– Viu, agora é a altura que está preocupando você, e isso é normal. Como você já está aqui, é melhor chegar logo na parte de cima.

Ela chegou à parte de cima. Subiu a distância que faltava porque ele tinha razão: ela *estava* quase lá. E, quando alcançou o beiral e o apoio verde que marcava o fim da escalada, não conseguiu segurar. Ela sorriu, um sorriso que se abriu ainda mais quando Nate sorriu de volta.

– Olhe só, a gente conseguiu.

Ela fez que sim. Estava dolorida e sentia o cansaço vir, e estava *com raiva* de seu corpo ter que se esforçar muito mais do que o das outras pessoas, mas ele tinha razão. Ela tinha conseguido. Ela expirou e largou a parede com certa hesitação, e deixou o peso pender nas cordas.

– Você arrasou – disse Nate com outro sorriso.

– Bem, não diria tanto – disse Evie secamente. Mas ela *tinha* conseguido chegar ao topo. Se tivesse tido escolha, se ele tivesse deixado que ela dissesse não e aceitado isso de cara, ela nem teria tentado. E talvez, só talvez, ela acabasse se arrependendo disso.

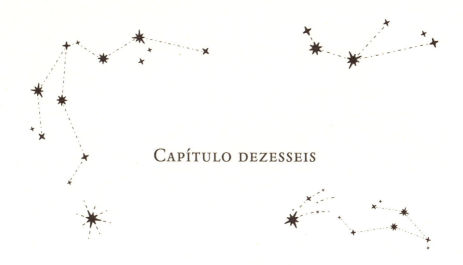

Capítulo dezesseis

Nate parou em frente ao apartamento dela e desligou o motor. Deixou a chave na ignição para o rádio ficar ligado. Evie olhou para ele, limpou a garganta.

– Bem, obrigada por hoje, acho.

Ele esboçou um meio sorriso.

– Você acha?

Ela soltou o ar de um jeito que não foi bem uma risada.

– Eu tenho sentimentos mistos. Não, mas, ao mesmo tempo, estou feliz de ter ido. Mesmo... sabendo que não pareceu que gostei. E eu sei... Bem, talvez eu tenha reagido de forma exagerada – e ela sentiu ruborizar. Não devia ter perdido o controle. O que ele tinha que despertava isso nela?

– Você não exagerou. Eu devia ter prestado mais atenção, desculpe – e ele passou a mão pela nuca, e ela sabia que era sinal de que ele não estava à vontade.

– Não – disse ela com firmeza. – É responsabilidade minha e de mais ninguém cuidar pra que eu fique bem.

Nate fez que sim lentamente.

– Que tal a gente concordar que nós dois poderíamos ter feito as coisas de um jeito um pouco diferente?

Evie hesitou e deu de ombros de leve.

– Tudo bem, combinado.

Aquele era um território novo, ela falar assim, como se fosse um meio-termo e não um tudo ou nada. Ela ainda não sabia o que fazer com isso.

Outra música começou a tocar no rádio e violinos soaram, uma melodia animada, quase irlandesa. Não era uma peça que ela reconhecia. Não era a peça que ela e Scarlett tinham dançado tantas vezes; e aí, teve início o vocal, e a música *delas* não tinha letra, era só instrumental. Mas o jeito como os violinos se desafiavam era bem parecido. Ela virou o rosto, olhou pela janela do carro e para o brilho do crepúsculo de Londres. Scarlett amava aquela cidade. Mas agora que ela tinha morrido, Evie se perguntava como suportaria ficar ali. Parecera óbvio quando elas se mudaram que ali era o lugar para ela também: que lugar melhor para seguir seus sonhos do que a capital? Mas havia algo que a mantivesse ali? Seu sonho de viver da música tinha virado pó. Ela teria que entregar o aviso de encerramento de contrato do apartamento, porque ela não tinha como pagar por ele, mesmo que quisesse continuar lá sozinha.

Pelo menos ela tinha um emprego, disse para si mesma com firmeza. Um emprego pelo qual devia ser grata, considerando que ela tinha uma doença que tornaria alguns empregos difíceis.

– Então você gosta de música? – perguntou Nate, arrancando Evie dos próprios pensamentos. Ela olhou para ele, viu que ele estava olhando para sua mão, que estava batucando o ritmo na perna, acompanhando a música. Parou na mesma hora, encolhendo os dedos para a palma da mão. Ela nem tinha percebido que estava fazendo aquilo. E como tinha sido sem intenção, o tremor não tinha começado.

– Todo mundo gosta de música, né?

Afinal, isso faz parte dos seres humanos. A música evocava alegria, tristeza, assombro. Os efeitos dela podiam ser instantâneos ou podiam ir crescendo. Algumas pessoas que ela tinha conhecido diziam nutrir sentimentos opostos em relação à música, o que achava ridículo. O que seria da vida sem ela? Elas não percebiam que, sempre que assistiam a um filme, era a música de fundo que fazia metade do trabalho para provocar o que sentiam?

– Estou falando desse tipo de música – disse Nate, indicando o rádio. – Clássica.

– Essa não é totalmente clássica – disse Evie. – É mais *country*. Mas ainda assim é bonita – acrescentou, ciente de que algumas pessoas a achavam um pouco esnobe quando mostrava seus conhecimentos sobre música. O que era outra coisa ridícula: não era preciso ser esnobe para amar música clássica, e as pessoas não a chamariam de esnobe se vissem o tipo de escola em que ela e Scarlett tinham estudado.

– Gosta?

Evie balançou a cabeça.

– Desculpe. Gosto. Eu gosto de música – respondeu, inclinando a cabeça para o lado. – E você?

– Claro. Mas Taylor Swift é tudo pra mim.

Evie riu, uma risadinha baixa e contida, mas uma risada mesmo assim. Nate sorriu, e apareceram ruguinhas nos cantos de seus olhos. Por um momento, seus olhares se encontraram, se sustentaram, e algo no fundo dela pareceu tremer de leve. Ela afastou o olhar, e aquilo passou. Ela suspirou.

– Melhor eu ir.

– Certo. Hã... Evie? – e ela olhou para ele. – Será que eu posso usar seu banheiro? – ele deu de ombros meio sem graça. – A viagem foi longa e tal.

– Ah, claro. Pode subir – e ela olhou para ele com ironia. – Quer dizer, você já sabe qual é o apartamento, certo?

Ele não disse nada, só abriu um sorriso tímido devido àquela referência de como tinha aparecido sem avisar da última vez.

Ele a seguiu até o prédio e escada acima. Evie ouviu o som antes de dobrar o lance da escada. Algumas notas, cuidadosamente escolhidas.

Astrid estava sentada no mesmo lugar de antes, vestindo um moletom de novo, franzindo a testa concentradamente, enquanto o arco deslizava entre os dedos e pelo violino.

– Oi, Astrid – disse Evie quando eles chegaram perto do topo. – Está virando um hábito a gente se encontrar assim.

Astrid sorriu para Evie, que amava o sorriso dela, concluiu Evie naquele momento. Havia algo muito direto, muito descomplicado nele.

– Estou praticando de novo – disse Astrid. Ela viu Nate, que tinha parado ao lado de Evie na escada, e olhou-o de cima a baixo, como se o estivesse avaliando. Bem direta – ela nem *tentou* disfarçar o que estava fazendo. – *Esse* é o seu namorado?

Evie decidiu não reagir à leve inflexão no *esse*. Se Nate reparou, não demonstrou.

– Não, ele é... – ela parou de falar e olhou para Nate. Como exatamente deveria apresentá-lo?

Capítulo dezesseis 149

– Um amigo? – disse Nate, abrindo um sorriso rápido, que ela sentiu que era algo estudado, algo que ele já usava para se livrar de confusões.

– Um conhecido – disse Evie decididamente, e passou por Astrid para destrancar a porta.

– Você podia ficar sem essa, hein? – disse Astrid para Nate. A menina se levantou e foi com Nate dar espaço para Evie abrir a porta. O que ela disse fez Evie sorrir, mas ela não deixou que eles vissem. – E por que você está aqui? – perguntou Astrid a Nate daquele seu jeito bem direto.

– Eu, hã..., preciso usar o banheiro.

– O que você faz?

– Sou jornalista.

– É mesmo? – e o rosto dela foi de desconfiado a sorridente num piscar de olhos. – Que legal – disse ela com sinceridade.

– É – concordou Nate. – É bem legal mesmo.

– Quero ser jornalista também. Bem, eu quero tocar, na verdade, mas isso tem pouca chance de acontecer, pelo que todo mundo diz, então ser jornalista é meu plano B. Eu quero descobrir todos os podres das pessoas, sabe?

Evie viu Nate tentando conter um sorriso.

– Só um tipo de jornalista faz isso. Talvez seja melhor você ser detetive particular – e Astrid abriu a boca. – Mas não sei nada sobre isso – disse Nate rapidamente.

Evie entrou no apartamento e ergueu as sobrancelhas quando Astrid entrou atrás de Nate.

– Astrid, você não devia estar… – mas ela não pôde terminar a frase.

– Ah… meu… Deus. Isso é seu?

Os olhos castanhos de Astrid literalmente *brilhavam* enquanto ela andava para o canto da sala.

Evie se sentiu enrijecer quando Nate seguiu a direção do olhar de Astrid. Era o violino dela, apoiado na escrivaninha.

Ela o tinha pegado na noite anterior. Pegado, olhado e tentado se lembrar de como era quando ainda tinha certeza de que a música estaria na vida dela, na carreira dela, de alguma forma. Ela não tinha conseguido guardar e ali estava ele, no canto da sala. Parecia tão solitário, pensou ela, meio escondido nas sombras. Quase triste. Violinos eram para ser tocados, e aquele... Bem, ele tinha perdido o seu propósito quando ela perdeu o dela. E, naquele momento, ela sentiu uma dor tão forte que levou a mão ao peito e a deixou lá.

Astrid se virou para ela e a olhou com uma interrogação no rosto.

– É – disse Evie, tentando manter a voz firme. – É meu.

– Eu sabia! – e Astrid foi na direção do instrumento, as mãos unidas na frente do corpo. – Você toca.

– Eu tocava. Passado.

Ela sentiu Nate olhando para ela agora, mas se recusava a olhar de volta. Não era da conta dele.

– Eu daria *qualquer coisa* por algo assim – disse Astrid, já na frente do violino. Ela esticou a mão como se fosse tocar nele, puxou a mão de volta e olhou com culpa para Evie.

Evie sorriu, tentando acalmar o susto.

– Pode dizer oi se quiser. Ela deve sentir falta de companhia.

Astrid esticou um dedo para tocar no violino enquanto Nate olhava para Evie.

– Ela? – perguntou ele, e Evie balançou a mão.

– As melhores coisas do mundo são femininas – disse ela.

Nate fez que sim.

– Acho que concordo com isso.

Astrid puxou a mão novamente, se virou e olhou todo o apartamento de boca aberta.

– Este apartamento é do mesmo tamanho que o meu e da minha mãe.

Evie ergueu a sobrancelha.

– Acho que faz sentido, estamos no mesmo prédio.

– Acho que sim. Você mora aqui sozinha? – e ela olhou para Nate de um jeito sombrio, e Evie viu Nate conter o sorriso antes que ele ocupasse todo o seu rosto. Mas ela não podia sorrir. Sozinha. Ali estava aquela palavra de novo. E, de repente, a ausência de Scarlett se fez presente de um jeito sufocante.

Ela sentiu Nate observando-a quando ele começou a falar:

– Ei, Astrid, por que a gente não…

Mas foi interrompida por um berro no corredor.

– Anna! – Astrid fez uma careta. – Anna, eu juro por Deus, se você…

Astrid foi até a porta ainda aberta de Evie e a abriu mais, deixando que eles vissem uma mulher de uns trinta e tantos anos, cheinha e com cabelos escuros ondulados, aparentemente nervosa, quase descendo a escada.

– Estou aqui, mãe.

A mulher se virou para Astrid (*Anna?*) e apoiou a mão na base da garganta.

– O que você está aprontando? Quem são essas pessoas? – e olhou para Nate e Evie com desconfiança, antes de olhar de novo para a filha.

– São meus amigos – disse Astrid, e isso pareceu muito fácil de dizer. Algumas palavras trocadas e, viva!, amigos, sem perguntas.

– Tenho que ir – disse Astrid para Evie e Nate e saiu pela porta.

Mas Evie deu um passo atrás dela.

– Anna? – perguntou. A menina olhou para trás. – Você disse que seu nome era...

– Bem, eu não gosto de Anna, então estou tentando algo novo. Até mais! – e saiu, fechando a porta, mas isso não abafou a voz de sua mãe lhe dando um sermão sobre o perigo de falar com estranhos.

– Ela não é estranha, mãe, é nossa vizinha, e é legal.

Evie olhou para a porta fechada por um instante, se perguntando se deveria ficar ofendida ou preocupada de que Astrid (Anna) tinha mentido com tanta facilidade sobre o próprio nome. Ela se virou para Nate, que ainda estava parado ali.

– O banheiro fica no corredor – disse ela. – Última porta à direita.

– Tudo bem. Obrigado.

Ela se sentou no sofazinho vermelho. Deus, como ela precisava dormir. Essa necessidade vinha assim, de forma súbita e massacrante. O dia tinha sido cansativo, então não era de se admirar que ela precisasse dormir, mas mesmo assim.

Ela só percebeu que Nate tinha voltado quando ele falou.

– Posso fazer uma xícara de chá pra você ou alguma outra coisa? – ela se virou e olhou para ele.

– Pode – disse ela, ciente de que a voz estava meio entorpecida de novo. Ela queria mesmo que ele fosse embora para poder dormir, mas o jeito inseguro com que ele a olhava fez Evie pensar que ele precisava fazer alguma coisa, então o deixaria preparar uma xícara de chá e o mandaria embora depois.

Ele não perguntou onde ficavam as coisas, mas começou a mexer em tudo na cozinha, e, como uma alfinetada, ela se lembrou de Will não muito tempo atrás. Ela ouviu Nate ligar a chaleira e os movimentos pararam.

Houve um momento de silêncio e depois:

– O que é isso?

Ela se virou para olhar do sofá, e ele estava segurando um pedaço de papel. Seu coração ficou apertado. Ela tinha deixado algo do lado de fora. Ela o encontrara na pasta de Scarlett sobre a mesa, mas ainda não tinha conseguido ligar para Jason. Ainda não conseguira abrir mão daquilo.

Era um vestido. Vários desenhos do mesmo vestido: os primeiros esboços de um desenho de Scarlett. Era longo e seguia reto até o chão, apertado em alguns lugares e largo em outros, com um decote baixo nas costas. E, no centro da página, havia um desenho de uma mulher usando o vestido – uma mulher que era, inconfundivelmente, Evie. Desenhada com uma suavidade que ela não sabia se ainda tinha. Havia etiquetas nas beiradas, e, apesar de não estar colorido, Evie sabia o que Scarlett pretendia – ela queria que o vestido fosse verde. Ela se lembrou das duas na praia, em Creta.

Mal posso esperar pra ser uma das primeiras a comprar um original de Scarlett Henderson.

Vou fazer alguma coisa verde só pra você.

– Scarlett criou. Ou desenhou, acho. Ela ia criar, fazer, acho – e Evie soltou o ar com força e afastou o olhar do esboço. – Acho que ela ia fazer para o meu aniversário de trinta anos. É só em agosto, mas ela disse um tempo atrás que ia fazer uma coisa épica, e eu acho… acho que era isso.

Ele olhou para o desenho, e Evie não conseguiu ler sua expressão.

– Acho que você tem razão – disse ele depois de um tempo e pôs o desenho de lado.

A chaleira desligou, e Nate encheu duas canecas e botou uma na mesa de centro na frente de Evie.

– Quer mais alguma coisa?

Ela balançou a cabeça.

– Água? – insistiu ele. – Algo para comer? *Tem* algo que eu possa preparar pra você?

– Não sei – ela não se lembrava da última vez que tinha feito compras. Estendeu o braço para pegar o chá, mas o tremor começou, e ela abaixou a mão.

Sem dizer nada, Nate pegou a caneca da mesa e a colocou no colo dela, onde ela podia segurar com as duas mãos.

– Obrigada – disse ela com um suspiro.

Normalmente, ela se sentia constrangida de precisar de alguém para ajudá-la com uma tarefa tão simples, mas ela não tinha energia.

– Nem sempre a gente percebe – disse ele com hesitação.

Ela dobrou os dedos em volta da caneca.

– É o sintoma mais constante. Isso e o cansaço, mas o tremor vai e vem. E, sim, há épocas em que fica pior – disse, e olhou para ele. – Pode ir. De verdade. Eu consigo me cuidar. Vou pedir alguma coisa ou...

Ele hesitou, como se fosse protestar, e ela percebeu: sabia como devia estar a sua aparência. Mas a melhor coisa que ela podia fazer agora era dormir. Felizmente, ele pareceu entender isso e fez que sim antes de voltar para a cozinha. Ela o ouviu lavar a caneca e colocá-la no escorredor. Uma ação tão pequena, mas que demonstrava tanta consideração.

Talvez tenha sido por isso que as palavras seguintes saíram.

– É aniversário dela amanhã – e sentiu mais do que viu Nate olhando para ela, e manteve o olhar na caneca enquanto falava. – Scarlett faria trinta anos amanhã.

Algo pairou no ar entre eles. O fato de que ela não estava lá, porque tinha parado para ajudá-lo. Não era por essa razão que ela estava falando disso, mas não deixava de ser verdade.

– Eu ia sair com ela – disse Evie. – Ela não estava muito ansiosa para o aniversário. Não queria fazer trinta.

Esse pensamento fez algo dentro dela se revirar: Scarlett não queria deixar os vinte para trás, não queria fazer trinta. E não fez. Ela teria vinte e nove anos para sempre. Evie respirou fundo, tentou permitir que a dor a atravessasse, da maneira como precisava.

– Aí, eu e a mãe dela, a gente ia organizar um festão para o fim de semana que vem, mas, no dia, eu ia com ela a um restaurante aonde ela sempre quis ir. Lá tem música, e a gente ia poder dançar, e tomar champanhe, e… – ela apertou a caneca com os dedos. – É idiotice pensar nisso agora.

– Não é idiotice – disse Nate na mesma hora. – Qual restaurante?

Ela falou o nome e olhou para ele, que estava do lado da bancada da cozinha, junto ao desenho (e à carta fechada da Scarlett), fazendo que sim.

– Eu levo você – disse ele, meio abruptamente.

– Hã?

Ele passou a mão na nuca, uma de suas características.

– Se você não for fazer nada amanhã… Quero dizer, você tem? Você tem planos? Pra amanhã?

Ela hesitou. E fez com a cabeça que não. Qual era o sentido de mentir?

– Não. Mas acho que não consigo. Seria errado ir lá sem ela.

– Outro lugar, então. Eu levo você a outro lugar. Podemos celebrá-la juntos.

– Não sei – disse Evie lentamente.

Comemorar o aniversário de Scarlett com o homem que foi, involuntariamente, a causa da sua morte: não havia algo de horrivelmente errado nisso? Ainda assim, as palavras quicaram na mente dela. *Celebrá-la.* Algo nela se comoveu com isso. Porque Scarlett, com toda a vida e energia que tinha, ia *querer* ser celebrada, não ia?

– Bem, me mande uma mensagem. Se você quiser. Sem pressão.

Ela olhou para a frente e assentiu.

– Obrigada.

– Eu, hã..., saio sozinho.

Ele foi na direção da porta, e ela o acompanhou com o olhar. Um caminhar muito tranquilo e confiante.

– Nate?

Ele levou um susto e olhou para trás quase como se achasse que levaria uma bronca.

– O quê?

– Eu... Obrigada. Por hoje.

Ele sorriu para Evie, sorriu de verdade, de um jeito que pareceu muito autêntico. E ela não pôde evitar. Ficou feliz, só por um momento, de ter sido quem o fez sorrir daquele jeito.

Capítulo dezessete

Ela conseguiu! Evie fez a escalada mesmo. Se tivesse sido eu pedindo, sei que ela teria recusado de cara. Mas talvez seja porque nós nos conhecemos muito bem – a gente pode dizer não para as pessoas mais próximas, não é? No entanto, tem uma parte de mim que sabe que eu não teria insistido, como Nate fez. Que sabe que provavelmente eu nem tentaria incentivá-la a fazer algo assim, porque eu achava que sabia exatamente qual seria a resposta.

Eu me sinto culpada por causa disso. Quando comecei a desistir da minha melhor amiga?

Eu não desisti, digo a mim mesma com convicção. Será que os folhetos ainda escondidos na gaveta da cozinha não provam que eu não tinha desistido dela? Mas talvez pudesse ter tentado mais. Eu poderia ter tentado encontrar um equilíbrio entre encorajar Evie a fazer um pouco mais e aceitar que ela não pode fazer algumas coisas, em vez de deixá-la se recolher completamente. Ficava dizendo para ela não deixar que a doença a definisse, mas talvez eu estivesse começando a fazer isso, pensando na doença antes de pensar nela. Isso significa que Nate já está entendendo o que sequer tentei entender?

Ele encontrou meu desenho. Tirou uma foto dele – para quê? Não sei se gostei disso. Por que ele precisaria de uma foto do meu desenho?

Mas o mais importante é que isso significa que *Evie* o encontrou. Como eu não percebi isso? Meu desenho está ali, de lado. Junto da minha carta.

Ela está certa: queria que o vestido fosse dela. E, ao vê-la falar disso, percebo que não quero que ela dê o desenho para Jason. Quero que ela o guarde, que saiba que eu estava pensando nela quando o fiz. Mas sei, quando Nate fecha a porta e a deixa sozinha, que o vestido não é o que ocupa sua mente agora.

Meus trinta. Eu não estou acompanhando a passagem do tempo como teria feito se estivesse viva, e o fato de que é meu aniversário *amanhã* é um choque enorme: 15 de junho. Sempre adorei fazer aniversário bem no meio de junho. Parecia especial. Evie e eu, as duas crianças de verão. Mas, agora, a data significa que tem dois meses que eu morri. Dois meses presa aqui. Isso é possível? Vai ser para sempre, vou ficar vendo a vida das outras pessoas acontecer e revisitando lembranças que estão presas comigo de alguma forma? Como se fosse uma resposta, eu me vejo de novo naquela calçada e vejo um homem numa bicicleta vermelha... *Não.* Bloqueio aquela imagem, me afasto dela. Não estou preparada para passar por tudo aquilo de novo.

Penso, então, no meu último aniversário, que passei ao lado de Jason, só nós dois. Ele me levou para passarmos a noite num hotel chique, em Brighton, com vista para o mar, numa praia melhor, na minha opinião, do que a que Evie descreveu como *tranquila* hoje. Foi o primeiro aniversário que não passei com Evie, apesar de o termos comemorado depois, no fim de semana, e vi como um marco da idade adulta isso de passar o aniversário com minha "cara-metade" e não com a minha melhor amiga. *Cara-metade.* Em algum momento, tive o direito de chamá-lo assim?

Mas não volto a essa lembrança agora. Estou surpresa de me ver no pub do nosso bairro, onde Evie foi garçonete quando adolescente, com aquele cheiro de cerveja no ar. É meu aniversário de vinte e um anos e estou de costas para Evie no meio de um círculo com todos os nossos amigos, e essa sensação de que o meu corpo está oscilando de leve é sinal de que estou muito embriagada. Não me lembro de muita coisa desse aniversário, fora que houve dança e animação – então por que estou aqui?

Estamos brincando. Não sei o nome oficial da brincadeira, mas é assim: você fica com as costas encostadas nas de alguém e as pessoas num círculo ao redor perguntam coisas como "Quem é mais inteligente?". Se você acha que é você, tem que beber. Se os dois beberem ou nenhum beber, os dois estão fora. Mas a questão é que Evie e eu somos ótimas nesse jogo. Nós nos conhecemos bem demais e somos praticamente invencíveis – isso porque, mesmo que a gente não concorde, a gente sabe o que a *outra* vai pensar. Quem é a mais corajosa? Eu. Quem é a mais educada? Evie. Quem tem mais chance de ir parar na prisão? Eu. Quem é a mais rabugenta? Eu também. Quem aguenta melhor a bebida? Evie, mas só porque ela é mais alta. Quem é a mais bonita? Sei que Evie vai dizer que sou eu, então eu bebo, porque é assim que se ganha o jogo. Quem tem os olhos mais bonitos? Nessa hora, eu franzo a testa. Meus olhos são minha melhor característica, eu sei. Passei séculos aprendendo que maquiagem usar nos olhos para realçar o tom de azul de forma exata, e faço questão de sempre olhar diretamente para a pessoa com quem estou falando, para que veja meus olhos. Mas Evie tem olhos lindos também. Verdes, estilo sereia. Ela não necessariamente os *usa* como eu, mas, quando olha diretamente para uma pessoa... Bem, vamos só dizer que o olhar dela é como um golpe. Isso foi algo que nos aproximou quando nos conhecemos: o fato de nenhuma de nós ter olhos castanhos *comuns* (tenho certeza de que tínhamos acabado de aprender essa palavra naquele contexto).

Alguém do círculo ao redor (Sasha, uma das minhas amigas da faculdade) ri.

– Finalmente! As duas bebem! – Evie e eu nos olhamos e sorrimos.

– Um brinde a ter lindos olhos – digo, e nós brindamos com nossas taças de vinho rosé. É um vinho horrível, por que estamos bebendo aquilo?

Vinte e um. Parece uma idade tão jovem. Por que as pessoas falam tanto sobre os vinte e um? Não significa mais nada, não é mesmo? Mas *pareceu* importante, como se eu estivesse ingressando na idade adulta.

Vamos para o círculo, e duas pessoas da nossa escola vão para o centro. Do outro lado do círculo, vejo Jake, um dos caras da universidade da Evie, me olhando. Nós estamos nessa há algum tempo, depois de nos encontrarmos em Manchester algumas semanas antes, numa noitada. Mais tarde, naquele dia, vamos fazer um sexo desajeitado, confuso e bêbado, e vou sair com ele por mais uns quatro meses, mas, nesse momento, achava que ele era a coisa mais linda que eu já tinha visto: alto, moreno e lindo com braços musculosos e... Bem, está na cara que eu tenho um tipo, não é?

Capítulo dezessete 161

Saio do círculo, desesperada para fazer xixi. Na volta do banheiro, passo pelos meus pais num canto do pub, afastados de todo mundo. Eles fecharam o bar. Mais cedo, tinha ficado bem cheio, com alguns amigos deles também, mas a multidão diminuiu com o passar da noite.

– Não estou dizendo agora – murmura meu pai, num tom baixo que não está tão baixo assim. – Só estou dizendo que deveríamos ter uma conversa com ela sobre...

– Agora não, Graham. Nossa filha está fazendo vinte e um anos, você não pode deixar isso pra lá por uma noite?

– Deixar pra lá o quê? – pergunto quando me aproximo da mesa deles, o álcool me deixando um pouco mais sem noção (e com a voz um pouco mais arrastada) do que o meu habitual.

– Nada, meu amor – minha mãe abre um sorriso largo, mas percebo que é meio forçado.

– Com quem vocês deviam ter uma conversa? – insisto. – Comigo?

Meu pai balança a cabeça.

– Não se preocupe com isso, Lettie.

Lettie, o nome que ele usava para falar comigo quando eu era pequena. Gera uma nova pontada de dor em mim, quando penso nos meus pais dormindo em quartos separados, cada um com sua dor. Deus, quero chorar. Quero chorar, mas não consigo, porque a minha versão do passado não tem motivo para chorar.

Hesito, mas minha mãe indica o outro lado do pub.

– Vá se divertir com seus amigos. Afinal, você é a aniversariante – ela pisca para mim. Ahá! Talvez seja dela que herdei essa mania.

Quando volto para o grupo, não demora muito para Jake se aproximar e parar do meu lado.

– Quer uma bebida? – pergunta ele.

– Claro – e vou com ele até o bar, onde ele pede outro *rosé*. Quando me entrega a taça, ele roça a mão na minha, para por um momento, e meu olhar encontra o dele.

– Tenho um quarto só pra mim lá, no Airbnb – diz ele, e há um leve rubor presente que não consigo deixar de achar fofo.

– Ah, é? – digo com um sorriso maroto. Alguns amigos da minha faculdade vieram juntos para passar o fim de semana. – Como é? A casa?

Ele dá de ombros.

– É legal – levanto as sobrancelhas, e ele conserta, falando rápido. – Quer dizer, é bonita. Bem bonita. Você devia ir ver.

Bato na taça, como se pensando no assunto.

– Tem vinho?

Ele sorri.

– Tem branco na geladeira.

– Acho que... serve.

Ele vai buscar meu casaco praticamente saltitando, e eu encontro Evie.

– Entãããão... Acho que vou sair pra transar com o Jake.

Evie solta uma risada meio aguda e me olha. Ela nunca foi ousada com essas coisas como eu.

– Sério?

Sorrio para ela.

Sério.

– Ah, então você vai embora? Agora?

Vejo nessa hora a mágoa no rosto dela, que ela faz o possível para disfarçar. Acho que a eu do passado não reparou.

– É – viro o resto do vinho e coloco a taça vazia na mesa mais próxima. – Tudo bem, né?

– Claro. A festa é sua. Vá logo. Antes que todo mundo perceba.

Eu sorrio de novo.

– Esse é o plano. Você vai continuar se divertindo, né, sem mim? Ainda tem um monte de gente aqui.

– Sem dúvida. Pode ser que a gente até se divirta *mais* sem você.

Dou uma risada e trombo meu ombro no dela.

– Até parece.

– Ah, isso foi parte do plano de mestre – diz ela, fazendo que sim serenamente. – Eu pensei em tudo, coloquei Jake na posição certa. Na verdade, estou meio decepcionada de ter demorado tanto.

Dou um cutucada nas costelas dela – Evie está tentando fazer piada da situação, eu sei, para não me sentir mal. Jake se aproxima e lança um olhar meio culpado. Ele era amigo dela antes de se tornar meu *crush*.

– Pronta? – pergunta ele, e faço que sim.

Quanto a Evie, ela tinha terminado com o primeiro namorado alguns meses antes. Era um cara chato que ela tinha conhecido, que estudava ciência da computação. Isso não é justo, eu sei. Tenho certeza de que deve ter gente interessante que estuda ciência da computação, só que ele não era uma dessas pessoas. Como era mesmo o nome dele? Roland? Ou Ronald? Falando sério, quem se chama Ronald? Quem *se apresenta* como Ronald, e não Ron? Tenho certeza de que era Roland, mas mesmo assim. Eu tinha planos de juntar Evie com alguém na minha festa, mas está na cara que abandonei aquela ideia.

Jake pega a minha mão quando saímos do pub, e não olho para trás. Não me despeço dos meus amigos, nem dos meus pais. Quem era eu, capaz de fazer isso? Todos tinham ido à festa por minha causa, e fui embora por causa daquele *cara*. Eu tinha justificado esses momentos para mim mesma, alegando que era preciso priorizar certas coisas para poder encontrar o homem certo. E, naquele momento, talvez eu tenha mesmo acreditado que era Jake.

Deixo todos eles, deixo Evie. Ela vai rir disso no dia seguinte, vai pegar no meu pé por causa de Jake e vai ser um amor com ele, como sempre era com os meus namorados. Acho que ela e Jake não continuaram amigos depois que terminei com ele, porque ele "não queria ficar lembrando" de mim. Eu nem pensei mais nele depois. Fui para Londres, para coisas maiores e melhores. Outro homem na minha tentativa desesperada de encontrar "o cara certo", uma busca que acho que nunca consegui resolver.

Capítulo dezoito

Evie quase deixou o telefone tocar quando viu que era sua mãe ligando. Mas ela vinha encontrando motivos para não ligar para ela havia semanas e sabia que tinha chegado a hora. Ela pegou o aparelho na bancada da cozinha, onde estava pensando em se servir de uma taça de vinho branco barato que estava guardado na geladeira. Afinal, já passava do meio-dia. Do dia do aniversário de Scarlett.

– Oi, mãe.

– Evelyn! Que bom finalmente ouvir a sua voz – havia um traço sutil de acusação na voz, ao qual Evie estava mais do que acostumada.

– Desculpe – disse ela automaticamente. – Eu estava... – ela queria dizer *ocupada*, mas claro que Ruth não acreditaria nisso.

– Bem, enfim – disse sua mãe bruscamente, negando a necessidade de Evie encontrar uma palavra para preencher aquela lacuna. – Como você está?

– Estou bem, acho.

– Hum. Você tem se alimentado? Você estava muito magra na última vez que a vi.

No funeral. A última vez que elas se viram foi no funeral da Scarlett, embora nenhuma das duas tenha dito isso.

– Tenho, mãe. Tenho me alimentado – disse Evie, sabendo que era mais fácil não discutir.

– Que bom, porque eu li uma coisa outro dia que dizia que se você não se alimenta direito na casa dos trinta, pode acabar tendo muita dificuldade quando chegar à menopausa. Cria um caos nos hormônios, ao que parece.

– Que bom que eu ainda não cheguei à casa dos trinta – Evie pegou o chá e foi até o sofá, uma das mãos segurando o telefone junto à orelha.

– Alguns meses não são relevantes. É uma questão para se pensar, Eve.

Eve. Ela odiava Eve.

– E onde exatamente você leu isso?

– Ah, sei lá. Num daqueles blogs, você sabe.

– Uma fonte de informação confiável, tenho certeza – no sofá, Evie cruzou as pernas e apoiou o chá no joelho.

– Bem, gostaria de ter prestado mais atenção a esse tipo de coisa quando *eu* tinha trinta e poucos anos. A menopausa está sendo um inferno, tenho que dizer. Mas, por outro lado, eu tinha uma filha adolescente com que me preocupar, e você era tão fresca, só queria comer macarrão o tempo todo, o que eu podia fazer?

Evie sentiu as têmporas latejarem. Quanto tempo? Um minuto? Talvez dois? Dois minutos inteiros até sua mãe mencionar como ter Evie tivera algum impacto negativo na vida dela.

– Tenho certeza de que foi *você* quem baniu as frutas da casa por três meses, se me lembro bem.

– Você não se lembra do incidente da aranha, Eve? – A voz da sua mãe tinha subido de tom um pouco. – Havia um *motivo* para não comer frutas. Quem sabe que tipo de coisas podia ter entrado na nossa casa se continuássemos a comer frutas.

Ela estava se referindo ao fato de uma aranha ter se escondido numa caixa de abacaxis, vinda de algum lugar qualquer, e ter picado alguém que acabou morrendo. Evie se lembrava de Ruth evitando o corredor de frutas no supermercado meses a fio, olhando com uma desconfiança profunda para os abacaxis.

– Maçãs da Inglaterra eram perigosas também?

– Não dá para saber de onde as frutas vêm atualmente, Evelyn. Estão importando tudo, a torto e a direito.

– Se você diz – ela não sabia por que ainda tentava contradizer a mãe. Exigia tamanho esforço que não valia a pena.

– E isso me lembra que preciso marcar uma consulta com o dr. Hennessy.

Até onde Evie sabia, Ruth mudava de médicos a cada três meses, alegando que não estava sendo ouvida. Todas as vezes que ela citava o médico, era um nome diferente. Evie não perguntou nada, pois não queria encorajá-la, mas isso não impediu Ruth de continuar:

– Ando sentindo um formigamento nos pés ultimamente e sei que isso pode ser sinal de diabetes.

Evie suspirou.

– É só um formigamento, mãe – e ela sabia disso, não sabia? Formigamento era comum quando se tinha esclerose múltipla.

– Hum, bem, você *diz* isso, mas eu li uma coisa recentemente que dizia que todos os pesticidas que nós consumimos, nas *maçãs*, por exemplo, que você acha tão seguras, estão levando a um aumento nos casos de diabetes. Além do mais, não faz mal verificar, não é mesmo?

Evie fechou os olhos por um instante, as têmporas latejando de novo. *Não faz mal verificar, não é mesmo?* Era o que Scarlett tinha dito, ou uma versão disso, quando Evie tinha começado a ter os primeiros sintomas. Cansaço, visão borrada. Uma dor estranha e aguda na barriga, que aparecia sem aviso. Mas ela tinha deixado isso de lado. Estar cansada não era nada *sério*. E não queria sobrecarregar o sistema público de saúde por causa de algo tão pequeno. Não queria ser como a mãe, que vivia tomando tempo dos médicos devido às tendências hipocondríacas.

Evie estava tentando não ficar ressentida com ela por causa disso. De verdade. Scarlett sempre dissera que uma das melhores coisas de Evie era ela não guardar rancor, e ela queria que fosse verdade naquele caso também. Mas isso não impedia que ele aparecesse quando se desarmava. Como fumaça, enchendo os vãos na mente dela.

– Mas essa não é a questão – disse sua mãe.

– Não?

– Não. Eu liguei porque... porque sei que é aniversário da Scarlett hoje.

Evie sentiu um tremor, tanto pelo nome de Scarlett quanto por Ruth ter se lembrado. Ela não achava que isso aconteceria. Nem imaginava que sua mãe sabia quando era o aniversário da Scarlett.

Ruth pareceu estar esperando que ela reconhecesse isso.

– É – disse ela, sem saber o que dizer além disso.

– Bem, eu queria ver como você estava, só isso. Ver se precisa de alguma coisa. Ou talvez... você possa vir passar o dia comigo?

Essa era a segunda vez que ela fazia esse convite desde que Scarlett tinha morrido. Ela nunca a tinha convidado antes, naquele tempo todo em que Evie morava em Londres. Ficara feliz por Evie ter ido embora, ficava fazendo comentários sobre como era bom ter mais espaço. Ela já tinha transformado o antigo quarto de Evie no "quarto da saúde", o que, basicamente, consistia em quatro tapetes de ioga e uma bola de pilates, pelo que Evie sabia.

– Eu... – Evie sentiu a garganta se fechar e engoliu em seco para tentar aliviar a sensação. – Acho que prefiro passar o dia sozinha – respondeu. Não era totalmente verdade. – Mas obrigada.

– Está bem – Ruth limpou a garganta, e Evie percebeu que ela também se sentia constrangida, sem saber como percorrer aquele território desconhecido. – Bem – repetiu ela –, mandei flores para Mel e Graham hoje.

Evie se endireitou no sofá.

– Mandou?

Por que ela não tinha pensado em fazer isso? Ela tinha se perguntado se devia ligar. Ainda estava pensando e estava planejando decidir depois da primeira taça de vinho. Mas flores... Deveria ter sido ela, não sua mãe, a pensar nisso.

– Sim. Você acha que tudo bem? Falei que eram de nós duas – e Mel pensaria, Evie sabia, que *Evie* tinha enviado e acrescentado o nome de Ruth por gentileza. E sua mãe devia saber disso, claro, porque Evie tinha um relacionamento bem melhor com Mel do que ela, e Ruth sentia ciúmes de Mel por muitos motivos.

– Acho um gesto lindo, mãe – falou sério. Ela imaginou que as flores talvez fizessem Mel chorar quando as visse. Mas, pelo menos, ela saberia que outras pessoas estavam pensando em Scarlett no aniversário dela.

– É, bem, nem posso imaginar o que ela está passando. Perder uma filha assim... – ela parou de falar, e o coração de Evie deu um salto. Ela e sua mãe nunca tinham sido próximas. Nunca. Elas nunca disseram *eu amo você* uma para a outra, não conversavam nem iam fazer as unhas ou tomar vinho juntas. Mas também não tinham grandes brigas. Apenas estavam... na vida uma da outra. E ela sempre tivera a impressão de que sua mãe preferiria nunca ter engravidado, nunca ter levado a gestação até o fim.

Alguém bateu à porta. Considerando que Evie tinha feito um esforço danado para ser seletiva sobre com quem passava seu tempo desde o diagnóstico – talvez até um pouco seletiva *demais*, para ser sincera –, ela estava recebendo muitas visitas ultimamente.

– Tem alguém na porta, mãe, tenho que ir. Desculpe – ficou feliz por ter arranjado uma desculpa para se despedir e não prolongar a conversa. Mas se sentiu culpada na mesma hora.

– Tudo bem. Bem, se você precisar de mim, sabe onde eu estou.

– Sei – falou. Depois hesitou. *Perder uma filha assim...* – Obrigada por ligar. De verdade. É muito importante pra mim você ter pensado na Scarlett. E em mim.

– Claro – e houve uma pausa. – E é verdade, sabe?

– O que é verdade?

– Eu penso em você. Mesmo que eu nem sempre... Você é minha filha, Evelyn.

Houve outra batida. Depois de desligar, Evie largou o celular no sofá e foi atender a porta. Ela ergueu as sobrancelhas quando viu quem era.

– Anna?

– Astrid – corrigiu a garota. – Eu gosto mais de Astrid.

Evie deu de ombros.

– Tudo bem. Astrid, então. E aí?

– Eu queria saber… – ela olhou para o carpete puído na frente da porta de Evie. – Tudo bem se eu ficar aqui um pouco? – e olhou para Evie.

– Hã… Ficar aqui?

– É, porque minha mãe vai passar a tarde fora. Tem alguma coisa a ver com o meu pai, apesar de ser domingo, dá pra acreditar? Mas ela diz que trabalha a semana toda e não tem outro dia, e não quer deixar que eu vá junto. Ela não diz o motivo, mas tenho quase certeza de que tem a ver com o divórcio, e o meu pai, tipo, não me quer lá, sei lá, mas ela disse que, se for sair, eu não posso ficar sozinha, o que é *muito* ridículo, porque eu tenho treze anos e consigo passar algumas horas sozinha – Astrid (se ela queria ser chamada assim, Evie não via problema nenhum) engoliu em seco depois de falar sem parar, durante toda a reclamação.

– Hã… – disse Evie de novo, pensando no vinho esperando na geladeira.

– Por favor – disse Astrid, olhando diretamente para ela. – Eu não tenho mais ninguém pra pedir isso e *não* quero uma babá. Dá pra imaginar?

– Tudo bem – disse Evie por fim. Foi a parte final que mexeu com ela. *Eu não tenho mais ninguém pra pedir isso.*

Astrid abriu um sorriso.

– Legal. Vou falar pra minha mãe – ela foi saltitando pelo corredor até o apartamento, enquanto Evie esperava, insegura.

Não demorou para a mãe de Astrid abrir a porta e lançar um olhar especulativo para Evie do outro lado do corredor.

– Tem certeza de que não tem problema?

Evie fez que sim.

– Você sabe quanto tempo vai demorar?

A mulher franziu o nariz.

– Umas três horas, acho.

Pelo menos ela teria o apartamento de volta, só para si, no começo da noite.

– Tudo bem, claro.

– Obrigada. Meu nome é Julie, aliás. Já sei que você é Evie.

– Isso mesmo.

Astrid apareceu de novo, segurando uma mochila preta lisa.

– Tchau, mãe – ela mal precisou ficar nas pontas dos pés para dar um beijo na mãe.

– Hum… Boa sorte? – disse Evie, e Julie fez que sim.

– Anna tem meu número se acontecer alguma coisa.

– Tudo bem – respondeu. Ela era qualificada para cuidar de uma adolescente? Devia ser algo simples. Devia ser só deixar a adolescente na dela.

Quando Evie fechou a porta e se virou, Astrid estava sorrindo com uma caixa de tinta de cabelo na mão. Evie hesitou, mas tentou disfarçar.

– Isso é pra você ou pra mim?

– Pra mim, dã.

Evie estendeu a mão para pegar a caixa.

– Você quer ficar com cabelo preto, é?

– É. Tipo ébano.

Evie devolveu a caixa.

– Não acho uma boa ideia. Você não vai querer que arranje um problema com a sua mãe, né?

– Ela não vai ligar. Além do mais, o cabelo não é dela. Eu quero curto também. Bem curtinho, sabe?

Capítulo dezoito 173

Evie apertou os olhos.

– Eu *não vou* cortar seu cabelo.

– Claro que vai – disse Astrid tranquilamente. – Não é difícil.

– Como você sabe? Já cortou muitos cabelos?

Ela balançou a mão.

– Porque eu não sou nem um pouco chata. Só quero experimentar. Ei, você pode me dar um copo d'água? Você não tem Coca, tem?

– Sim e não – disse Evie, indo para a cozinha. Pegou um copo e o encheu. Virou-se e viu Astrid olhando para um quadrinho branco na geladeira.

– De quem é essa mensagem? Pensei que você tivesse dito que morava sozinha.

Evie hesitou.

– Minha melhor amiga escreveu. Ela morava aqui comigo – disse, soltando o ar. – Ela morreu. Dois meses atrás.

Astrid olhou para ela com os olhos arregalados.

– Ah...

– Pois é. Hoje é o aniversário dela. Ou era – disse e suspirou. – Não sei qual tempo verbal usar.

Nesse momento, pegando Evie completamente de surpresa, tanto que quase deu um pulo, Astrid botou o copo d'água na bancada, foi até Evie e a abraçou, com os bracinhos magrelos envolvendo a cintura de Evie e a cabeça apoiada no seu peito. Evie ficou parada, constrangida por um momento, antes de passar os braços pelos ombros de Astrid também.

– Eu não sei o que dizer – murmurou Astrid, a voz meio abafada.

– Tudo bem. Eu também não sei o que dizer.

– Ela era legal? Aposto que era legal.

– Era – disse Evie, com a garganta apertada. – Ela era legal.

Astrid fez que sim e recuou.

– O que você vai fazer por ela hoje? – perguntou, e Evie franziu a testa. – É aniversário dela, né? Se eu estivesse morta, acho que ia querer que todo mundo fizesse uma festança, sei lá – e fez uma careta. – Não que eu tenha amigos deste lado da cidade *para* dar uma festa. Mas entrei na orquestra – acrescentou ela, se lembrando.

– Entrou? Que ótimo!

– É. Tem uma outra garota que toca violoncelo. Ela é ótima, eu acho – falou. Concorrente ou uma amiga em potencial?, perguntou-se Evie. – Tem um concerto de fim de ano chegando. Vão fazer uma apresentação geral, e algumas pessoas vão ter solos. Mas não sei se vou fazer. Não sei se sou boa o bastante.

– Você só vai saber se tentar.

– É, pode ser – e balançou a cabeça. – Mas essa não é a questão. A sua amiga. Você deveria fazer alguma coisa pra sua amiga. Do que ela gostava?

Evie passou a mão pelo cabelo. Ela teria mesmo essa conversa com uma garota de treze anos? Sim, decidiu. Teria.

– De roupas, de sair e de dançar. E de champanhe. E de rir – acrescentou ela, soltando uma risada baixinho.

– Então é isso – disse Astrid, de forma contemplativa. – Você devia sair, e dançar, e rir.

O rosto de Nate surgiu na mente de Evie de novo, aqueles olhos castanhos profundos, o cabelo desgrenhado, o sorriso fácil. A proposta de passar o aniversário de Scarlett com ela.

Errado, disse para si mesma.

Evie viu a tela do telefone acender no sofá e foi até ele. Havia uma notificação de mensagem de WhatsApp de Will. Seu estômago se contraiu de leve.

Espero que você esteja bem hoje. Saudades. Bjs.

– É daquele cara? – perguntou Astrid.

– Que cara? – perguntou Evie automaticamente, antes de perceber a impressão que passava.

– O gato.

Evie olhou para ela.

– O jornalista – esclareceu Astrid.

Evie inclinou a cabeça e tentou sorrir.

– Você acha ele gato?

Mas Astrid não ficou vermelha.

– Claro, se você gosta desse tipo.

– Que tipo? – perguntou Evie, erguendo as sobrancelhas, tentando ser engraçada. – Homens velhos? – *Ela* era velha para Astrid?

Ao ouvir isso, Astrid corou de leve.

– Por aí – disse ela, sem encarar Evie.

– Bem, a mensagem não é do Nate, não.

Tinha algum significado o fato de que ela preferia que *fosse* de Nate e não de Will? Bem, para começar, ela achava que isso significava que não devia mais dormir com Will. Não que ela fosse. E, na verdade, pensar nisso fez algo quente se agitar em seu estômago. Ela não devia ter sido tão patética, tão tolerante. Mas *ele* não devia ter aparecido daquele jeito, não devia tê-la tratado daquele jeito. Ele nunca devia tê-la tratado daquele jeito. Aquilo não era novidade. Mas… a atingiu em cheio.

Astrid estava olhando Evie se mexer no mesmo lugar, trocando o peso de um pé para o outro.

– Você está bem?

Evie soltou o ar.

– Desculpe. Estou. Vamos pintar o cabelo então?

Astrid sorriu.

E, tudo bem, Evie a ajudaria a pintar o cabelo. Por um motivo simples: a vida era curta demais, não era? Se Astrid queria ter cabelos pretos curtos, por que não? Houve um problema quando Evie tentou usar a tesoura da cozinha para cortar o cabelo de Astrid e o tremor começou, deixando o corte todo torto. Astrid se olhava no espelho enquanto Evie pedia desculpas, olhando para o cabelo no chão do banheiro horrorizada, e sorriu de novo.

– *Amei* – disse ela. – Ficou de um jeito único – e fez Evie rir.

E, quando Julie foi buscar Astrid, agradecendo à beça e parecendo só um pouco incomodada com o cabelo novo da filha, Evie pegou o celular e mandou uma mensagem de texto.

Se você ainda estiver a fim, eu adoraria sair hoje.

Porque ambos tinham razão, Nate e Astrid. Scarlett não merecia que Evie ficasse em casa chorando numa taça de vinho. Ela merecia o luto, sim. Mas também merecia ser *celebrada*.

Capítulo dezenove

Evie tentou não sentir vergonha quando o porteiro a levou pelo saguão do hotel – com aqueles espelhos imensos e o piano de cauda – até o bar. O Rivoli Bar, no Ritz.

Não era o lugar aonde ela tinha planejado levar Scarlett, elas nunca teriam podido pagar aquilo, mas tinha deixado Nate decidir. Ela não sabia se estava vestida apropriadamente – o que era certo para um dos hotéis mais chiques de Londres? Estava usando um dos seus melhores vestidos, um que tinha sido aprovado por Scarlett Henderson. Não era brilhante, ela não gostava de brilho, mas Scarlett tinha dito que tudo bem – ela tinha *classe*, ao que parecia. Era preto em cima, de gola alta, e se abria numa saia plissada comprida, com formas diferentes, rosa, cinza e preta.

Nate estava sentado no balcão do bar, o ambiente era relativamente pequeno e íntimo, e se levantou quando a viu. Ele também tinha se arrumado: vestia uma calça preta, uma camisa azul-clara e um paletó preto, que exibia seus músculos, e ela não pôde deixar de notar. Ele tinha até se barbeado para a ocasião, apesar de ela achar que talvez gostasse mais da barba por fazer.

– Não consegui uma mesa no restaurante principal – disse Nate, com certo tom de desculpa na voz, quando ela se aproximou. Evie balançou a cabeça, torcendo para que isso mostrasse a ele que não precisava se desculpar, ao mesmo tempo que olhava em volta e observava tudo. O bar todo tinha um brilho dourado, até o chão parecia iluminado. As paredes eram de madeira lustrosa, e havia lustres pendurados no teto, um sinal evidente de glamour. A iluminação era perfeita: não era forte demais, intensa demais. Atrás do bar, as garrafas estavam todas iluminadas – era incrível como dava para fazer uma garrafa de vodca ficar muito mais bonita com a iluminação correta. Havia gente sentada em poltronas de oncinha em volta deles. Que tipo de lugar conseguia exibir isso tudo e ainda parecer ter classe?

Aquela era a parte de Londres de que Evie só conhecia vislumbres, apesar de ter consciência de que havia gente à sua volta vivendo *naquela* Londres, enquanto ela vivia na dela. Scarlett frequentara os dois lados da cidade bem mais, indo a festas, conhecendo pessoas que viviam naquele mundo, tomando champanhe em bares até fecharem.

Evie agradeceu por ter altura quando se sentou no banco alto, de encosto reto, do bar com certa graciosidade. Imaginou Scarlett sentada num deles, as pernas balançando porque era baixa demais. A imagem a deixou com vontade de sorrir, apesar de a vontade passar na hora que sua garganta ficou apertada. Rir ou chorar? Cada vez mais, as lembranças de Scarlett pareciam se equilibrar nesse limite estreito ultimamente.

Quando o barman se aproximou, Nate pediu duas taças de champanhe. Evie mordeu o lábio ao olhar os preços no cardápio.

– Não se preocupe – disse ele, e Evie olhou para ele. – Eu conheço um cara aqui. Deixe comigo.

Claro que ele conhecia. Ele era jornalista e escrevia sobre os melhores destinos turísticos no mundo. Era um daqueles homens que transitavam pelo glamour de Londres, apesar de não ficarem nele.

O barman levou duas taças de champanhe, aquelas taças chiques, redondas e baixas, da década de vinte, e não as altas de hoje em dia, e colocou frutas secas e aqueles petiscos crocantes caros entre os dois. Evie ergueu a taça, e Nate bateu com a dele na dela.

– A Scarlett – disse ele baixinho.

Evie parou um momento e permitiu que a força total da saudade da amiga se espalhasse por ela. Em seguida, tomou um gole.

– Ah, meu Deus – sussurrou ela. – Esta é, literalmente, a melhor taça de champanhe que já tomei. Talvez eu nem *tenha* tomado champanhe antes, se o gosto é esse mesmo. Talvez tenha sido um *prosecco* disfarçado.

Nate sorriu.

– É incrível, né?

Evie sorriu com certa tristeza.

– Scarlett teria amado isso – mas parecia certo que eles estivessem num lugar que ela teria amado.

– Me conte sobre ela.

A voz de Nate foi um murmúrio. Mas ela ouviu algo mais, quase uma súplica. Evie começou a falar. Era impossível transmitir a *essência* de Scarlett, mas ela tentou. Nate riu nos momentos certos, se inclinou na sua direção enquanto ela falava, o olhar vidrado no dela, absorvendo as informações como se ele *precisasse* ouvir quase tanto quanto ela percebeu que precisava contar. Ela *queria* falar sobre Scarlett e ficou feliz de estar se lembrando dela, mesmo que houvesse partes das histórias que ela contou que lhe dessem vontade de chorar. Mas as lágrimas pareciam certas, e Nate nem falou nada, parecendo aceitá-las como parte das lembranças.

Em determinado momento, eles terminaram o champanhe e Nate pediu mais duas taças.

– Eu queria ter conhecido a Scarlett – disse ele, e Evie sentiu o coração se apertar. Ele a conheceu, não conheceu, por um segundo? Ela não sabia direito como tudo tinha acontecido... e não sabia se queria saber. Mas ele a tinha conhecido antes de ela ir para a rua pegar a bicicleta.

– Eu... eu sei que parece idiotice, mas sinto que preciso conhecê-la – continuou ele. – Ela... bem, não sei se ela salvou a minha vida, porque não sei o que teria acontecido se ela não estivesse lá. Talvez Tasha tivesse batido na bicicleta. Ou talvez tivesse me atropelado.

Evie fez que sim lentamente.

– Talvez você tivesse se levantado e saído andando – disse ela. *Talvez minha melhor amiga não tivesse morrido.*

Talvez. Essa era a questão, não era?

– É – Nate fez uma pausa e ficou olhando para o champanhe, para as bolhas subindo até a superfície. – Ela sorriu pra mim – disse ele baixinho. – Antes de morrer. Ela estava meio irritada, meio impaciente, eu acho – e um leve sorriso surgiu nos lábios dele, e Evie sentiu seus próprios lábios imitarem os dele. Podia imaginar tudo. Scarlett, irritada, impaciente, querendo continuar com o dia. Mas havia uma bondade nela, às vezes escondida, mas sempre presente. Foi essa bondade que a fez parar e ajudá-lo. – Ela sorriu pra mim – concluiu Nate. Evie percebeu o que ele sentia nessa hora.

O jeito como ele estava perdido na lembrança, repassando tudo. Será que ele pensava muito no acidente?

Ele ergueu os olhos do champanhe, e ela sentiu toda a força do seu olhar.

– Não sei se é a coisa certa a dizer, mas você teve sorte, eu acho, de ter uma amiga como ela.

Evie tomou o champanhe para tentar lutar contra o nó na garganta e evitou olhar para ele. Não *parecia* sorte. Ela quase foi grosseira com ele, porque sentiu uma raiva profunda. Mas se obrigou a parar e pensar. Se pudesse, ela mudaria as coisas? Não o acidente, mas ter conhecido Scarlett. Votaria atrás para não sentir o que sentia agora? Ela se lembrava tão claramente do momento em que elas se conheceram, Scarlett olhando para ela de cara feia do outro lado da sala de emergência do hospital.

Não, pensou ela com firmeza. Não mudaria. Porque valia a pena, valia sentir aquela dor, para ter tido Scarlett na vida.

– Eu não sei como explicar pra maioria das pessoas – disse ela, girando a haste do copo entre os dedos. – "Amiga" não é suficiente. As pessoas entendem se você diz pai ou mãe ou irmã ou namorado. Mas "amiga", não sei. Pra muita gente, não parece forte o suficiente. Mas ela era… – e balançou a mão no ar, pensando na palavra certa – a minha pessoa – disse, sorrindo suavemente. – Como Meredith e Cristina em *Grey's Anatomy*.

– Hã?

– É só… uma coisa que Scarlett e eu fazíamos.

Nate fez que sim lentamente.

– Acho que eu não tenho um amigo ou amiga assim. Mas acho que entendo essa coisa de pessoa. Meu irmão – acrescentou ele, quando Evie o olhou com uma pergunta nos olhos. – Noah.

– Seu irmão? – e percebeu agora que sabia muito pouco sobre ele. Sabia que Nate tinha um irmão, mas só no sentido abstrato.

– É. Ele é a minha pessoa, eu acho. Imagino que ele fique meio perdido com meu estilo de vida em geral, mas é a pessoa que eu escolheria pra… você sabe, ligar, fazer um discurso de padrinho. Esse tipo de coisa.

Evie inclinou a cabeça para o lado.

– Perdido? – pareceu uma palavra estranha de se usar.

A boca de Nate se curvou num meio sorriso.

– Ele é do tipo tradicional. Casado com uma mulher inteligente e bem-sucedida que toma chá verde e smoothie.

– Que horror – disse Evie secamente. – O chá verde – acrescentou ela rapidamente –, não a parte de ser casado.

Nate riu.

– Você não é fã de chá verde?

– Eu tentei… – ou, mais precisamente, *Scarlett* tinha feito com que ela tentasse, porque ficava insistindo para que Evie tentasse de tudo, qualquer coisa que pudesse melhorar a saúde dela depois do diagnóstico. – Mas não era pra mim. Sou fã de leite e açúcar, na verdade. E então – disse ela, tentando ficar mais animada –, você só tem um irmão?

Nate hesitou por um momento longo demais, considerando que não era uma pergunta difícil.

– É. Então – continuou ele, falando um pouco mais rápido agora –, Noah acha que viajar desse jeito, cada hora pra um lugar, é uma coisa que eu já deveria ter *parado* de fazer aos trinta e dois anos. Minha mãe também. Ela diz que fica feliz se eu estiver feliz, mas insinua que eu não *posso* estar feliz fazendo isso.

– E você é? Feliz viajando?

Capítulo dezenove 183

– Eu amo – disse Nate. – Amo conhecer pessoas novas, ver coisas novas. Amo a sensação de que nunca se sabe o que se pode descobrir na próxima vez que entrar num avião. Eu amo... Bem, isso vai pegar mal.

– Acontece com as melhores coisas.

Isso arrancou um sorriso dele.

– Eu amo que ninguém *espere* nada de mim, porque eu sempre sou a pessoa nova e todo mundo sabe que eu não vou ficar muito tempo.

Seria difícil criar conexões assim, não seria?, refletiu Evie. Por outro lado, quem era ela para falar? Ela estava evitando conexões de um jeito completamente diferente. Tinha se afastado de todo mundo, exceto de Scarlett – e talvez até um pouco dela também, se Evie quisesse ser honesta consigo mesma. Não havia ninguém exceto Henry que contasse com ela, e ela tinha deixado claro que as pessoas não deviam esperar nada dela. O que era pior? A vida de Nate era tão diferente da dela. O mundo dele ainda era grande, enquanto o dela tinha encolhido. *E de quem era a culpa, hein?* Ela não sabia se ouvia a própria voz ou a de Scarlett em seu pensamento.

– Odeio ficar muito tempo no mesmo lugar – continuou Nate, sem perceber os pensamentos se espalhando pela mente de Evie. – Na verdade – ele fez uma careta –, agora talvez seja o período mais longo que eu fiquei num lugar.

– Você está com seu irmão, não é?

– É. Minha mãe se mudou pra um apartamento de um quarto e não tem espaço. Camille, a esposa de Noah, está ficando meio irritada, eu acho, mas meu irmão jamais me expulsaria.

– E seu pai?

– Bem, meus pais se divorciaram.

– Eu lembro que você falou.

– Ah, bem, eu não sabia se você lembrava, por conta daquele medo de cair e morrer e tal – disse ele com um sorrisinho.

– Foi um medo legítimo! Você que é esquisito de não sentir medo – ela franziu a testa. – De que você *tem* medo?

Ele deu de ombros.

– Sei lá. Acho que vou descobrir alguma hora. Mas não adianta me preocupar com o que *pode* dar medo. E, de um modo geral, eu tento não sentir medo, porque, na maioria das vezes, temos medo de coisas que não podemos controlar, e isso parece meio bizarro.

– Medo de cair e morrer me parece bem controlável – disse Evie secamente. – É só não subir num penhasco enorme.

– É, mas – disse Nate, com um toque de impaciência transparecendo na voz – você tem a mesma chance de morrer por... sei lá, engolir um pedaço de vidro que veio dentro de um sanduíche comprado na rua.

Evie ergueu as sobrancelhas.

– Isso pode acontecer?

– Acho que li em algum lugar.

Evie se lembrou da mãe.

– Então você não come na rua, certo?

– Claro que sim. Eu praticamente só faço isso quando estou em Londres. É o que eu quero dizer: a gente não *sabe* o que vai acontecer, então melhor fazer tudo que puder enquanto puder.

Evie ficou em silêncio, o que ele disse a atingiu em cheio. Scarlett não sabia quando acordou naquela manhã que seria a última vez que sairia da cama. Não sabia, quando foi ajudar um estranho, que aquela seria a última coisa que ela faria.

Nate pareceu perceber o que tinha dito e seu rosto ficou sério, então colocou a mão em cima da dela no balcão do bar.

– Desculpe. Eu não devia... Nem sempre eu penso antes de falar.

Evie olhou para ele de lado.

– Reparei – decretou. Ele fez uma careta e balançou a cabeça. – Mas acho que é verdade. Scarlett era saudável, feliz e jovem. E aí, ela morreu, num acidente que ninguém poderia ter previsto. – Foi a primeira vez que ela falou em voz alta na frente dele, e sentiu o olhar dele atento ao seu rosto enquanto dizia a palavra. *Acidente*.

Alguém abriu a porta do bar, e Evie ouviu o murmúrio baixo de música ao vivo vindo de outro lugar.

– De onde isso está vindo?

Nate inclinou a cabeça, para prestar atenção.

– Tem jantar e pista de dança no restaurante principal.

Com um movimento rápido, ele botou a taça no balcão e ficou de pé.

– Venha, vamos olhar.

Ele pegou a mão dela, praticamente a puxou do banco do bar e a arrastou pelo hotel até outro salão, parando do lado de fora. Ela via a banda ao vivo pela porta dupla de vidro. A maioria das pessoas ainda estava sentada, e não no espacinho na frente do salão, mas havia um casal, já idoso, dançando de um jeito ensaiado que Evie não pôde deixar de achar fofo, e um casal mais jovem abraçado, sorrindo um para o outro, com um brilho que talvez fosse de um novo amor.

Nate espiou pela porta.

– Vamos dançar?

– Duvido que deixem a gente entrar – disse Evie, olhando para o porteiro. – Além do mais, não é bem Taylor Swift, né?

Nate riu, mas o rosto dele ficou contemplativo enquanto ele olhava a banda.

– Eu também amo música – disse ele, fazendo quase uma admissão. – De todos os tipos, inclusive Taylor Swift, mas escuto música clássica quando vou dormir. Eu nunca poderia tocar, minha habilidade musical é bem parecida com minha habilidade de pintura, mas passei por uma fase na adolescência em que não conseguia dormir muito bem – ele balançou a cabeça como se estivesse afastando a lembrança. – Eu mantive esse hábito e agora, quando viajo, é a única coisa que permanece constante, e assim eu sei que sempre vou conseguir dormir, sem importar onde vou acordar – ele sorriu para ela. – Vamos dançar.

Ele falou alguma coisa para o porteiro, que os deixou entrar. Como ele fez isso, Evie nem imaginava. Ela estava começando a desconfiar de que ele era meio bruxo.

Aquele salão era maior do que o bar. Menos moderno, mais parecido com algo saído de um filme antiquado nos quais bailes eram comuns. Havia pilares de pedra branca na frente, onde a banda estava – com um violinista, Evie notou. Ao redor do salão, havia mesas com toalhas brancas, com velas no meio, o salão todo tremeluzindo com aquela luz. De um lado havia um espelho enorme, recortado por retângulos dourados, de forma a parecer uma porta gigante. A luz das velas dançava lá também.

Nate a estava puxando para a pista de dança, mas ainda havia muita gente sentada, muita gente que ficaria olhando e…

– Nate – disse ela, mordendo o lábio. Ele parou e olhou para ela. – Eu não sei dançar.

– Tudo bem – ele sorriu, como sempre. – Eu sei. E até que sou bom nisso, aprendi pra um artigo que estava escrevendo quando fui pra Argentina.

– Você não vai sugerir tango, vai? Porque não sei se é o estilo certo.

Ele riu e puxou a mão dela.

– Venha.

Evie ficou grudada no mesmo lugar.

– Estou falando sério. Eu sou menos Baby em *Dirty Dancing* e mais Hugh Grant em *Simplesmente amor*.

– Bem, eu vou ser aquele cara lá de *Footloose*.

Ela riu e o som era quase de outro planeta.

– De novo, tipo de música errado – mas ela apreciou o esforço de entrar na brincadeira e não pôde deixar de pensar que talvez Scarlett tivesse gostado disso também.

– Venha – Nate pegou a mão dela de novo, e ela percebeu que entrelaçou os dedos com os dele automaticamente. Ele praticamente a arrastou, sem perceber que ela tropeçou mais de uma vez. Eles atravessaram o salão do restaurante e foram para o terraço.

Estava mais tranquilo lá fora, só havia algumas pessoas fumando numa ponta, o que fez Evie perceber como o barulho das vozes das pessoas conversando estava alto lá dentro. Ainda estava quente, mas uma brisa fresca deixou seus braços expostos arrepiados.

– Pronto – disse Nate. – Agora, ninguém vai ver se a gente fizer papel de bobos.

Ela apertou os lábios. Ela era tão fácil de ler, não era? Mas pensou no que Astrid tinha dito. *Você devia sair, e dançar, e rir.*

Evie ainda ouvia a música da banda. Mais baixa, porém quase mais poderosa por causa disso. Ela ouviu o violino acima do restante dos instrumentos. O som deslizou dentro ela, fazendo seu corpo vibrar.

Seus músculos tremeram de leve quando ela olhou para Nate, quando ele passou os braços em volta dela. Delicadamente, o toque, quase como um sussurro. O coração dela disparou com o contato, com a sensação dele junto a ela, com o cheiro sutil de loção pós-barba. Ele segurou a mão dela, colocou a outra no quadril dela e, embaixo do vestido, sua pele ficou quente.

– Pode ser que eu caia – sussurrou ela. – Tenho tendência a fazer isso às vezes.

Ele sorriu.

– Tudo bem.

Os olhos dele estavam nos dela, bem perto agora, o suficiente para que eles respirassem o mesmo ar. Ele a girou num círculo e, apesar de ter feito isso lentamente, apesar de ela saber que não era graciosa, sua respiração ficou em suspenso. Seu olhar se fixou no dele assim que ficou de frente para ele de novo, seus olhos automaticamente encontrando os dele. Na sua cintura, o polegar dele se moveu, numa carícia sutil e suave.

– Não se preocupe – murmurou ele quando a girou de novo. – Se você cair, eu pego.

Capítulo vinte

Eu os vejo dançar. Nate tinha razão: ele é bom nisso. Sabe exatamente como mover Evie de maneira que ela não se esforce muito e possa contar com ele para contrabalançar a rigidez natural dos seus movimentos. Ela nunca vai ser uma grande dançarina. Essa era a parte divertida, o fato de que nós *duas* éramos péssimas. Mas agora, enquanto a vejo rodopiar e cair nos braços dele, a música tocando suavemente ao fundo, o luar iluminando o rosto de Evie toda vez que ela olha para ele – bem, ela está graciosa pra caramba.

Sinto algo borbulhar dentro de mim. Risadas, percebo. Parecem risadas. Porque ela estava enganada: ela *é* exatamente como Baby na droga do *Dirty Dancing*. Ela ganhou vida hoje.

Estou tão orgulhosa de Evie. E ela tinha razão. Aquela adolescente tinha razão, até a droga do *Nate* tinha razão. Eu não quero luto. Esse nunca foi meu estilo. Quero que as pessoas se lembrem de mim, obviamente. Não quero ser esquecida. Mas quero que as pessoas riam das coisas ridículas que eu fazia. Quero que elas se sintam *felizes* por eu ter vivido, por ter sido parte das coisas. Eu prefiro estar passando meu aniversário de trinta anos, o aniversário que nunca vou ter, vendo minha melhor amiga dançar sob as estrelas na droga do Ritz do que a vendo chafurdar na tristeza em casa, sozinha. Mesmo que o homem com quem ela esteja dançando, o homem que está olhando para ela daquele jeito, seja Nate.

Típico, não é? Ela está fazendo as coisas que eu ia querer que ela fizesse, e está fazendo por *mim*, mas só porque estou morta.

Acho que é só porque estou tão sintonizada com o que Evie deve estar sentindo no momento que reparo: o jeito como o violino parece roubar o show, fazendo perguntas que nenhum dos outros instrumentos pode responder. Nate a gira exatamente na nota certa; ele talvez não saiba tocar, mas não há dúvida de que tem uma ótima relação com a música. E a respiração de Evie fica suspensa quando ela volta e o encara. Naquele momento, ela esqueceu que disse que não sabe dançar. Esqueceu o medo de cair, o medo de que seu corpo possa desistir dela. Não sei quanto tempo isso vai durar, talvez só alguns segundos. Mas, por aqueles segundos, minha amiga se perde no ritmo da dança.

E eu vejo que, apesar de muitas provas do contrário, apesar do fato de eu *ainda* pensar que ele é descuidado, confio em Nate. Confio que ele vai segurá-la se ela cair.

A cena treme ligeiramente, muda de forma na minha frente, e me sinto puxada do entorno e levada para o centro dela. Estou num pub, com iluminação fraca, porém mais rústico e com chão mais sujo do que o Ritz, muito mais. Está quente lá dentro, as portas estão abertas, apesar de a chuva estar entrando por elas. Ao meu redor, as pessoas estão conversando e bebendo, e todo mundo fica olhando com expectativa na direção de um dos cantos do pub. É o canto onde Evie está, franzindo a testa para o violino.

Capítulo vinte   191

Irlanda. Nós fomos para lá por duas semanas, depois da faculdade e antes de nos mudarmos para Londres. Choveu quase o tempo todo, apesar de ser verão, mas nos divertimos muito. Passamos uma semana em Dublin e uma semana viajando, e nessa hora estamos no campo. Estamos num hotel, ali naquela rua, eu acho, e saímos para caminhar, e encontramos aquele pub. É tão deliciosamente irlandês e, até momentos antes, todo mundo estava dançando. Um dos caras do bar terminou o turno e está ao meu lado, os olhos brilhando e com um sorriso encantador. Liam? Tenho quase certeza de que o nome dele é Liam.

Experimentei uísque irlandês naquela noite e sinto o efeito que a bebida está tendo no meu corpo, o jeito como está me deixando quente e corajosa, como se eu quisesse estar lá, dançando.

– Sua amiga está bem? – pergunta Liam, com um movimento de cabeça na direção de Evie. Com ele vou ter só um casinho, agora eu sei, mas sinto a empolgação borbulhar em mim quando ele se inclina na minha direção. E tem algo mais sexy do que o sotaque irlandês?

– Venha – digo e pego a mão grande e quente dele. – Vamos descobrir.

Eu o puxo até o canto, onde Evie está se preparando para tocar. Não lembro por que exatamente ela acabou sendo chamada para tocar, mas agora ela folheia o caderno de música apoiado na sua frente com uma expressão ansiosa.

– Tudo bem, Eves? – pergunto quando nos aproximamos dela. Largo a mão de Liam. Não há necessidade de ser pegajosa.

Ela faz que sim e olha para o papel, não para mim, lendo uma língua que eu nunca consegui entender. Ela morde o lábio e olha para a multidão.

– Você vai arrasar – digo. – E você é bem melhor do que aquele cara – e movimento a cabeça para trás. Em que direção? Do cara que estava tocando antes, suponho.

– Eu não sei o que tocar – reclama ela. – E esse violino não gosta de mim.

Ela olha para ele com expressão desconfiada, e eu dou uma risada, e os lábios de Evie tremem de um jeito que me garante que ela estava *tentando* me fazer rir. Ela sempre faz isso, fala sobre violinos como se eles fossem coisas vivas com sentimentos reais.

– Toque *Piratas* – sugiro, e Evie faz uma careta. Ela não vai querer. É uma coisa que ela só faz com amigos próximos, tem vergonha de fazer na frente dos outros.

Outro homem, um pouco mais velho do que nós, se aproxima e abre um sorriso largo para Evie.

– Está pronta, *chara*? – pergunta. Amiga, tenho quase certeza de lembrar que isso significa amiga. Talvez ele tenha percebido a insegurança nos olhos dela, porque diz com gentileza: – Você não precisa fazer isso, é que é legal ter música ao vivo, e a sua amiga aqui disse que não tem ninguém melhor do que você.

Lanço um olhar de culpa para Evie por causa disso. Então fui eu que sugeri que ela tocasse. Vejo que não estou surpresa com isso.

– Tudo bem – diz ela. – Vou tocar umas duas. Mas me diga se não for bom, ou se você quiser que eu pare, ou…

– Vai ser ótimo! – garante o homem mais velho. – O que quer que você toque, vai ser uma grande festa, tenho certeza.

Ele nos deixa em paz, e Evie olha para a partitura de novo.

– Acho que vou ter que me acostumar se é isso que quero fazer na vida – murmura ela.

– Exatamente! – digo e chego a bater palmas.

Capítulo vinte 193

Ela faz que sim e lança um olhar firme para o violino.

– Nós somos capazes de fazer isso, você e eu.

E começa a tocar. Liam me puxa na mesma hora para a pista de dança improvisada, tinham empurrado as cadeiras para o lado mais cedo para abrir espaço. A música começa devagar, e as mãos de Liam estão nas minhas costas, tocando em mim logo abaixo do top. Sinto o jeito como ele me olha e, quando nos encaramos, o borbulhar no meu estômago recomeça.

Obviamente, isso tudo está acontecendo antes do diagnóstico de Evie. Antes de ela começar a ter os primeiros sintomas. E ela fica gloriosa quando entra no ritmo. Quando se esquece de ficar nervosa. A música fica mais rápida, mais gente fica de pé para dançar e, quando olho para Evie, eu a vejo sorrindo, com aquele sorrisinho satisfeito que ela dá quando toca. Ou que dava, acho.

O bar ganhou vida agora. As bebidas são empurradas para o lado, as pessoas estão girando e rindo. Está muito tarde? Não tenho ideia. Está, julgando pela escuridão lá fora, pelas pilhas de copos vazios numa ponta do bar, pelo tanto que as velas já queimaram. Mas, com a música, há uma onda nova de energia, e é Evie quem torna isso possível. Ela é, ao mesmo tempo, coadjuvante – ninguém está olhando, todo mundo está dançando em vez de a ver tocar – e o centro da ação, porque *tudo* gira em torno dela.

– Ela é boa, a sua amiga – murmura Liam para mim, usando isso como desculpa para se aproximar, o hálito acariciando meu ouvido.

A música muda e é a *nossa* música, minha e de Evie. Dou uma risada de satisfação e olho para ela. Ela está sorrindo para mim, tocando de cabeça agora, uma música que ela sabe de cor, e percebo que ela esqueceu que estava com vergonha. Eu me afasto de

Liam e danço sozinha, de forma ridícula, porque a regra é essa, e ouço quando ele começa a rir e aplaudir atrás de mim. Meu olhar se encontra com o de Evie e sinto uma onda de amor por ela. Acho que não falei muito o quanto admirava sua capacidade de dar vida a uma música assim. Vejo outras pessoas se virarem para Evie agora, sorrindo, aplaudindo, lançando olhares de aprovação umas para as outras.

Mas duvido que ela repare, porque ela está tocando, e eu estou dançando, e, nesse momento, nesse momento pequenininho, nós não somos só as únicas pessoas naquele barzinho irlandês. Nós somos as únicas pessoas na droga desse mundo todo.

Capítulo vinte e um

Ao seu lado, na mesa do trabalho, o celular de Evie toca.

Oi, Evie. Não quero pressionar nem nada, mas você conseguiu procurar os desenhos da Scarlett? Muito obrigado, Jason.

Seu estômago ficou embrulhado. Ela não contara que tinha encontrado o desenho do vestido. Contaria, disse para si mesma. Mas agora, deixou o telefone de lado e voltou a olhar os anúncios. Ela tentava encontrar um lugar em Londres para se mudar, onde ainda pudesse pegar um transporte para o trabalho com facilidade. Um lugar que desse para pagar e que não tivesse que ser dividido com mais cinco pessoas.

– Evelyn.

Evie deu um pulo quando Henry se aproximou da mesa e minimizou rapidamente a janela do navegador. Suzy olhou para Evie de lado e se concentrou, na mesma hora, na própria tela quando Henry olhou para ela.

– Sim? – perguntou Evie docilmente, tentando descobrir se levaria uma bronca por usar o "horário de trabalho" para "atividades pessoais", algo muito hipócrita, mas que Henry gostava de citar como problema quase mensalmente, nas reuniões de equipe em que Evie anotava a minuta.

– Preciso que você fique até um pouco mais tarde hoje. Tenho uma reunião à noite, e vamos precisar de alguém para fazer o café.

– Eu não posso – disse Evie antes que pudesse pensar melhor. Henry franziu a testa. – Marquei de me encontrar com uma pessoa – disse ela, sentindo um calor brotar debaixo da blusa de gola alta. – Tenho que pegar o trem e ir a Windsor e...

– Eu posso – disse Suzy. – Meu marido vai buscar as crianças na escola hoje, e eu não me importo de fazer umas horas extras se Evie não puder.

Evie abriu um sorriso agradecido para ela.

Henry hesitou.

– Ah, não, tudo bem. Eu me viro – ele franziu a testa para Evie uma segunda vez, mas, se a reunião não era tão importante assim, a ponto de ele aceitar Suzy, mesmo que ela tivesse a fama de trocar os pedidos de café, então não era tão importante assim, a ponto de ele obrigar Evie a ficar.

Evie soltou o ar quando Henry saiu andando. Mas não conseguiu conter o sorrisinho que brotou em seu rosto. Pela primeira vez em muito tempo, ela tinha decidido ser firme.

– Isso é verdade? – perguntou Suzy. – Windsor? Vou dizer uma coisa: eu adoraria morar lá. Será que fica cheio de turistas querendo ver a rainha de férias, essas coisas?

– Não sei – disse Evie ao puxar o telefone para perto. Desbloqueou o aparelho e abriu a mensagem que Nate tinha enviado de manhã. **Se você não for fazer nada hoje à noite, tenho uma proposta pra você. Alguma chance de você conseguir chegar a Windsor por volta das 18h30?**

Depois, veio outra mensagem, antes mesmo de ela ter lido a primeira: **Se você gostar de cavalos, claro?**

Ela não tinha respondido, porque não tinha decidido o que dizer para ele. Ela *gostava* de cavalos, não que tivesse muita experiência com eles. Mas Windsor? Parecia uma coisa importante pegar o trem e viajar até lá. No fim do dia, ainda por cima. Mas o cansaço que ela sentia sempre não estava muito ruim hoje, ao menos até aquele momento, e agora ela parecia ter tomado uma decisão, não era? Ela respondeu: **Sim, eu consigo. Me diga onde encontrar você.**

– É – disse Evie decidida. – Eu tenho que ir a Windsor.

– Ah, vai ser lindo, vai mesmo – disse Suzy, sorrindo. Em seguida, ofereceu a Evie o saco de balas que estava ao lado do computador. – Balinha de Coca-Cola?

Um estábulo. Onde se andava a cavalo de verdade. Foi onde tinha pedido para encontrá-la. E, agora, uma garota que parecia um pouco mais velha que Astrid estava enfiando um chapéu na cabeça de Evie, pedindo que ela balançasse a cabeça para ver se cabia. Tentara cavalgar uma vez: ela e Scarlett foram juntas quando estavam de férias em New Forest. Ela tinha adorado, mas não era o tipo de coisa pela qual ela podia pagar quando era criança.

A adolescente levou Evie e Nate para "conhecerem" os cavalos. O de Evie era um preto chamado Merlin, e, quando ela esticou a mão para tocar no seu focinho, ele soltou um hálito quente e a observou atentamente, as orelhas voltadas para a frente, como se estivesse tentando decifrá-la.

Evie reparou que Nate ficava lançando olhares furtivos para ela e se virou para ele enquanto esperavam que os cavalos fossem tirados dos estábulos e levados até os degraus para montaria.

– O que foi? – perguntou ela.

– É que... eu achei que você ficaria mais... relutante – ele abriu um daqueles sorrisos tímidos e pareceu tão ridículo, parado ali de botas de caminhada e um chapéu preto duro, com o número 58 escrito atrás, que ela não pôde evitar o sorriso que tomou conta de seus lábios. *Não é exatamente o Rupert Campbell-Black de Jilly Cooper,* se imaginou contando para Scarlett.

– Eu não teria vindo se não gostasse de cavalos, obrigada pelo aviso – e ela seguiu Merlin até os degraus enquanto a adolescente (sério, ela era qualificada para estar cuidando de tudo aquilo?) puxava os estribos e apertava a cilha. Evie nunca tinha sentido medo de cavalos como algumas pessoas sentiam. Obviamente, ela sabia que era possível sofrer um acidente em cima ou apenas perto de um deles, mas eles sempre lhe pareceram animais gentis, e ela duvidava de que fossem deixar alguém com seu nível de experiência sair galopando como louca pelo Windsor Park.

Evie foi até Merlin de novo, que abaixou a cabeça, como se estivesse permitindo que ela tocasse nele mais uma vez. O lábio dele se torceu numa expressão sentimental quando ela o afagou, o que a fez sorrir.

Nate ainda estava olhando para ela.

– *O que foi?* – perguntou ela de novo.

Ele sorriu.

– Só estou tentando entender você, mais nada.

Ela revirou os olhos.

– Eu não sou difícil de entender.

– Não sei se concordo com isso – disse, de um jeito que dificultou que ela o olhasse.

A adolescente colocou os dois nos cavalos. A de Nate era uma marrom (baia, a garota disse) chamada Diva e, realmente, ela ficava lançando olhares de diva para Nate quando ele a montou.

Evie se viu entrando no ritmo da caminhada de Merlin, o som dos cascos dele no chão, depois na grama quando eles pegaram um caminho que os levou pelas árvores, e o sol de fim de tarde de verão cintilava entre as folhas. Os músculos dela pareciam relaxados, e foi uma sensação estranha, considerando que ela estava acostumada com o oposto. Foi uma mulher adulta, felizmente, que os levou para cavalgar, e os cavalos de Nate e de Evie pareceram seguir automaticamente o cavalo dela, de forma que Evie mal precisou tentar guiar.

– Isso é pra outro artigo? – perguntou Evie, precisando se virar um pouco para ver Nate atrás dela. Ao que parecia, seu cavalo gostava de ir na frente.

– Não. Acredite se quiser, isso foi presente de Natal das minhas sobrinhas que ainda não tinha usado.

– Sobrinhas?

– É. São gêmeas. Natalie e Naomi.

– Todo mundo com N, é?

Nate revirou os olhos dramaticamente, algo que ficou bem engraçado junto com aquele chapéu duro.

– Camille, a esposa do Noah, insistiu que isso era uma tradição.

– E não é?

– Só se uma geração transformar isso em tradição. Os nomes dos meus pais não são com N. Mas Noah disse que seria tradição de agora em diante – disse, com uma expressão perplexa quando a égua dele abaixou a cabeça para comer um pouco de grama. Ele ficou sentado olhando para as rédeas até que a guia lhe disse o que fazer, e Evie tentou não rir. – Enfim – continuou Nate quando Diva decidiu seguir em frente –, elas adoram cavalos e decidiram que meu presente de Natal dado pela família deveria ser uma experiência de cavalgada e, por algum motivo, Noah comprou a ideia.

– Eu achei um presente incrível – disse Evie decisivamente, olhando ao redor. Era um parque lindo, não havia nada como usufruir do verde no fim da tarde, no verão britânico. Ela respirou fundo o ar quente e teve a sensação de que sentia o gosto da grama recém-cortada. – Suas sobrinhas têm ótimas ideias – acrescentou. Ela deu um tapinha suave no cavalo. – Não é, Merlin?

– Você devia conhecê-las – disse Nate atrás dela, e Evie olhou para trás de novo.

– Hã?

– Natalie e Naomi. E Noah. E Camille, claro. Nós fazemos um jantar de família todos os domingo, e não precisa dizer nada, eu sei que parece ridiculamente perfeito da nossa parte. Mas você deveria ir.

Evie não teve a menor ideia de como responder. Fazer um programa era uma coisa, mas um jantar de família era bem diferente. O que era aquilo? Eles eram amigos agora, assim, de forma tão simples como tinha sido com Astrid? Ela *queria* ser amiga de Nate? Ela sentiu Merlin ficar meio tenso, as orelhas tremendo na direção dela. Talvez ela estivesse sintonizada com ele, porque tivera que se acostumar a avaliar constantemente a tensão no próprio corpo.

– Calma – murmurou ela, fazendo carinho nele de novo, e Merlin relaxou, as orelhas ficaram para a frente de novo. Então era verdade: os cavalos conseguiam captar o que você estava sentindo.

– Vamos tentar um trote agora! – disse a mulher, salvando Evie de ter que responder a Nate. – Tentem se levantar e descer com o ritmo. Um, dois, um, dois.

Evie foi melhor do que Nate no trote, com Diva olhando para ele de um jeito desconfiado até decidir que ele era ruim demais e andar mais devagar, se recusando com determinação a continuar trotando.

– Você já fez isso antes? – perguntou ele a Evie com desconfiança.

– Uma vez.

– Você está se saindo muito bem pra uma principiante – disse a mulher com um sorriso. – Você deve ter um ritmo natural.

Ela achava que tinha mesmo, pensou Evie. Porque, tudo bem que ela não sabia dançar a ponto de salvar a própria vida (*a menos*, sussurrou uma voz maliciosa no fundo de sua mente, *que você esteja nos braços de um certo homem*), mas sabia tocar, não sabia? Mesmo que não mais fisicamente, ela sabia *como* se tocava. E para tocar música, bem, era preciso ter ritmo, não era?

– Vamos levar os cavalos pra água ali – disse a mulher, se virando na direção de um laguinho cercado de árvores. Ao ouvir isso, Evie sentiu seu rosto mudar. Sentar-se lá em cima era uma coisa, mas, e agora? Eles tinham que ir *nadar*? A mulher riu ao ver a expressão de Evie. – Os cavalos gostam de brincar na água, talvez beber um pouco, só isso.

No fim das contas, "brincar" era "espalhar água", e Merlin e Diva usaram as patas da frente para espalhar água ao redor e fazê-la respingar em Nate e Evie. Nate estava agarrado à frente da sela com cuidado, enquanto a égua batia com as patas na água, e, de repente, a coisa toda pareceu ridiculamente engraçada, e Evie caiu na gargalhada. Uma risada de verdade, do tipo que sobe por dentro e deixa você leve, sem conseguir parar de sorrir.

Feliz. Naquele momento, sentada num cavalo, espalhando água do lago e olhando para a expressão muito desconfiada de Nate, ela se sentiu verdadeiramente *feliz*. E talvez isso fosse bom. Porque Scarlett ia querer que ela agarrasse isso, esse momento fugidio de felicidade, não ia? Mesmo que fosse com Nate?

Nate também riu e balançou a cabeça de leve, depois se virou para olhar para ela. Evie parou de rir, mas a leveza dentro dela permaneceu mais um pouco. O olhar dele se encontrou com o dela, tão caloroso e gentil, e, apesar de ela poder listar infinitos motivos para aquilo ser uma péssima ideia, apesar de ela saber que não deveria estar sentindo aquilo, o coração de Evie começou a bater descompassadamente.

Capítulo vinte e dois

Ela tinha ido de ônibus e, na volta, Nate a levou até a estação de trem mais próxima, que era a Windsor & Eton. Ele tinha se oferecido para levá-la até Clapham, mas ela não aceitou. Em parte, porque tanto tempo no carro juntos seria intenso demais e, em parte, porque provavelmente seria mais rápido pegar o trem. E, àquela hora da noite, ela conseguiria se sentar, algo de que precisava. Mas montar não tinha sido tão cansativo quanto ela esperava, e pediu a tabela de preços para a mulher que os levara, quando Nate insistiu que o voucher de aniversário cobria a montaria dela também. Não era algo que ela podia pagar regularmente, mas talvez fosse algo a se pensar.

Nate saiu do carro e a acompanhou até a entrada da estação. Até a estação de trem ali era chique: parecia mais uma casa e havia um arco de tijolos pelo qual você passava para chegar à plataforma. Evie parou para olhar para Nate logo antes do arco.

– Obrigada por me convidar.

Ele fez que sim e enfiou as mãos nos bolsos. O cabelo normalmente desgrenhado estava meio achatado pelo chapéu que ele usara.

– Eu não tinha certeza de que você viria.

– É. Eu também não – admitiu ela. – Mas estou feliz de ter vindo. Foi... – ela sorriu – bem legal.

Ele hesitou.

– Eu, hã, pesquisei – falou ele. Antes, ela achava que a voz dele era áspera. Mas não era. Era grave e tinha um tom rouco suave, mas também era calmante. Era o tipo de voz que seria agradável de ouvir num audiolivro.

– Pesquisou *o quê*?

– Cavalgar e esclerose múltipla.

Evie ficou alerta, como sempre fazia quando falavam sobre a doença. Era besteira. Ela já devia estar acostumada a falar sobre isso. Ou pelo menos deveria *se acostumar*, considerando que não ia ficar curada. Mas ela nunca gostara da ideia de as pessoas "pesquisarem" sua situação depois que sabiam dela.

– Ah, é? – disse ela, tentando parecer casual.

– Eu não... – ele ergueu a mão para massagear a nuca. – Eu não fiz isso de um jeito esquisito. Eu só queria ver se não haveria problema. Porque, bem, eu não queria, sabe como é, forçar você a subir um penhasco de novo – e ele abriu aquele sorriso sem graça, o que estava começando a fazer com que *ela* sorrisse quando o via.

– E aí? Montar a cavalo passou no teste, é?

Não conseguiu decidir o que sentia por Nate ter se certificado disso. Porque, sim, ela tinha surtado um pouco, quando ele a levou para escalar, mas foi só um *pouco*. E havia uma parte dela que gostava do fato de que ele não a tratava como alguém com defeito, de que ele sugeria coisas que as outras pessoas achariam que não eram possíveis para ela. Mas *havia* algumas coisas que ela não conseguia fazer. Ela não vivia como antes e seria idiotice ignorar isso.

– É, bem, ao que parece, pode até ajudar. Por questão de equilíbrio e mobilidade. Caso você queira saber – acrescentou ele com um movimento constrangido de ombros.

Ela olhou para ele, todo desajeitado e nervoso, porque ele tinha pensado nela. Porque tinha pensado em se certificar, tinha se importado.

– Obrigada – disse ela baixinho, e os olhares se encontraram.

Sem pensar muito, Evie deu um passo na direção dele e lhe deu um beijo de leve no rosto. Ele enrijeceu. Ela *jurou* que ele tinha enrijecido, as mãos bem fechadas ao lado do corpo, como se não a quisesse perto dele, não assim, mas não quisesse falar, não quisesse ofendê-la. Não que ela tivesse tido segundas intenções, era só como amiga, meu Deus, e ela...

Ela recuou, sentindo um calor subir até o peito. Mas ele a parou, as mãos se fechando nos braços dela, segurando-a no lugar. Ela ficou sem ar.

E ele a beijou, ele a beijou de verdade, a boca quente e exigente na dela, e, sem sequer pensar, Evie passou os braços pelo pescoço dele e o puxou para perto porque, Deus do céu, só o toque dele tinha deixado todo o seu ser pulsando, sua pele vibrando de um jeito que ela nunca...

Não. A palavra surgiu primeiro na mente, depois em voz alta, e ela se afastou dele e levou a mão à boca. Ela balançou a cabeça freneticamente.

– Não – repetiu ela. O que ela estava *pensando*?

– Tudo bem – disse Nate, a respiração meio pesada. Ele passou a mão pelo cabelo achatado. – Tudo bem, desculpe.

– Eu não posso fazer isso – disse ela, a voz aguda, em pânico.

Ele manteve o olhar no dela e deu um passo na sua direção.

– Não! – disse ela de novo. – Eu não posso.

Ela sentiu o choro vindo e o sufocou.

Ele assentiu, mas ainda estava olhando para ela daquele jeito intenso, um jeito que deixava sua pele em chamas. Mas ela achou que ele deixaria por isso mesmo.

Mas:

– Por quê? – perguntou ele. Não exigente, e ele não foi na direção dela de novo, mas enfiou as mãos nos bolsos, como se deixasse a intenção de não tocar nela bem clara. Mesmo assim, a pergunta. Por quê?

– Por quê? – repetiu ela com incredulidade. – *Por quê?* Nate, eu não consigo nem falar disso. A resposta deveria ser óbvia – ela balançou a cabeça e passou as duas mãos pelo cabelo. Estava cheio de nós, ela percebeu, provavelmente por causa da porcaria do chapéu. Ela não queria declarar em voz alta, não queria jogar na cara dele, não depois de ele ter sido tão gentil com ela. Mas, Deus do céu, ele era o motivo de Scarlett estar morta. Ela não podia se *esquecer* disso, não podia começar a *beijá-lo*, pelo amor de Deus.

Mas, apesar de ela ter tentado conter aquele pensamento, ele leu alguma coisa nos olhos dela.

– Eu achei que você tivesse dito que foi acidente – disse baixinho. E ela viu a mágoa nos olhos dele.

Ela fechou os olhos.

– Foi – sussurrou ela. – Mas eu não posso simplesmente... – ela abriu os olhos e o viu parado ali, olhando para ela. Esperando.

Capítulo vinte e dois 207

E ela sentiu tudo borbulhar, novamente em volta dele. – Você não entende! – disse com rispidez. – Pra você está tudo bem, né? Você vive se mudando, fazendo novos amigos. E você tem seu irmão e vive a sua vida desse... jeito *displicente*, como se nada de ruim já tivesse acontecido com você, então como... *como* você poderia saber o que eu estou sentindo agora?

Ela estava respirando pesadamente, e ele estava fazendo que sim, deixando que ela cuspisse nele.

– Eu entendo isso – disse ele com voz firme.

Ela cruzou os braços, sem querer olhar diretamente para ele por tempo demais.

– Você entende, é? – ela tentou impedir que a amargura surgisse em sua voz, mas fracassou.

– Entendo – e uma fagulha de raiva iluminou o rosto dele, e ela viu os músculos dos braços dele se contraírem. – Olhe, Evie, eu posso ser um tanto irresponsável e displicente, e vou me arrepender, todos os dias da droga da minha vida todinha, do que aconteceu naquele dia com Scarlett. Eu ainda escuto... – ele tirou as mãos dos bolsos, as sacudiu como se estivesse se livrando de alguma coisa. – Eu ainda escuto o som do... – ele balançou a cabeça, parou de falar. – Eu entendo. De verdade. Mas você não é a única pessoa a ter passado por coisas ruins, tá? Eu sei que você está vivendo uma fase muito ruim, sei quem Scarlett era pra você. E eu sei que você tem essa coisa, essa doença, que eu não consigo entender, mas a minha vida não foi desprovida de nenhum tipo de dor, não.

Houve uma pausa e, quando ele falou de novo, o coração de Evie teve um espasmo.

– Meu irmão se matou – disse ele secamente.

Ela o encarou, a garganta ficando seca.

– O quê? Noah, ele...

– Não – Nate soltou o ar. – Não, não Noah. Nós tínhamos outro irmão. Nick. O do meio, entre mim e Noah. Quando eu tinha quinze e ele vinte e um, Nick se matou. Ele tinha passado por muita coisa, foi parar na prisão por seis meses porque fez uma idiotice, um roubo, e, quando saiu, não conseguiu emprego, e... – ele respirou fundo. – Não é a questão. Nem sei a história completa. Eu entendo mais do que meus pais acharam que entendi com quinze anos, mas não a história toda.

Ela tentou pensar em alguma coisa para lhe dizer. Não conseguiu.

Já foi a muitos, é?

Um.

Um. Do irmão dele. O *irmão* dele tinha morrido. Tinha se matado. Quando Nate era adolescente.

Ela pensou em outra coisa. Ele ouvia música todas as noites para dormir. Todas as noites, desde que era adolescente. Desde que aquilo tinha acontecido e arrancado algo dele, de forma que ele não conseguia dormir sem isso.

– Ah, meu Deus – sussurrou Evie, e levou a mão à boca antes de baixá-la lentamente. – Nate, eu sinto muitíssimo.

Foi a vez dela de dar um passo na direção dele. E a vez dele de se afastar.

– Tudo bem – e fez-se silêncio, e um não conseguiu olhar para o outro. Ela ouviu o alto-falante da estação anunciando a chegada do trem dali a um minuto. Ele indicou o arco atrás de si. – Melhor você ir.

Ela mordeu o lábio. Mas o que podia fazer? O que podia dizer?

Capítulo vinte e dois 209

– Tudo bem – disse ela baixinho. Mas ela se virou para olhar para ele antes de passar pelo arco. – Sinto muito, Nate – disse ela de novo.

Finalmente, ele a encarou nessa hora.

– É, eu também.

Capítulo vinte e três

O irmão dele se matou. Quando Nate tinha só quinze anos.

Eu nem sei o que pensar. Não sei como encaixar isso na imagem que formei dele. Penso nele no meu funeral e penso no jeito como ele falou comigo na ambulância. No jeito como ele segurou a minha mão o tempo todo.

Mas ele sempre pareceu tão *equilibrado*. Não consigo entender como ele pode ser assim tendo passado por esse tipo de perda. Não só perder alguém, mas alguém que o deixou voluntariamente. Mas talvez eu não saiba o suficiente. Eu não vi esse tipo de dor até o fim. Não vi como você cresce e muda como resultado dela. Sem querer, penso nos meus pais e no fato de que eles nunca conseguiram ter outro filho. No fato de que agora eles me perderam. O que isso vai fazer a eles no longo prazo?

Eu me vejo também pensando em como Nate era quando adolescente. Se ele era meio irresponsável, se sempre falava sem pensar ou se isso veio depois do suicídio do irmão.

Nick. Ele tinha dito que o nome do irmão dele era Nick. E, agora, estou pensando em Nick. Quando Nick morreu, será que ele passou pelo que eu passei? Reviveu suas lembranças, foi forçado a ser um observador, querendo mudar o passado, mas sem conseguir? Estava por perto, nesse espaço que eu agora ocupo? Quando isso terminou? O que aconteceu depois?

Como é intenso demais pensar nisso, eu me afasto desses pensamentos da melhor forma que posso. Penso em como Nate beijou Evie, em como foi de tão imóvel para tão apaixonado no espaço de uma respiração. Como se houvesse um momento em que ele poderia ter decidido não agir, mas foi em frente mesmo assim. Eu aprecio isso, a necessidade de agir.

Mas *Evie*, eu não esperava que ela reagisse daquele jeito. Sempre que eu a vi em relacionamentos, sempre parecia que ela ia seguindo, cumprindo um papel. Ela disse que eu não entendia a coisa com Will e ela tinha razão, eu não entendia. Não só porque não gostava dele, mas porque ela nunca parecia ser a melhor versão dela mesma quando estava com ele. Ela não parecia apaixonada por ele, e eu sei que ela *pode* ser apaixonada, porque já vi isso quando ela toca violino. Mas tenho quase certeza de que a Evie apaixonada, a que eu amo, surgiu hoje. Só por um momento, até ela lembrar.

Acho que não encontramos esse tipo de paixão em outra pessoa com frequência. Talvez encontremos um eco dela, nas noites em que estamos bêbados e empolgados e tudo parece novo e brilhante e reluzente. Mas mais do que isso? Minha mãe ria de mim quando eu dizia que, quando me apaixonasse, queria que fosse totalmente *incondicional,* e *apaixonado,* e *abrangente.* Ela dizia que esse tipo de amor de filmes só trazia problemas. E, quando eu tinha perguntado sobre ela e meu pai, ela dissera que eles tinham um "tipo diferente de amor". *O amor estável é o melhor amor, Scarlett. É o tipo de amor que dura.*

Eu achei que tivesse isso com Jason. Achei que tinha a paixão *e* a possibilidade de ele se tornar algo estável.

Estou deitada na cama dele no apartamento do Soho, depois de fazer sexo com ele pela primeira vez. O apartamento é pequeno, mas é no *Soho*, bem no meio de tudo, dá para ir a pé para o meu trabalho e para o bar gay que todo mundo do trabalho passou a frequentar recentemente. O apartamento é bem decorado, mas eu não esperaria menos de um homem como Jason. Ele é sofisticado, do jeito que os homens da minha idade ainda não são. Tem fotografias no apartamento todo, obviamente, e a foto de uma mulher mais velha, olhando diretamente para a câmera, ocupa um lugar de orgulho acima da cama. Perguntei o que havia de tão especial nela quando ele me levou para casa depois do jantar naquela noite, tentando disfarçar meu nervosismo com bravata.

– Porque tem uma sensação de vulnerabilidade nela, você não acha? – dissera Jason. Ele me distraiu beijando meu pescoço, tirando minha blusa, as mãos me acariciando com movimentos suaves e confiantes.

Agora, deitada nua em cima do edredom, olho para a foto e solto o ar com força.

– Parece que ela está olhando pra gente – os dedos de Jason percorrem meu braço. Ele é tão atraente, o corpo praticamente uma obra de arte. – Você tiraria daí se eu pedisse?

Ele enfia o rosto no meu pescoço, a respiração quente na minha pele.

– Se fosse uma escolha entre você e ela, sim, definitivamente.

Capítulo vinte e três 213

Rolo de lado para olhar para ele e vejo seu olhar percorrer meu corpo, sem esconder a admiração. Eu hesito, mas já decidi que tenho que perguntar. Se eu fosse para casa com ele hoje e se tudo corresse bem, eu falei para mim mesma que tinha que perguntar.

– Ouvi falar que você é casado – digo, mantendo a voz firme.

Ele ergue as sobrancelhas.

– Ouviu? Anda perguntando de mim, é?

– Você *é*? – pergunto, me recusando a deixar que ele faça esse jogo.

Os dedos param a dança pelo meu braço.

– Eu estou separado – diz ele.

– Tem fotos de vocês juntos na internet.

Não adianta esconder que eu pesquisei. Todo mundo no escritório pesquisou. É assim que o nosso mundo funciona.

Ele passa a mão pela minha cintura, deixando um rastro de calor.

– Sim. Às vezes, nós ainda vamos a eventos juntos, pra manter as aparências.

Eu faço que sim, digerindo aquilo. Eu sabia, claro. Sabia que ele estava mentindo. Eu soube desde o momento em que o conheci, se quisesse ser sincera comigo mesma. Mas, àquela altura, ainda parecia novo e frágil e *vital*. Vital o suficiente para nós dois fingirmos por um tempo.

De manhã, fazemos sexo de novo e, quando saio do apartamento, quando ele se despede com um beijo, eu sinto.

O momento.

Nessa hora, tenho certeza de que Jason é "o cara certo". Que, aconteça o que acontecer, aquilo vai dar certo. Não tenho tanta certeza agora, ao olhar para trás, mas me lembro da certeza absoluta na ocasião.

Quando volto para o meu apartamento, que parece feio em comparação ao de Jason, Evie está sentada no meio da cozinha. No chão. Chorando. Ela me olha com olhos vermelhos quando corro até ela e fico de joelhos no meio da cozinha.

– Will terminou comigo – diz ela aos prantos.

Eu a abraço.

– Ah, Eves. Sinto muito.

Há quanto tempo ela está sentada ali, se recusando a se levantar? Se eu tivesse saído da casa do Jason mais cedo, será que eu teria chegado a tempo de estar com ela antes de ela desmoronar assim?

– Ele não vale isso – digo com firmeza, e ela faz que sim, apesar de senti-la chorando convulsivamente junto do meu corpo.

– Ele estava me traindo – diz ela, e eu trinco os dentes.

– Ele é um filho da mãe.

Mas, por outro lado, era o que eu estava fazendo com Jason. Eu ainda dizia para mim mesma que ele estava *separado*, dizia a mim mesma para acreditar nele. Mas será que haveria outra mulher chorando no chão como Evie, se descobrisse que ele tinha passado a noite comigo?

– Venha – digo, e puxo Evie para ficar de pé e a levo para o sofá.

– Ele fez parecer que era por causa... – ela engole em seco. – Por causa da esclerose múltipla, que estou diferente.

– Não dê ouvidos a ele – digo automaticamente, minhas palavras são ríspidas. – Não dê Eves, tá? Ele é um babaca. Ele é um babaca e não tem nada a ver com *você*, é tudo responsabilidade dele.

Vejo que ela não acredita em mim. Ela já tinha decidido, não tinha?, que a doença dela a fez mudar? E talvez eu devesse ter entendido isso melhor. Porque talvez a questão seja que a fez *mudar* mesmo, mas isso não quer dizer necessariamente que ela não sairia mais forte daquilo. Não a tornou *menos* do que era antes. Podia só significar que havia coisas que seriam diferentes. Eu não acho que tenha entendido esse limite: entre não deixar que a esclerose múltipla a definisse e dar espaço para o fato de que algumas coisas teriam que mudar. Eu queria que ela fosse *ela*, como era antes, porque eu achava que seria a melhor coisa para Evie. E eu estava tão determinada a seguir isso que... que, na verdade..., *eu* estava permitindo que a doença a definisse de alguma forma, com minha atitude de tudo ou nada. Eu queria ter a chance de dizer isso para Evie pessoalmente agora, de pedir desculpas, de ajudá-la a entender esse equilíbrio.

Mas, por outro lado, talvez eu não seja a única capaz de fazer isso.

Capítulo vinte e quatro

Evie bateu com hesitação na porta de Astrid, segurando uma garrafa de vinho branco. Não do tipo barato que ela tinha na geladeira. Ela tinha ido ao mercado comprar um Chablis. E considerando que era vinho que ela estava segurando, talvez ela devesse estar pensando no local como casa da Julie, não da Astrid. Mas foi Astrid que abriu a porta e sorriu para ela. Ela tinha passado a usar algum produto no cabelo agora curto que o deixava todo espetado, num estilo punk.

– A raiz está aparecendo – disse Evie como forma de cumprimento.

– É. Vamos ter que pintar de novo. Entre – disse ela, indicando para Evie entrar. – Minha mãe está na cozinha.

Evie tinha quase certeza de que Astrid devia ter contado à mãe sobre Scarlett, porque ela recebeu um convite para jantar não muito tempo depois. Sem querer ser grosseira e porque estava começando a gostar de Astrid, ela tinha aceitado, e agora ali estava ela, numa noite de sexta, segurando uma garrafa de vinho e sendo levada para a cozinha pequena, onde sentiu cheiro de cebola refogada.

Capítulo vinte e quatro 217

A cozinha delas era bem melhor do que a de Evie e Scarlett. Do que a dela agora, se corrigiu. Era do mesmo tamanho, obviamente, e com a mesma divisão, mas havia bancos de bar de um lado da bancada, uma fruteira com frutas de verdade e um quadro da linha do horizonte de Londres numa parede. As paredes da cozinha eram azul-claras, uma coisa que se estendia para a sala adjacente, mas o local parecia caloroso, apesar da cor. Havia uma manta e almofadas bonitas no sofá da sala, junto com uma poltrona aconchegante. Julie estava morando ali havia só um mês e a casa já parecia mais um lar do que o apartamento de Evie e Scarlett. Evie pensou que elas nunca se incomodaram com isso, supondo que seria temporário, e as coisas estavam mais vazias agora que ela tinha tirado os pertences de Scarlett.

– Evie! – exclamou Julie, olhando para ela de onde estava, mexendo numa panela no fogão. – Desculpe, estou meio atrasada – ela estava usando uma saia-lápis e uma blusa, os pés descalços no chão da cozinha. Ainda com a roupa de trabalho, supôs Evie. O cabelo estava preso num coque desgrenhado no alto da cabeça e, apesar do traje todo arrumado, havia uma camada de suor na testa dela. – Estou fazendo risoto, tudo bem? É que eu pensei que a maioria das pessoas gosta de risoto. E você é vegetariana? Me esqueci de perguntar. Mas fiz risoto de aspargos, então dá certo de qualquer modo.

Ela estava mais agitada do que Evie se lembrava pelas duas últimas vezes que tinha visto Julie.

– Eu não sou vegetariana, mas amo aspargos *e* risoto – e ela se deu conta de que não conseguia lembrar a última vez que tinham cozinhado para ela. – Eu trouxe vinho – acrescentou ela, mostrando o Chablis.

– Ah, que amor. Obrigada. Anna, pegue as taças, por favor?

Astrid fez exatamente isso, e Evie serviu uma taça para Julie e outra para si mesma. Ela franziu a testa para Astrid.

– Você é muito nova, né?

Astrid balançou a mão e pegou uma Coca na geladeira.

– Eu não gosto mesmo.

Julie fez um som baixo de "huuum" no fogão, agora acrescentando vinho no risoto.

Como ninguém tinha sugerido que ela se sentasse em outro lugar, Evie se acomodou num dos bancos de bar junto à bancada da cozinha e Astrid puxou um banco para perto dela.

– Olhe só – disse ela. – Eu vou fazer o solo.

– É mesmo? Que ótimo!

– Não é? – disse Julie, sorrindo para elas. – Ela é muito talentosa.

– Mã-ãe! – gemeu Astrid, embora Evie pudesse vê-la lutando com um sorriso. Não conseguia se lembrar de sua mãe a elogiando assim. Mas aí, se lembrou das flores que Ruth tinha enviado para os pais de Scarlett, e o vermezinho de culpa se retorceu na sua barriga.

– E aí – continuou Astrid –, eu estava pensando que você podia me ajudar.

– Ajudar você?

– É. Porque, se eu vou fazer, quero me sair bem. Afinal, eles disseram que eu posso fazer um solo.

– Então está na cara que você *é* boa – observou Evie, tomando um gole de vinho.

– É, mas... seria bom ter alguém com quem praticar e talvez a gente pudesse até, sei lá, inventar alguma coisa juntas?

Capítulo vinte e quatro 219

– Compor? – Evie ergueu as sobrancelhas. – Não é uma coisa que você pode simplesmente... – ela parou de falar, procurando as palavras certas – ver qual é.

– Por quê?

– Bem... sei lá – disse Evie com a testa franzida. – Porque é difícil e leva tempo pra aprender – e isso pareceu idiota e derrotista.

– Por favor! A gente podia tentar, pelo menos. Você disse que gostava de ser parte de uma coisa, lembra? Quando você estava na orquestra, sei lá. Bem, você seria *parte* de uma coisa se fizesse isso.

Astrid, no final, exagerou no drama, levantou os braços e fez uma cena, debochando de leve de si mesma e de Evie. Mas Evie percebeu que ela não estava dando crédito suficiente à garota. Ela tinha suposto que, por ela ser adolescente, estaria mergulhada demais no próprio drama para notar certos lapsos, mas ficou evidente que ela prestava atenção em *tudo*.

– E a mamãe não ajuda – continuou Astrid, mas falou isso com um sorriso para a mãe.

– Não mesmo – concordou Julie, mexendo o risoto. – Então você é da música, Evie?

– Eu...

– Evie toca violino.

Evie soltou o ar com força.

– Você nem sabe se eu sou boa.

– Deve ser, você tem aquele violino épico. E, bem, eu *talvez* tenha pesquisado seu nome no Google. – Astrid olhou para baixo e inspecionou a lata de Coca.

– *Talvez?*

– É, tem uns vídeos de você tocando no YouTube.

– Tem?

– Tem, você nunca viu? – ela pegou um telefone do outro lado da bancada da cozinha. – Aqui, vou mostrar.

– Não – disse Evie rapidamente. – Não, eu não quero ver.

– Anna – disse Julie com a testa franzida –, você não devia pesquisar as pessoas on-line sem permissão. É meio... sinistro.

– Astrid – corrigiu Astrid.

Julie a olhou de lado enquanto acrescentava o caldo à panela.

– Esse não é seu nome.

Astrid projetou o queixo para a frente.

– Não até eu mudar.

– Por que você não gosta de Anna?

– É... fraco demais.

Julie não disse nada sobre isso por um momento e contemplou a filha, e Evie jurou que pôde ver um toque de tristeza surgir no rosto dela. Ela se virou para Evie.

– Desculpe – disse ela.

– Não, tudo bem – respondeu Evie, sem saber direito se ela estava pedindo desculpas pela pequena discussão ou pelo fato de a filha ter fuçado a vida dela na internet. Ela tomou um gole de vinho, observou Astrid por cima da borda do copo, e Julie voltou a cozinhar. – Como você me encontrou? Você não sabe meu sobrenome.

– Claro que sei – disse Astrid tranquilamente. – Jenkins – e Evie tentou lembrar se tinha contado isso para ela, mas Astrid respondeu à pergunta por ela. – Está numa das cartas pra você, eu vi no seu apartamento.

Ao lado da carta para Scarlett, que continuava fechada.

– Praticando habilidades de detetive particular, é? – disse Evie, com um suspiro meio resignado.

Julie olhou para elas, um sorrisinho nos lábios. Por um momento, Evie não teve certeza da categoria na qual se encaixava: amiga adulta ou amiga da filha adolescente?

– Então... Pra concluir – disse Julie, balançando a colher de pau no ar –, você também toca violino? Que legal. Nós nunca conhecemos outra pessoa que toque.

– Eu tocava – disse Evie, cedendo. – Tive que parar quando surgiu a esclerose múltipla – ela mexeu as mãos automaticamente.

– Ah, sinto muito. Minha mãe tem esclerose múltipla.

– Entendi, Ast... Hã... – ela olhou para a mãe e a filha, limpou a garganta e parou.

– Minha mãe teve que largar o emprego no final – disse Julie, salvando Evie. – Mas ela estava para se aposentar e é assistente administrativa, então acho que até ficou feliz de ter que parar, considerando tudo. – Evie sabia que Julie não estava falando por mal, que ela só estava tentando ser gentil, mas ela não sabia se era *possível* ficar feliz com algo assim. Ser obrigada a abrir mão de uma coisa por uma doença sempre pareceria uma derrota, não uma vitória.

Julie olhou para ela como se soubesse o que estava pensando e acrescentou baixinho:

– É uma doença horrível. Não sei como ela era sem... A minha mãe já tinha antes de eu nascer, então nós brincávamos que a doença era parte da família – ela balançou a cabeça. – Eu sei que não é fácil, e sei que cada esclerose múltipla é diferente, mas, se ajudar, a minha mãe está feliz e satisfeita, fazendo o que quer fazer. Ela e meu pai estão aposentados juntos e os dois começaram a fazer jardinagem. Ela manda nele dizendo o que vai aqui e o que vai ali quando fica cansada.

Ela sorriu para Evie, e Evie percebeu que gostava da imagem: da esperança que havia nela. Viu-se pensando que talvez encontrasse alguém com quem ficar no jardim um dia. Ela poderia começar a fazer jardinagem, pensou, se ao menos tivesse um jardim.

– O vovô vai vir aqui fazer um jardim interno pra nós, não vai? – ela dirigiu a pergunta para Astrid, que revirou os olhos daquele jeito adolescente brilhante. Uma revirada de olhos não tinha o mesmo efeito, tinha?, depois que você faz vinte anos.

– Ah, claro, um jardim interno... Você faz parecer beeem mais legal do que vai ser.

Julie serviu o risoto e, com as três conversando, Evie percebeu que estava gostando da companhia mais do que imaginou que gostaria. Em certo momento desejou que Julie tivesse se mudado antes. Conseguia se imaginar com Scarlett e Julie sentadas, tomando vinho até tarde. Só que percebeu que provavelmente ela teria resistido a passar tempo com outra pessoa, por saber que, no fim das contas, sempre teria Scarlett como companhia.

Astrid a acompanhou até a porta no fim da noite.

– E aí, e a história de você me ajudar?

– Eu vou pensar – respondeu Evie, evasiva.

– Ótimo! Vou lá praticar no fim de semana. Obviamente, vamos ter que usar o seu apartamento. A mamãe diz que fica com dor de cabeça se eu toco muito em casa.

– Só quando você erra as notas, amor – gritou Julie da cozinha. – Eu amo você tocando quando já sabe tudo, você sabe disso.

– Entendi – concordou Astrid. – No fim de semana, então? Quando pode ser?

Evie não pôde deixar de sorrir para o jeito como Astrid a estava manipulando. Lembrou um pouco o de Scarlett, com aquela energia implacável. Mas, naquele fim de semana, Nate a tinha convidado para um jantar de família. Um jantar ao qual ela ainda não tinha aceitado ir, mas mesmo assim. Ele ainda queria que ela fosse? Eles não se falavam desde que ele contara sobre o irmão.

– Amanhã de manhã, eu acho – acabou dizendo Evie, porque Astrid ainda estava olhando para ela com expectativa.

– Irado. A gente se vê amanhã!

Talvez tivessem sido as duas taças de vinho que a fizeram mandar uma mensagem para Nate enquanto atravessava o corredor até seu apartamento. **Ainda vamos jantar no domingo?**

Ela recebeu a resposta imediatamente. **Você quer?**

Ela se deu um tempo para destrancar a porta e entrar para pensar. Ela odiava o jeito como eles tinham deixado as coisas. Não sabia quando ele viajaria de novo, quando passearia pelo mundo, e percebeu que isso não era bom, a ideia de que ele podia sair do país e eles nunca mais se veriam. Não era bom que a última conversa deles pudesse ser a última que eles teriam na vida.

Quero, respondeu ela.

Ótimo. É o aniversário de quarenta anos do meu irmão no fim de semana. Me esqueci de dizer isso quando falei com você. Quer vir amanhã à noite? Pra festa. Nós vamos estar de ressaca no jantar de família de domingo.

Eu não posso entrar de penetra na festa de aniversário do seu irmão! A gente deixa pra outra ocasião então.

Tarde demais. Já falei pra Camille que você vem, e ela está pensando na comida e na bebida. Ela vai ficar irritada se eu mudar isso.

Não era verdade, claro, porque ele tinha acabado de falar da festa, mas entendeu o que ele queria dizer. Outra mensagem chegou antes que ela pudesse responder. Ele mandou o endereço e escreveu: **Vejo você aqui, às 19. Bj.**

Ela não deveria interpretar nada por causa do beijo. Ela não era adolescente. Mesmo assim, não pôde deixar de reler a troca de mensagens antes de ir dormir.

Capítulo vinte e cinco

Evie está na festa há cinco minutos e já sei que ela está sufocada. Ela está fazendo aquela coisa em que se curva para se tornar pequena e insignificante, tão diferente da Evie que tocou violino naquele pub, na Irlanda.

Estão todos no jardim, do lado de fora do tipo de casa em que me imaginei morando um dia. É uma casa vitoriana linda de três andares, com portas de correr de vidro, um pátio perfeito, grama que talvez esteja aparada demais para o meu gosto, mas cheia de cores de verão. Há pratos de miniquiches na mesa, um bar improvisado e uma churrasqueira no canto. Tem crianças correndo e gritando, se revezando para passar por um irrigador automático.

– Evie!

O irmão de Nate (assim como Nate, de cabelos escuros desgrenhados, olhos castanhos gentis e caminhar confiante) vai na direção dela, aperta sua mão, parece feliz da vida de ela estar ali. Nate tinha chamado o irmão, apresentado Evie e desaparecido, e agora Evie está ali com uma cara de ligeiro pânico.

– Feliz aniversário! – diz Evie, a voz meio estridente. Ela coloca nas mãos de Noah uma garrafa de champanhe que ela comprou no caminho, no Sainsbury's da região.

– Ah, você é muito gentil – diz Noah. E ele passa o braço em volta da mulher mais bonita que já vi na minha vida toda, honestamente. Tem um rosto incrível, sobrancelhas perfeitas, cabelo louro comprido caindo em cachos suaves até a cintura. – Veja que gentileza, Camille!

– Muita gentileza – diz Camille quando Noah coloca o champanhe nas suas mãos. Ela dá um tapinha no braço dele, ainda olhando para Evie. – Obrigada por vir. Quer uma bebida? Eu fiz coquetéis de gin, vou buscar um – ela aperta o braço de Noah. Está vestindo uma calça capri branca e calçando sandálias que deixam os dedos à mostra, e vejo Noah se virar para olhar quando ela se afasta. Pelo jeito como os olhos dele ficam excessivamente comovidos, eu diria que ele já tomou algumas, mas também, por que não? Estou percebendo agora a sorte que tem uma pessoa de fazer quarenta anos, então, se você quer encher a cara, encha a cara.

– Então, Evie – diz Noah. – Nate disse que você trabalha com propaganda. É isso mesmo?

– Ah... – ela não quer ter essa conversa e eu sei por quê. Ela não quer admitir para aquele homem, que obviamente tem uma carreira de sucesso, com aquela vida de casa com cerquinha branca, que ela é assistente num emprego no qual não tem interesse.

– Eu gostei daquela propaganda de carro – continua Noah. – Como se chama? – Sem dar chance a ela de responder, ele vira a cabeça para a porta dos fundos, aberta. – Camille! Que carro é aquele com aquela propaganda legal? Que as meninas adoram?

Capítulo vinte e cinco 227

– Honda! – responde Camille, e Noah fez que sim e se vira para Evie de novo.

– Honda – repete ele. – Foi você?

Evie é salva de ter que continuar a conversa por Nate, que aparece ao lado de Noah e bate no ombro dele.

– Noah está divertindo você, Evie?

– Eu estava contando pra ela um monte de histórias horríveis sobre você – diz Noah, sem hesitar. Eles são incrivelmente parecidos quando ficam um ao lado do outro. Eu me pergunto se Nate vai ficar daquele jeito em dez anos. Se sim, sorte dele. Será que eu ainda estarei por aqui, olhando para ele, daqui a dez anos? Uma onda de solidão me percorre com o pensamento, a ideia de que eu posso ficar sempre confinada a olhar, nunca participar. *Eu*, que sempre tinha tanta certeza de que as pessoas estavam me olhando.

– Não é possível – diz Nate com um movimento de cabeça. – Não existem histórias ruins sobre mim, só boas.

– Hum – diz Evie, e tem um leve brilho nos olhos dela, um que andava apagado nos últimos anos, mas que reconheço. – Não sei se eu chamaria o que aconteceu no dia 11 de fevereiro de 2015 de "bom" – ela inclina a cabeça. – Você chamaria?

Vejo o jeito como Nate olha para Noah, a expressão de cautela que surge nos olhos dele quando a testa se franze. Quando ele se pergunta se fez alguma coisa, algo que deveria lembrar.

Noah, para crédito dele, pula no barco na mesma hora.

– Eu ainda tenho pesadelos por causa daquele dia – diz ele, botando a mão no coração num gesto dramático.

Nate olha de um para o outro, e Evie ri. É aquela risada alta e descontrolada que é tão contagiante quando ela se entrega. Noah também ri, e Nate dá um soco leve no braço de Noah.

– Seu babaca.

– Você é que não devia ser tão otário, né?

Noah é chamado por um grupo de amigos, e Nate se vira para Evie.

– Eu ia pedir desculpas por deixar você aqui, mas parece que você está bem sozinha – ele coloca uma bebida com mexedor, framboesas e tudo na mão dela. – Camille disse que isso era pra você.

Evie pega a bebida e toma um gole grande em vez de um golinho, e o gesto trai o nervosismo que ela deve estar sentindo por baixo da fachada. Mas eu me pergunto se ela repara no jeito como relaxa quando Nate está ao lado, no jeito como vira o corpo na direção dele. Eu me pergunto se Nate percebe o jeito como passa a mão nas costas de Evie, tranquilizador, precisando daquele toque. Isso mesmo depois da discussão, sobre a qual nenhum dos dois voltou a falar.

– Venha, vamos sentar – Nate começa a guiá-la na direção de uma das cadeiras do pátio quando uma das gêmeas de Noah aparece.

– Você pode ser o monstro? – pergunta ela, piscando muito para ele. Nós aprendemos a fazer isso cedo, né, meninas?

Nate olha para ela.

– Qual das duas você é mesmo?

– Nateeeee…

– Ah, tá. Naomi.

A menina cruza os braços com irritação, e Nate bate na própria testa.

– Desculpe, Natalie!

Percebo que ele a está provocando, que ele sabe exatamente qual gêmea é qual. Não que eu tenha ideia de como, elas são idênticas para mim.

Capítulo vinte e cinco   229

– Eu estou conversando com Evie agora – diz Nate, o que faz Evie ganhar um olhar de desconfiança. – Talvez mais tarde.

Natalie balança a cabeça.

– Agora!

– Mais tarde.

– Agora.

– Você sabe o que é uma negociação?

– As negociações costumam ser feitas nos termos dos homens – diz Evie, a voz seca. Nate ergue as sobrancelhas, e Natalie olha para ela. – Significa que ele acha que pode ter o que quer porque é homem – diz Evie para ela. Ela se inclina na direção da menina. – Significa que você não pode ceder – finge sussurrar, e Natalie retribui o sorriso em solidariedade.

Nate lança aquele olhar para Evie, o que o vi fazendo algumas vezes recentemente, quando é surpreendido por ela. E, sem aviso, ele vai para cima de Natalie, rugindo. Ela grita com prazer e sai correndo, e Nate, sorrindo, faz sinal para Evie ir para as cadeiras. São cadeiras chiques de ferro, não aquelas baratas de plástico.

– Vamos nos sentar antes que eu seja amarrado.

– Como você as identifica? – pergunta Evie ao se sentar.

– Ah, bem, Natalie sempre usa o rabo de cavalo no alto, e Naomi prefere usar trança.

– E se elas não estiverem com os penteados preferidos?

– Aí eu não consigo. Não sei nem se *Noah* consegue – responde. É piada, mas ele olha para Evie com malícia. – Como Lindsay Lohan em *Operação cupido*.

Sinto uma onda de ciúme. Esse jogo é *nosso*, meu e de Evie. Mas faz Evie rir, os olhos dela se iluminam, e meu ciúme passa. Na verdade, fico feliz de ela ainda fazer isso. E ela vai se lembrar de mim, não vai? Cada vez que brincar, ela vai se lembrar de mim.

– Mãe! – chama Nate, para uma pessoa que sai pela porta dos fundos, uma mulher de sessenta e tantos anos, talvez, ficando grisalha, mas com elegância, usando batom vermelho e um macacão jeans.

– Você deve ser Evie – diz ela, sorrindo. Obviamente, Nate andou falando de Evie, não é? – Sou Grace – continua a mulher. – Mãe desses dois bárbaros – e mostra Nate, deixando Noah implícito.

– Nate! – chama Noah do outro lado do pátio, indicando a churrasqueira.

Nate suspira.

– O dever me chama. Apesar de eu não entender por que vão me obrigar a fazer isso. Camille se sairia melhor.

Grace balança a mão para ele.

– Você é homem. Vá fazer coisas masculinas. Além do mais, Camille fez a festa toda, e o mínimo que você pode fazer é virar uns hambúrgueres.

– Ei, eu planejei toda a viagem pra Londres por causa disso e não ganho crédito algum?

– Você quer crédito só por comparecer, é? Vou me lembrar disso no *seu* aniversário de quarenta.

Evie está observando essa conversa e um toque de tristeza surge nos seus olhos. Tem tantas coisas em que ela pode estar pensando agora: lembrando dos aniversários em que eu não estarei presente; do fato de que ela não tem isso, esse relacionamento tranquilo com a mãe, nem qualquer sensação de família. Sinto a frustração familiar que só consigo supor, nunca saber, de o que as pessoas que deixei estão pensando. Não posso mais perguntar, e me questiono agora se eu devia ter perguntado mais o que elas sentiam quando tive oportunidade. Mas, seja qual for a direção dos pensamentos dela, Evie os esconde, sorri para Grace quando Nate se afasta. Acho que ela não repara no olhar que ele lança para a mãe quando atravessa o pátio, um aviso para ela cuidar de Evie, mas eu reparo.

– Nate contou que vocês foram andar a cavalo – diz Grace quando ficam só as duas. Evie fica vermelha, não por causa da experiência de montaria, mas por causa do que aconteceu depois naquele dia. – Aposto que ele foi péssimo, não foi?

Os lábios de Evie tremem.

– Foi.

– Ele acha que é tão bom nessas coisas, qualquer coisa esportiva, mas nunca foi. Ele tenta tudo, mas nunca foi um grande atleta – e, sem hesitar, Grace segura as mãos de Evie. – Eu lamento muito pela sua amiga.

Bem, não fazia sentido tentar contornar aquela situação, acho. Afinal, é o motivo de Evie estar ali.

– Obrigada – diz Evie.

Ela está melhorando nisso, reparo, em aceitar a solidariedade das pessoas. Era de se pensar que, ao longo dos anos, nós teríamos inventado algo melhor do que "lamento muito pela sua perda", mas ninguém parece ter pensado em nada.

Grace avalia Evie.

– Não vai passar, a dor que você sente – diz ela de forma direta. – É idiotice dizerem que o tempo vai curar todas as feridas ou que você vai deixar isso pra trás. Não vai. Não completamente – continua. Eu sei que ela está pensando no filho, Nick. – Mas você *vai* aprender a viver com ela – ela aperta as mãos de Evie e as solta. – Vai ser parte de você para sempre, e você vai sair do outro lado mudada, e tudo bem. Mas é possível aprender a guardar um espaço pra ela no seu coração e não deixar que isso sufoque você. Eu juro, dá pra aprender a fazer isso.

Evie está piscando para conter as lágrimas agora. Ela afasta o olhar de Grace e toma um gole de gim.

– Desculpe – diz Grace. – Eu não quero deixar você triste.

Evie balança a cabeça.

– Eu não sei o que é pior no momento. Falar disso ou tentar, sei lá, seguir em frente.

– Eu conheço essa sensação – diz Grace gentilmente.

Evie faz que sim, mas não diz nada sobre Nick. Duvido que ela queira ser quem vai tocar diretamente nesse assunto. Os ombros dela se movem com a respiração.

– De nós duas, Scarlett era a mais brilhante. Ela *me* deixava mais brilhante só de ser minha amiga.

Não sei o que sinto em relação a isso. De alguma maneira, acho, amigos *deviam* deixar os amigos mais brilhantes, mas ela fala como se só uma de nós tivesse espaço para brilhar e ela tivesse dado esse papel para mim. Penso no jeito como ela cavalgou com Nate, na confiança dela, e no jeito como ele a incentivou a escalar, quando eu a teria deixado ficar sentada só olhando, e não consigo deixar de me perguntar se eu tinha *ocupado* esse lugar.

– Bem, então – diz Grace –, você vai pegar esse brilho e guardar um pouco dele em você, não vai?

– É isso que você faz? Arruma um jeito de guardá-lo aí dentro, ainda brilhando, sem…

Sem o quê, Eves? Sem se lamentar? Sem se ressentir? Sem deixar que isso a sufoque? É tão irritante quando ela não termina as frases. Tão frustrante eu não poder exigir que ela me conte o que está pensando.

Grace aperta os lábios e olha para os filhos do outro lado do pátio, e sei que ela está pensando em como responder, que ela não quer dizer nada só por dizer.

– Certos momentos – diz ela lentamente – são de sufoco, e eu morro de raiva de Nick ter sentido o que sentiu, morro de raiva de não ter feito nada pra impedir – e Evie fica imóvel, quieta, e vejo como os dedos dela apertam o copo de gim. – Mas eu tento aceitar que *ninguém* pode mudar o que aconteceu, e tento fazer as pazes com o fato de que somos todos o resultado das escolhas que fazemos. Então, como não tem jeito de mudar nada, eu me esforço pra ser grata pelo que tive, e tento manter as partes boas dele vivas comigo. Tento me lembrar de mais coisas do que do fim.

Ela sorri para Evie, e vejo o esforço necessário para isso.

– Nós tínhamos um cachorro quando os meninos eram pequenos, e Nick era o único que treinava o cachorro, em parte porque nós todos achávamos que o cachorro, Pepper, estava ótimo sem ser treinado. Mas Nick acordava cedo e treinava Pepper todos os dias, antes de ir pra escola, e ele o treinou pra latir cada vez que eu dizia a palavra "Não". Eu não tenho ideia de como, eu devia dizer isso com muita frequência, e era só quando *eu* falava que o danado do cachorro latia – os lábios dela se curvam num sorriso genuíno. – Posso comer cereal? Não. Um latido – Evie ri. – Posso assistir a alguma coisa? Não. Um latido – Grace balança a cabeça. – Cada vez que eu me lembro disso, me lembro de como Nick achava engraçado e de como eu ficava irritada, e abro um sorriso.

Ela ergue o copo num brinde a Evie.

– E agora, eu ainda estou aqui, com dois filhos maravilhosos, duas netas maravilhosas, e estou tomando um coquetel excepcional no sol da tarde.

– Um brinde a isso – diz Evie. Ela ergue o copo e acrescenta baixinho: – A nos lembrarmos de mais do que do final – os olhos de Grace brilham e ela faz que sim. Evie sorri e inclina a cabeça para mudar o tom. – E ao gim.

Nós somos resultado das escolhas que fazemos. Isso é tão verdade, não é? Mas também somos resultado das escolhas que as *outras* pessoas fazem. Porque Evie não estaria ali, sentada naquele pátio, se eu não tivesse morrido. Ela não teria conhecido Nate, jamais estaria conversando com essa mulher incrível. Minha escolha naquele dia, de sair da calçada, a levou àquele jardim.

Um efeito borboleta. A vida é uma série deles, acho, ou múltiplas séries, todas amarradas, impossíveis de desembaraçar.

E agora, estou no *meu* jardim, o jardim da minha infância, com uns sete anos. Estou saindo da casa cedo numa manhã de verão, o orvalho úmido sob meus pés descalços quando ando pela grama, a caminho da cama elástica. *Minha* cama elástica. Minha mãe e meu pai a compraram no meu aniversário, mas a rede rasgou, e eu só posso pular nela quando estiver consertada, porque eu poderia cair da beirada. Em vez de obedecer à regra, estou saindo escondido para usá-la antes que eles acordem.

Eu subo e começo a pular. Abro um sorriso e, apesar de estar tentando fazer silêncio, para não ser descoberta, solto um iupi.

Sei o que vai acontecer agora. Meus olhos adultos veem a beira da cama elástica, do jeito que meus olhos infantis não viram. Tento entrar no meu corpo, tento me impedir de pular, porque sei a dor que vem depois.

Mas não tenho controle e caio. E solto um grito alto e estridente.

Minha mãe sai correndo quase na mesma hora, a porta dos fundos batendo depois que ela passa, só de blusa de pijama e calcinha, as pernas expostas.

– Scarlett!

Estou caída chorando, segurando o braço.

– Ah, meu Deus, ah, meu Deus. O que aconteceu, o que você fez? Graham! Graham, pelo amor de Deus, venha aqui.

Meu braço estava quebrado. Fui levada para a emergência, minha mãe pálida e tremendo, os dedos do meu pai apertando o volante do carro com força demais. Fratura. Não o suficiente para eu usar um gesso que todo mundo fosse assinar, só uma tipoia, e nada de cama elástica até estar curado.

Estou de cara feia quando saio da emergência e me mandam sentar numa das cadeiras da sala de espera, enquanto minha mãe vai assinar alguma coisa. Meu pai espera comigo, mas ele está ao telefone, dizendo para alguém que eu estou bem. Não sei quem é. Uma cadeira vazia me separa de outra garota da minha idade, que tem cabelo escuro comprido descendo pelas costas. Ela também está de cara amarrada.

– Por que você está aqui? – pergunto, porque quero exibir minha lesão para alguém.

Ela me olha com uma expressão meio cautelosa.

– Minha mãe acha que está com cólera.

– Ela está?

– Não.

– Eu não sei o que é cólera – admito.

– Eu também não, mas sei que ela não está. Seu braço está quebrado? – pergunta ela com segurança, olhando para a tipoia.

– Está.

– Dói?

– Não – digo, projetando o queixo no ar. Porque já está ficando claro o fato de que a culpa foi minha, de que meus pais estavam certos. E estou começando a ficar com vergonha disso.

– Deve doer.

– Não dói.

– Dói.

– Eu sou Scarlett.

A garota hesita, como se estivesse pensando se me diria seu nome, se deixaria que eu me aproximasse.

– Evie – diz ela por fim.

Não estávamos na mesma escola, eu estudava numa particular, e Evie na escola pública da cidade, mas ficamos amigas depois disso e, quando fizemos onze anos, nada mais nos separava. Nós fomos para a mesma escola nos anos finais do Fundamental, eu me recusei a estudar na escola que meus pais escolheram porque a mãe de Evie não podia pagar.

Um efeito borboleta. Se eu não tivesse tomado aquela decisão de acordar cedo, sair escondida e pular na cama elástica naquele dia, eu não teria conhecido Evie. Não sei o que nós estaríamos fazendo agora. Talvez eu ainda morasse em Londres, ainda trabalhasse com moda, ainda tomasse decisões péssimas sobre homens. Obviamente, Evie ainda teria a esclerose múltipla. Ela provavelmente teria tocado violino, apesar de ter sido a minha mãe que lhe deu o primeiro. Mas nossas vidas teriam sido menores, eu acho.

A *minha* vida teria sido menor sem ela. Desejo desesperadamente ter tido mais tempo para fazer com que ela entendesse isso

Capítulo vinte e cinco 237

quando eu ainda estava viva. Queria poder dizer para ela que não era unilateral. Não era eu compartilhando meu brilho com ela. Nós duas fazíamos, *uma à outra,* brilhar mais.

Capítulo vinte e seis

Evie acordou grogue e desorientada no sofá. Estava completamente vestida, com um cobertor por cima do corpo e um travesseiro macio sob a cabeça. E estava à vontade. Foi isso que a fez se sentar rapidamente. Não era o sofá dela, não era o apartamento dela.

Uma das gêmeas de Noah entrou saltitando naquele momento, a do rabo de cavalo alto. Será que ela dormiu assim?, perguntou-se Evie. Parecia um penteado eterno. Mas também não ajudou o fato de ela estar de rabo de cavalo, porque ela não conseguiu lembrar qual das duas Nate disse que usava o cabelo assim. Ela ajeitou o próprio cabelo com vergonha. Como será que estava sua aparência?

– A mamãe mandou eu ver se você está acordada e, se estiver, preciso perguntar se você quer chá verde – disse, olhando para Evie, e ficou esperando.

– Ah...

Nate apareceu na porta, e ela trocou um olhar com ele.

– Diga a ela para fazer um chá com leite e açúcar pra Evie – disse ele para a garota.

Ela botou as mãos nos quadris.

– A mamãe disse que açúcar faz mal e que a gente não deve botar em bebidas porque é desperdício.

– Bem, acho que sua mãe vai deixar Evie tomar com açúcar, porque ela é nossa hóspede.

A garota olhou para Evie.

– A mamãe é *nutricionanista*. Ela sabe dessas coisas.

– Então, ela sabe dos pirulitos que eu dei pra vocês ontem? – perguntou Nate.

– Claro – ela abriu um sorriso malicioso para Nate. – Eu falei que eram sem açúcar.

– Então, que tal com açúcar sem açúcar? – disse Evie, e a garota olhou para ela com uma avaliação nos olhos. Ela pareceu pensar por um momento e fez que sim de forma decisiva.

– Acho que consigo fazer isso – disse ela, e saiu da sala com o mesmo entusiasmo que tinha ao entrar.

– Não acredito que apaguei – disse Evie para Nate depois que a gêmea A tinha saído. – Desculpe.

Ela nem tinha bebido tanto, por não querer passar vergonha se exagerasse. Mas os coquetéis de Camille tinham subido direto à cabeça. Ela tinha ido para a sala pelo que deveriam ser só alguns minutos, para ficar no silêncio um pouco antes de se despedir de todo mundo. E aí…

– Você dormiu bem? – perguntou Nate.

– Acho que sim, considerando que são… Que horas *são*? – ela olhou em volta procurando o celular, mas ele estava sem bateria.

– Umas nove.

– Nove da manhã? Já? Que vergonha – ela olhou para Nate, sentindo-se vulnerável de repente, sentada ali, toda desgrenhada da noite anterior, enquanto ele estava ali todo renovado. – É melhor eu ir.

– Por quê?

Isso a lembrou na mesma hora do beijo e da pergunta em seguida.

Eu não posso.

Por quê?

E, apesar de não querer, ela não pôde deixar de lembrar da sensação dos lábios dele nos dela, no jeito como ela teve vontade de mergulhar neles.

– Eu... hã... – ela passou a mão pelo cabelo. – Bem, você se lembra da Astrid?

– Lembro. O nome dela não era Anna?

– Há controvérsias. Eu vou ajudá-la com uma coisa e prometi que ela podia ir lá em casa, às onze.

Porque Astrid tinha insistido, depois do dia anterior, que ela *entendia* o que Evie dizia, bem mais do que entendia o que a *professora de música idiota* da escola tentava dizer, e que elas deviam praticar todos os dias até o concerto, que era em duas semanas. E, como com todas as coisas da Astrid, Evie acabara concordando.

– Tudo bem – disse Nate. – Posso levar você de carro? – mas ele bateu com a mão na testa. – Ah, droga, não vai dar. Noah precisa do carro.

– Ah, que grosseria dele querer o carro *dele* hoje – disse ela, a voz neutra.

– *É* grosseria, não é? Não sei, acho que eles têm que levar as meninas ao hóquei ou algo do tipo.

– Tudo bem, eu pego um Uber.

Ela não queria pegar o trem com a roupa da noite anterior, apesar de haver uma explicação perfeitamente inocente para aquilo.

Capítulo vinte e seis 241

Ela pediu um pelo celular, e aí, com oito minutos para matar, ela e Nate foram para a cozinha se despedir de Camille, que garantiu que não tinha problema ela ter ficado e que ela era bem-vinda a qualquer momento. Ela botou o chá de Evie numa garrafa térmica para ela.

– Coloquei duas colheres de açúcar – acrescentou ela, com uma piscadela para Natalie / Naomi, e disse para ela devolver a garrafa para Nate na próxima vez que o visse.

Noah ainda estava na cama, de ressaca, no fim das contas.

– Agradeça a ele por mim, tá? – disse Evie. – E diga que eu espero que ele tenha tido um bom aniversário.

Nate a levou para o lado de fora e, quando o Uber parou um pouco à frente, Evie se virou para ele, retorcendo as mãos na frente do corpo e sentindo um constrangimento absurdo.

– Obrigada por me convidar.

– Imagine.

De volta ao normal, sem perguntas, depois de ela ter gritado com ele outro dia.

Ele estava tão perto dela. Tão perto. E, dessa vez, foi decisão dela se aproximar e encostar os lábios nos dele. Ela sentiu a curva suave da sua boca ao sorrir junto a dela e com o beijo de resposta, gentil dessa vez, como se ele estivesse sendo cuidadoso com ela, ela sentiu aquele puxão longo e líquido no seu âmago.

Ele passou as mãos pelos ombros dela, pelos braços, uma carícia suave, e, quando ela foi para trás, a uma respiração de distância, ele entrelaçou os dedos com os dela. Evie mordeu o lábio, viu-o acompanhar o movimento com aquele olhar intenso.

– Quanto tempo você vai ficar? – perguntou ela. Nate franziu a testa. – Em Londres, quero dizer – ela não tinha esquecido que ele não estava planejando ficar lá. Que a vida dele era o oposto da dela, que, em algum momento, ele seguiria em frente enquanto ela ficaria no mesmo lugar.

– Ah, sim. Até eu ser contratado, acho. Eu ando meio devagar, preciso começar a procurar – ele soltou as mãos das dela, passou uma pela nuca.

Ela olhou para o carro que a esperava.

– Posso ver você de novo? – perguntou Nate.

Ela olhou para ele, mas teve dificuldade de encará-lo. Quem quer que dissesse que o olhar *dela* era direto não conhecia Nate.

– Eu, hã, posso preparar um jantar para você? – a pergunta saiu antes que ela pensasse direito.

O sorriso dele foi imediato.

– Eu vou adorar. Quando?

Ela hesitou. Mas já tinha entrado por aquele caminho, não tinha?

– Sábado, talvez?

– Tudo bem, combinado.

– Eu não cozinho muito bem – disse ela rapidamente.

– Tudo bem.

– Estou falando sério. Vai ser como o incidente da sopa azul em *Bridget Jones*.

– Sopa azul me parece ótimo.

– E eu...

Mas ele a beijou de novo, de leve, e a interrompeu.

– Vejo você no sábado.

Ela percebeu que ainda estava sorrindo quando entrou no apartamento quarenta minutos depois. Até botar a chave na bancada da cozinha e ver a carta para Scarlett, ainda fechada.

Estava pensando em sua conversa com Grace quando a pegou. Pensando em escolhas e em aprender a encontrar um lugar para Scarlett, ao mesmo tempo que seguisse em frente. Não podia deixar a carta lá, indefinidamente. Scarlett não voltaria para abri-la.

Ela teve uma lembrança, quando rasgou o envelope, de uma ocasião em que tinha entrado no quarto na casa da mãe, aos treze anos, e encontrado Scarlett lendo seu diário.

O que você está fazendo?

Estava aberto, Eves, desculpe! Eu não sabia o que era! Mas aqui só diz que você acha Mark Cartwright um gato, e eu já sabia disso mesmo, e...

Isso não é legal, Scarlett!

Ela tinha fechado o diário e se recusado a falar com a amiga por dois longos minutos, enquanto Scarlett choramingava: *Desculpe, desculpe. Você pode ler o meu diário também.*

Você não tem diário.

Bem, eu vou escrever umas páginas, e aí você pode ler. Vou caprichar e tudo.

E, obviamente, Evie acabara perdoando Scarlett, porque ela era impossível de não perdoar.

Ela tirou uma folha de papel A4 do envelope.

Prezada srta. Henderson,

Estamos escrevendo em relação a um e-mail que lhe enviamos no dia 17 de abril. Queremos saber se você quer seguir em frente com a proposta para o apartamento na Four Acres, 32, em Borough Market. Nós recebemos a confirmação das suas referências, e o contrato começaria dia 18 de maio. Você poderia entrar em contato o mais rápido possível para confirmar que vai se mudar e para fazer o pagamento do primeiro aluguel? Se não tivermos uma resposta, vamos ter que voltar a anunciar o apartamento.

Atenciosamente,

Kate Fisher

Imobiliária Garrett Whitelock

Evie ficou olhando para a carta.

Borough Market.

Era para *lá* que Scarlett estava indo no dia em que morreu. Isso explicava por que ela não estava perto do trabalho, por que não estava onde deveria estar.

Ela não tinha contado nada para Evie. Não tinha contado que estava procurando outro apartamento. Que tinha feito uma proposta, caramba! Evie estava segurando a carta com muita força agora e abaixou a mão lentamente, tentando assimilar essa nova informação.

Scarlett tinha morrido naquele dia porque fora olhar aquele apartamento, em Borough Market. E tinha mentido para Evie sobre isso. Tinha mentido sobre o fato de que não estava só saindo do apartamento naquele dia, pela manhã, e, sim, que estava planejando sair dele de vez. Mesmo antes da discussão delas na noite anterior, ela devia estar planejando ir embora. Deixar Evie para trás.

Capítulo vinte e sete

Ah, Evie. Ela colocou a carta de lado e seus movimentos estão rígidos ao atravessar a cozinha para pegar um copo d'água. Ela fica parada por um momento, apoiando as duas mãos na pia, a torneira ainda aberta, a água correndo.

Eu devia ter contado para ela na época. Eu sei disso, de verdade. Eu ia contar quando voltei do trabalho, na noite antes de ter morrido. Mas aí as coisas explodiram e, bem...

Estou lá agora, naquela noite, entrando no apartamento, na última vez que vou fazer isso. A chave fica presa na fechadura e falo um palavrão. Estou impaciente para entrar, assim como costumo ser impaciente para fazer tudo. A maçaneta está lisa e fria na minha mão quando a giro e, apesar de não ter feito isso na ocasião, aprecio agora a sensação dela na pele, porque é a última vez que vou senti-la, a última vez que vou estar daquele lado da porta, fora do apartamento, entrando.

Evie está na cozinha, usando meias macias e aquela droga de cardigã furado, quando eu entro. Ela não parece bem. Sei que a recaída "acabou" oficialmente há uma semana, mas ela não se recuperou completamente. Cada vez que ela tem uma recaída, há certa preocupação de que um dos novos sintomas decida ficar, em vez de sumir no final. Como o tremor e a rigidez muscular. Ela lutou com o equilíbrio cada vez mais na última recaída, mas, felizmente, isso parece ter diminuído um pouco.

Evie me olha de onde está, perto da torradeira.

– Você teve um bom dia? – pergunta ela.

– Foi tudo bem.

Passei o dia todo me preparando para a reunião com os investidores no dia seguinte e sei que tem um milhão de coisas na minha cabeça agora. A visita ao apartamento, Jason, minha ideia para a marca.

O pão pula da torradeira, e Evie coloca as duas fatias na tábua de madeira que minha mãe comprou para mim, o último presente que ganhei dela. De repente, sinto uma onda de amor por essa tábua.

– Torrada para o jantar? – pergunto.

– É – diz Evie, agora passando manteiga. – Uma das minhas cinco por dia.

Coloco a bolsa de crocodilo no chão junto da porta. Onde ela foi parar?, me pergunto.

– Cinco torradas por dia? – pergunto. – Ousada.

– É, mas você me conhece. Eu sou *pura* ousadia – e a voz dela carrega um traço de amargura. Ela se vira, se encosta na bancada e balança a torrada para mim. – O que importa são os pequenos objetivos da vida, Scar – e dá uma mordida. – Você já comeu? Quer torrada?

– Eu comi uma coisinha no caminho de casa – atravesso a cozinha e me encosto na bancada em frente, a que separa a cozinha da sala. – Como foi o *seu* dia?

– Ah, emocionante – diz Evie com a boca cheia de torrada. – Cheia de adrenalina e coisas importantes – e as palavras dela estão arrastadas. Eu sei que ela odeia isso.

Bato com as unhas, que fiz naquele dia, me preparando para o dia seguinte, na bancada.

– Acho que devíamos voltar à Irlanda no verão. Pra passar um fim de semana prolongado, algo assim. O que você acha?

Eu tinha preparado o que dizer a ela no caminho de casa, me lembro.

– Talvez – diz Evie, começando a segunda torrada agora.

– Talvez?

– É, Scar, talvez – e ela balança a cabeça. – Eu não posso planejar com tanta antecedência, você sabe. Porque eu não sei o que vai acontecer, né? Eu não quero ficar presa na Irlanda no meio de uma recaída forte.

Lá está, a amargura de novo. Está bem ruim agora. Normalmente, ela consegue se livrar disso, controlar o sentimento. Não sei bem por que, dessa vez, ela bateu com tanta força, e percebo agora que não perguntei. Eu perguntei como ela estava se sentindo, se havia alguma coisa que eu poderia fazer, essas coisas. Mas eu não perguntei por que daquela vez foi pior, por que ela ficou mais para baixo.

Ao olhar para trás, vejo que deveria ter prestado mais atenção naquela amargura. Devia ter percebido que *aquele* não era o momento de insistir. Mas paciência não é meu forte, certo?

– *Presa* na Irlanda? – digo com incredulidade. – Evie, você está presa aqui! E a Irlanda não é a porcaria do deserto da Nigéria.

Evie termina a torrada, mastigando devagar. Ela não me ataca, ainda não. Percebo que ela está tentando manter a voz calma.

– Você sabe o que eu quero dizer. Não consigo prever como estarei, então estar presa aqui é melhor do que estar presa num lugar que não conheço.

Não consigo prever. Seria um inferno pra qualquer um, eu acho, não saber o quanto as coisas ficariam ruins no futuro, mas mais ainda para Evie.

Talvez eu devesse ter sido mais solidária com isso. Mas digo, com a voz mordaz:

– Tudo bem, então *eu* não quero ficar presa aqui – tiro a jaqueta e a jogo no sofá. – Eves, eu não posso ficar aqui, enfurnada em casa, isso está me deixando louca.

Evie me olha.

– Você não está presa aqui. Você pode ir pra qualquer lugar. Você *vai* pra todo canto.

– Não vou – digo, a voz meio suplicante – porque também quero estar ao seu lado, quero passar tempo com você e...

– O quê? – mais ríspida agora. E isso não me surpreende. Quando decidi fazer com que ela se sentisse *culpada*? Não sei se eu pretendia isso. Acho que só estou cansada e distraída, e quero tentar motivá-la a fazer algo diferente da vida. Mas, obviamente, estou indo pelo caminho errado. – Você quer passar tempo comigo, mas só se estivermos fazendo algo emocionante.

– Não é isso que eu estou dizendo – digo, apesar de ser verdade.

Evie cruza os braços.

– Eu não *quero* sair e fazer coisas. Não posso – corrige ela.

– Você acertou da primeira vez. Você não quer.

– Bem, e se isso for verdade? – ela levanta os braços. – E daí se eu não quero fazer o que você quer fazer, se não quero mais ir a festas, conversar com um monte de gente sem assunto? E daí se eu estou sendo mais seletiva com aquilo que vai exigir meu esforço? Eu fico mais feliz em casa, Scarlett. Você não entende?

– Mas você *não* está feliz!

Como se eu tivesse um conhecimento maior de felicidade.

– Achava que você entendia – diz Evie, agora quase gritando. – Achava que você entendia que eu não consigo fazer as coisas que fazia. Tenho uma doença, você não entende? Você disse que tudo bem se eu ficasse mais feliz em casa, se não tivesse energia pra ficar... – ela balança a mão no ar enquanto pensa – me exibindo por aí.

– Mas isso foi quando eu achava que você...

Evie ergue as sobrancelhas, uma expressão quase desdenhosa.

– Que eu o que, Scar?

E acho que nós duas sabemos o que eu ia dizer. Eu achava que ela ia mudar de ideia. Achava que ela ia superar. Algo nessa linha.

Por sorte, não falo isso. Vou até minha bolsa, mexo dentro dela e me viro, segurando uns folhetos.

– Olhe, peguei isso – e ofereço os folhetos a ela e, como ela olha de cara feia em vez de pegá-los, eu os coloco no balcão.

Esclerose múltipla e suas emoções: entendendo e lidando com seus sentimentos

Medicina complementar e alternativa

Mindfulness como forma de lidar com uma doença longa

Vibrantes e coloridos, eles ocupam o espaço entre nós.

– Eu achei que cabia a *mim* como lidar com isso – a voz dela está calma e gelada, a calmaria antes da tempestade.

– E cabe – digo, bufando de novo. – Só achei...

– E quem é você – diz ela, explodindo – pra julgar as *minhas* decisões?

Uma coisa quente se acende em mim.

– Isso não tem nada a ver com Jason.

– Não, claro que não – o tom de Evie está mordaz agora. – Porque, claro, está certo você fazer um julgamento de como eu vivo a minha vida, mas as *suas* decisões...

– Mas você não está *vivendo* a sua vida, está, Evie?

Ela estica a mão para o copo d'água e, como sei o que vai acontecer, eu vejo: o jeito como a mão dela treme no ar. Mas ela está se movendo rápido, mais rápido do que o habitual, alimentada pela raiva, e não o pega, como costuma pegar. Ela vai pegar o copo, chega a tocar nele, mas a mão tem um espasmo, e o copo escorrega.

Ele explode no chão de linóleo como fogos de artifício, os estilhaços brilhando quando voam.

Nós duas não dizemos nada, só ficamos olhando. Até que Evie, o rosto contraído, faz um movimento rígido na direção do armário debaixo da pia, onde deixamos a pá e a vassoura de mão.

– Eu faço isso – digo rapidamente.

– Pode deixar – diz Evie entredentes.

– Mas eu...

– Falei que pode deixar.

E foi isso. Foi a última coisa que falamos sobre o assunto. Foi a última conversa real que tive com ela, porque não sei se a manhã seguinte conta. E, sim, tem uma parte de mim que ainda entende o que eu digo. Porque ela *estava* se fechando nela mesma, e eu estava frustrada, com ela e comigo, por não conseguir fazer nada. E *ela* estava frustrada *comigo*, ela também tinha razão. Eu ia

Capítulo vinte e sete   251

vivendo minha vida, seguindo pelo mundo, e agora vejo que pode ter parecido que eu a estava deixando para trás.

É a isso que ela vai se agarrar, não é? Por causa da droga da carta. Ela vai pensar nessa discussão, vai pensar no que eu falei: que não queria ficar *presa* ali, com ela. Eu não falei isso. Não desse jeito. Eu só queria que ela visse que ainda havia muita coisa que ela podia fazer, que podia apreciar. Eu queria que *nós duas* fôssemos em frente, fôssemos adiante. Eu queria fazer isso junto com ela. Mas eu nunca vou ter a oportunidade de dizer isso para Evie.

Capítulo vinte e oito

– Eu não consigo acertar! – Astrid abaixou o violino com frustração e fez um movimento de corte com o arco.

– Bem – disse Evie de onde estava, na cadeira da escrivaninha, vendo Astrid tocar perto da janela –, a menos que você seja a próxima Vengerov, duvido que você acerte tudo de primeira.

Astrid olhou para ela de cara feia. Foi uma coisa tão incrivelmente adolescente que Evie teve vontade de rir.

– Eu deveria saber quem é?

– Talvez. Se você quiser levar música a sério. Ele é um violinista russo. Um prodígio infantil.

Astrid amarrou a cara, mas não disse nada. Ela estava ensaiando havia uma hora, e Evie percebeu que ela estava ficando cansada, algumas das notas estavam saindo estridentes, e ela ficava olhando de cara feia para a partitura. Elas estavam tentando modificar uma das composições favoritas de Astrid, pois ela tinha razão: por que não tentar? E Evie achava que elas estavam no caminho certo. Não era algo único, mas era diferente o bastante para acrescentar certa peculiaridade, certo vigor.

Astrid suspirou.

– Eu nunca vou conseguir fazer isso profissionalmente, né? Eu não comecei cedo o bastante. Não sou boa o bastante.

Evie hesitou. Não queria fazer falsas promessas. No fim, ela preferiu a honestidade.

– Eu não sei – disse ela. – É difícil ganhar a vida com música. Mas isso não quer dizer que você não deva tentar. E agora, se você ama tocar, esse é o motivo pra fazer.

– Eu *amo* – disse Astrid intensamente, e Evie fez que sim.

– Então se agarre a isso enquanto pratica e tente não se preocupar tanto com as outras coisas.

Ela tinha perdido isso, Evie se deu conta. Nunca tinha perdido o amor pela música, achava que não *podia* perder isso. Ela tinha tentado, depois que chegou à conclusão de que não conseguia mais tocar, porque achava que seria menos doloroso se ela parasse de amar a música. Mas a música e, principalmente, o violino eram parte da alma dela, e não dava para se livrar disso. Ainda assim, em algum momento, antes de ser obrigada a parar, ela tinha começado a tocar por um motivo que não era amor.

– Certo – disse ela, decidida. – Acho que devemos parar por hoje.

– Mas eu…

Evie ergueu a mão.

– Você tem que ir embora, porque vou receber uma pessoa pra jantar.

Seu estômago estava embrulhado com a ideia, apesar de ela ter preparado a lasanha (quem *não gostava* de lasanha?) na noite anterior, sem querer ser observada enquanto cozinhava, sem querer que o cansaço e a rigidez tomassem conta dela, justamente quando deveria estar andando pela cozinha, toda sexy. Não era isso que as deusas sexy faziam, dançavam descalças pela cozinha? Droga, ela devia ter pintado as unhas dos pés.

Os olhos de Astrid se tornaram penetrantes.

– Quem vem aqui?

– Não é da sua conta – disse Evie, cutucando-a nas costelas.

– É o jornalista sexy, não é?

Evie só revirou os olhos, imitando o jeito como Astrid fazia.

– Bom trabalho hoje – disse ao acompanhá-la até a porta. Astrid meio que deu de ombros com o elogio. – Você também – murmurou Evie, passando o dedo pelo violino.

Astrid balançou a cabeça.

– Você é muito esquisita.

Evie riu.

– Só com violinos.

Astrid enrolou, não abriu a porta, e mordeu o lábio enquanto olhava para o violino.

– Você vai se sair bem – disse Evie. – No concerto.

– Mas eu quero que seja *perfeito*.

– Isso é muita pressão. Ser perfeita. E você não teve o mesmo tempo que todo mundo para se preparar.

– Eu sei, mas... – ela parou de falar e ficou calada.

– Mas o quê?

– Todo mundo vai estar olhando – disse ela de mau humor, passando a ponta do pé no tapete. Evie não tinha certeza, mas poderia jurar ter ouvido uma leve inflexão nas palavras *todo mundo*.

– Olhe só, nem todo mundo sabe tocar um instrumento musical, muito menos tocar bem. Você, sim.

Capítulo vinte e oito 255

– Algumas pessoas sabem. A garota da orquestra, aquela de quem eu falei. Ela toca violoncelo muito bem – e um rubor subiu pelo pescoço de Astrid, mas antes que Evie pudesse responder, ela olhou para cima. – Você vai estar lá, né? No concerto?

– Claro. Eu anotei na agenda.

– Tudo bem. Que bom – Astrid abriu a porta... e deu de cara com Nate parado com a mão erguida, pronto para bater. Ela riu com prazer. – *É o jornalista sexy!*

Nate abriu o sorriso fácil.

– Se é pra ter um apelido, eu escolho esse aí.

O coração de Evie bateu com uma força danada, e ela sentiu a pulsação disparar. Mas franziu a testa.

– Você chegou cedo – disse ela, um toque de acusação na voz.

Nate olhou o relógio.

– Você disse sete, né? São sete e dez. Estou elegantemente atrasado.

Astrid olhou para Evie.

– Ops, mal aí.

Mal aí? Sério? Quem falava assim?

– Bem, divirtam-se! – Astrid fez uma pequena saudação com o arco e saltitou pelo corredor até o apartamento.

– Vai me deixar entrar? – perguntou Nate. – Ou é um jantar peculiar e descolado no corredor?

– Desculpe – Deus, por que ela estava tão nervosa? Era só um jantar, caramba. – Entre – ela deu passagem e fechou a porta depois que ele entrou. Ele estava segurando um pacote um tanto volumoso e uma garrafa de vinho.

Ele ofereceu o vinho primeiro.

– Branco – disse ele. – Por ser verão e tal.

O apartamento estava quente, ela percebeu. Sempre ficava abafado lá no verão. Ela devia ter aberto uma janela.

– Obrigada. Vou botar na geladeira.

Ela fez exatamente isso, tirou a garrafa já fria que tinha comprado mais cedo e encheu duas taças. Por que não havia espelho na cozinha? De repente, pareceu uma falha horrível. Ela não tinha nem trocado de roupa.

Ele a seguira até a cozinha e estava parado do outro lado da bancada, a que funcionava como barreira entre a cozinha e a sala. Ela lhe ofereceu uma taça, e eles brindaram. O olhar dele ficou no dela o tempo todo e, no fim, foi ela quem desviou o dela. Estava corando? Ela estava corando, não estava? *Se ligue, Evie.*

– Eu, hã, fiz lasanha. Tudo bem?

– Perfeito – ele tomou um gole de vinho e colocou a taça na bancada. Em seguida, pegou o pacote que tinha levado. – Isto é pra você – mas não entregou o pacote.

Evie ergueu as sobrancelhas.

– Tradicionalmente, quando você quer dar um presente, o entrega pra pessoa.

Mas ele não sorriu, e o olhar dele ficou indo dela e para o presente, embrulhado rusticamente com papel pardo.

– Eu... – ele engoliu em seco, e o pomo de adão subiu e desceu. E o nervosismo dele deixou os nervos dela à flor da pele. – Olhe, eu não sei o que você vai achar disso.

– Tudo bem – disse Evie, pondo o vinho lentamente de lado.

– Se você não gostar, eu posso devolver. Botar fogo. Qualquer coisa. Eu só... foi um impulso, e aí chegou e, bem, eu achei que devia pelo menos *ver* se você queria.

Capítulo vinte e oito 257

– Nate – disse Evie com firmeza. – Me dar o contexto só funciona se eu souber o que é.

– Claro, claro – ele franziu a testa para o pacote e o entregou para ela.

O papel pardo estalou embaixo dos dedos quando ela o pegou. Era macio, como se houvesse tecido dentro. Ele comprou um lenço ou algo assim? Will comprou um lenço no aniversário dela no primeiro ano que eles estavam juntos. Era azul-marinho com sóis exagerados e, apesar de o ter usado quando estava com Will para agradá-lo, agora estava enfiado no fundo do armário. Sóis sorridentes não eram o tipo de coisa de que ela gostava, ela e Scarlett tinham concordado. Mas ela não achava que Nate era do tipo que comprava lenços.

Ela rasgou o papel, viu uma coisa embrulhada em papel de seda verde-claro, com um adesivo redondo prendendo-o. Seus dedos ficaram mais leves quando abriu a segunda camada, e ela sentiu o olhar de Nate em seu rosto o tempo todo.

Quando viu o que estava dentro, ela quase parou de respirar. Ela o puxou com um movimento fluido, o tecido balançando, o papel de seda que o estava protegendo caindo no chão.

Era o vestido de Scarlett. O que ela tinha desenhado para Evie antes de morrer. Feito a partir do desenho que ela ainda não tinha conseguido entregar para Jason.

Ela passou a mão pelo tecido verde, tocou os contornos do vestido e sentiu seus olhos faiscarem. Ela olhou para Nate.

– Como? – sussurrou ela. – Como é possível?

Ele passou a mão pela nuca.

– Eu… eu tirei uma foto quando vim aqui da última vez, e… eu disse, foi um impulso, uma daquelas coisas que a gente faz sem pensar.

– É mesmo? – disse Evie com a respiração trêmula. – Isso não é seu estilo.

Ele sorriu, e ela viu o alívio no corpo dele.

– Bem. Então, eu conheço um cara...

– Claro que conhece.

– E ele me colocou em contato com uma pessoa que talvez conseguisse fazer. Achei que talvez, sei lá, fosse algo que ajudasse você a... – ele balançou a cabeça. – Não sei. Pareceu uma boa ideia na hora. Foi logo depois que você me contou sobre o aniversário de trinta anos dela, lembra?

– Lembro – disse Evie baixinho. Ela olhou para o vestido de novo, tentou engolir o aperto na garganta.

– Então... você não está com raiva?

Ela franziu a testa de leve pelo fato de ele precisar verificar. Ela achava que, depois de ter passado anos tentando *não* ficar com raiva, ela tinha sido agressiva com ele algumas vezes depois de conhecê-lo.

– Eu não estou com raiva – disse ela com firmeza. Ela ergueu o rosto e o encarou. – Obrigada.

Scarlett ia se mudar daqui. Ela ia me abandonar. O pensamento surgiu na mente dela por conta própria. Mas ela decidiu não contar isso a ele. Porque o que a mãe de Nate tinha dito no churrasco estava certo: ela não podia mudar o que tinha acontecido. Ela não sabia o que Scarlett estava pensando, nem por que ela estava planejando fazer aquela escolha, mas, independentemente disso, ela não queria deixar que esse fato afetasse o que Scarlett significava para ela. Não mudava o quanto ela a amava, não significava que a amizade delas não tinha sido maravilhosa e essencial.

Ela também não queria comentar sobre o que Scarlett estava fazendo em Borough Market naquele dia. De alguma forma, Evie sentia que aquele presente era para ela *e* para Scarlett – como se Nate soubesse que Scarlett teria amado o fato de que o desenho dela pôde viver depois de sua morte. De que a tinha imortalizado de alguma forma. Então, não era que Scarlett estivesse sendo ignorada naquele momento, longe disso, mas falar do que ela estava fazendo naquele dia só os levaria de volta àquele momento. O momento em que ela desceu da calçada para ajudá-lo. E isso inevitavelmente ergueria um muro entre eles, mesmo que fosse de vidro. E Evie tinha que decidir se o perdoava, se aquilo tinha sido realmente um acidente, ou não.

Então ela não falou nada e, segurando o vestido com todo o cuidado que pôde, saiu da cozinha e o colocou no sofá. Em seguida, se virou para Nate, foi na sua direção e segurou o rosto dele com as mãos.

– Obrigada – disse ela de novo e encostou os lábios nos dele de leve.

Nate segurou uma das mãos de Evie quando ela recuou, e a pele dela vibrou com aquele toque.

– Eu não fiz isso pra ficar bem aos seus olhos.

– Eu sei.

A outra mão dele subiu até o ombro dela, percorrendo seu braço daquele jeito próprio dele. Ela moveu a mão para o cabelo dele, mas a mão tremeu e acabou com a firmeza que ela sentia. Ela fez uma cara feia, sacudiu a mão, e ele a pegou de novo.

– Não – murmurou ele. Ele ergueu a mão dela e a beijou. Ela sentiu que prendeu o ar quando ele a olhou. – Não importa – ele colocou o cabelo dela atrás da orelha e sorriu, mudando o tom. – Posso fingir que sou eu que provoco isso em você. Vai ser uma maravilha para o meu ego.

Ela riu, meio sem fôlego.

– É um pouco isso mesmo, tenho certeza.

– Só um pouco?

Ela deu um soco de leve no braço dele, de provocação.

– Metido, você, né?

– Sempre. É meu jeito.

Eles estavam sorrindo um para o outro, mas ele continuou segurando sua mão, a outra agora apoiada de leve no ombro dela. E ela estava ciente de como os corpos deles estavam próximos, de como seria fácil chegar mais perto ainda, passar os braços em volta dele. O coração dela disparou, mais vivo, como há muito tempo ela não o sentia, e percebeu o humor dele mudar na mesma hora que o seu.

Ele se inclinou na direção dela, mas parou e franziu a testa. Uma pergunta. Ela reduziu a distância e o beijou, sentiu os braços dele a envolverem, a erguerem até as pontas dos pés. Ela passou os braços pelo pescoço dele e o puxou para mais perto, o corpo todo vibrando com o toque dele.

Mas aí, ele se afastou.

– Espere, espere – disse ele, sem fôlego –, a gente não precisa... quer dizer, não foi por isso que eu vim aqui.

Evie fez que sim, tentando controlar a própria respiração.

– Eu sei disso.

– Eu só... queria passar um tempo com você, e não trouxe o vestido pra...

Ela o beijou uma vez, com firmeza.

– Nate, eu sei disso – e foi a vez dela de hesitar. – Você não quer?

– Essa é uma pergunta capciosa?

Ela sentiu que corou e afastou o olhar para o chão.

– Bem, eu não sei, você pode se sentir meio... estranho de estar com alguém que tem...

– Evie – ele apertou os braços dela para enfatizar o que estava dizendo, e ela olhou para ele. – Você está sendo ridícula.

– Que jeito estranho de me seduzir – murmurou ela, e ele riu.

– Você está sendo ridícula – repetiu ele.

Ele levou as mãos para a cintura dela e deu um beijo em cada canto da boca, depois outro de leve no pescoço. Ela sentiu o corpo se contrair, não com a contração de sempre, mas de expectativa. Esperando.

– Eu sei que não entendo como sua vida mudou – murmurou Nate. – Mas quando passo um tempo com você, não vejo uma pessoa doente. Eu vejo uma pessoa gentil, e inteligente, e mais vibrante do que você acredita ser – ele encostou a testa na dela, e a respiração dos dois desacelerou para o mesmo ritmo. – E eu nunca quis mais nada nesta vida.

O estômago dela se contraiu.

– Tudo bem, então. Eu só achei que era bom verificar.

Ele finalmente a beijou direito, puxando-a para perto, passando as mãos pelas costas dela, enfiando-as por debaixo da blusa, para que ela sentisse as mãos dele diretamente na pele. E, dessa vez, quando ela tremeu, foi *só* por causa dele.

Capítulo vinte e nove

Evie se encolheu no sofá da sala e bateu com os dedos na caneca de chá, tentando não ficar olhando de forma obsessiva para o quarto. Tinha colocado a primeira roupa que encontrou, uma camiseta velha e o short de um pijama, porque ela não queria acordar Nate.

Nate. Dormindo. No quarto dela. Nu.

Mas ela não conseguia relaxar, só pensando em como agiria quando ele acordasse. E estava se arrependendo da troca rápida de roupa, porque ela não estava nada sexy, estava? E quem podia dizer que ele ia *querer* encontrá-la ali, esperando ele acordar? Bem, obviamente ela estaria ali, o apartamento era dela, mas eles não chegaram a discutir abertamente a permanência dele. Isso simplesmente aconteceu.

Ela sentiu uma saudade de Scarlett, que provavelmente adoraria aquilo, o fato de haver um cara na cama de Evie. Ela conseguia imaginar o sorriso malicioso da amiga quando entrasse na cozinha de manhã, o jeito como ela provocaria Evie e piscaria com inocência para Nate. Mas o estômago de Evie estava embrulhado porque era *Nate*, não um cara qualquer que Scarlett estaria provocando – e ela só tinha conhecido Nate porque Scarlett morrera. A culpa dava uma sensação de peso no estômago, e ela girou a caneca nas mãos. O que Scarlett estaria pensando se estivesse vendo aquilo? Odiaria Evie? Ela se sentiria culpada por aquilo?

– Oi – Evie deu um pulo e viu Nate indo na direção dela, a voz rouca do sono.

– Oi – disse Evie. Não, agudo demais. *Meu Deus, mulher, controle a sua voz.*

– Acordou há muito tempo?

– Não, não muito.

Ele estava estranho? Parecia estranho. Será que *ele* estava se sentindo estranho? Será que estava arrependido? *Ela* estava arrependida?

Não, concluiu ela com firmeza. Não estava. As coisas seriam diferentes se Scarlett estivesse viva, mas ela não estava, e Evie tinha que lidar com isso. E Nate… Bem, era meio difícil se arrepender de uma coisa que tinha feito todos os outros orgasmos da vida dela, que não eram *tantos* assim, parecerem…

Nate se sentou na beira do sofá, e Evie tentou ignorar a vontade de puxar a camiseta para baixo.

– Você botou música – declarou ele.

Evie sentiu um calor na altura do pescoço.

– Você disse que não conseguia dormir sem – disse ela. – E pegou no sono antes de mim.

Ele tinha adormecido com os braços em volta dela, com o corpo encostado no dela, as pernas emaranhadas. Foi por isso que ela tinha acordado tão cedo, o calor dele gerando um leve espasmo, porque o calor sempre deixava alguns sintomas piores.

Mas tinha valido a pena. Naquele momento, ela se sentiu segura, feliz e desejada.

– Eu não queria que você acordasse sem – acrescentou ela. Não depois do que ele tinha contado.

Ela não acrescentou que fazia muito tempo que ela não botava música alta naquele apartamento, só a escutava nos fones de ouvido. Que fazia muito tempo que ela não permitia que alguém compartilhasse aquilo com ela.

– Obrigado – ele se inclinou na direção dela e a beijou na testa. Sorriu para ela ao recuar, mudando o tom de um jeito tão imediato, que pareceu natural para ele. Era uma fachada frágil, ela estava começando a pensar. Não completamente, ele era relativamente despreocupado, brincalhão, impulsivo. Mas também havia algo de mais profundo lá, que surgia em vislumbres. – Mas acho que tive outro motivo pra dormir bem na noite passada.

Um calor cresceu dentro dela, pelo jeito como ele a olhava.

– Ah, quer alguma coisa? – ele deu um sorrisinho malicioso, e ela soltou uma risada. – Tipo café? Chá?

– Café seria ótimo, obrigado – ela se levantou, contornou o sofá até a cozinha por achar mais seguro não passar na frente dele, e ele foi junto e se apoiou na bancada quando ela colocou a chaleira para esquentar.

– Eu estava pensando que a gente podia sair hoje – disse ele. – Se você quiser. Eu conheço uma pessoa que...

– Na verdade – disse ela, interrompendo-o –, eu tenho um lugar aonde quero levar você. – A ideia estava pulando o tempo todo na mente dela ao longo da manhã, apesar de só ter decidido que ia convidá-lo agora. – Você sempre me leva a lugares. Me deixe retribuir o favor.

Ele se aproximou, passou as mãos pelos braços dela.

– Misteriosa. Gostei.

– Você me conhece – disse Evie com ironia. – A rainha do mistério.

Ele levou a mão até o pescoço dela e fez círculos com o polegar na pele, gerando um arrepio de prazer pela coluna.

– Talvez você seja mais misteriosa do que imagina.

Ela tentou manter o tom leve.

– Em comparação a você? Assim não é difícil.

Ele sorriu quando inclinou a cabeça na direção dela e a beijou. Tinha algo *duro* encostado nela. Evie sentiu uma pulsação em resposta. Ele estava com gosto de menta, e o fato de ter escovado os dentes, o fato de ter planejado se aproximar dela, tornou tudo mais sexy.

Ela tinha suposto que a esclerose múltipla significaria o fim do sexo, o fim do sexo que ela realmente *queria*. Era o que tinha acontecido com Will e talvez ainda fosse acontecer a longo prazo. Talvez fosse só porque era novo e excitante e… Ela ficou ofegante quando Nate beijou seu pescoço e passou as mãos pelo quadril e a cintura.

– Pare de pensar demais – sussurrou ele nos lábios dela.

E, quando ele a ergueu, quando ela passou as pernas em volta dele, se firmando, ela parou de pensar. Parou de pensar e se permitiu só sentir.

Evie respirou fundo o ar da floresta enquanto andava. A luz do sol passava pelas folhas acima, criando bolsões de luz onde a poeira cintilava. Estava quente, as árvores forneciam uma sombra muito necessária e, embora ela raramente fizesse aquilo agora, raramente andasse pelo simples prazer de caminhar, porque inevitavelmente ficava difícil e cansativo, ela sentiu não o corpo, mas uma parte mais profunda dela relaxando no ritmo da atividade.

Eles tinham levado mais de uma hora para chegar lá de trem, depois que saíram de Paddington. Uma hora que passaram sentados um na frente do outro, conversando sobre trivialidades ou olhando pela janela, vendo Londres virar campo. Uma hora em que seu joelho ficou apoiado no de Nate embaixo do tecido da saia comprida e do jeans dele, e ela tinha tentado não pensar no jeito como aquele toque casual fazia o seu corpo se acender.

Ele não tinha perguntado aonde eles estavam indo, mas isso não a surpreendeu. Era um padrão que eles tinham assumido ao longo da relação, o de confiar um no outro o suficiente para ir em frente com alguma coisa sem informações prévias. E agora, estavam andando pela floresta, o vento soprando, a lama ainda mole nos lugares em que o sol não alcançava, o som de um riacho correndo ao fundo.

– Eu encontrei este lugar sem querer – disse Evie. – Mas é incrível porque parece tão musical, você não acha? – ela parou por um momento, para que os dois pudessem ouvir o jeito como as árvores estalavam, como *cantavam*, a brisa acrescentando um ruído de fundo. – É uma coisa real – continuou ela quando voltaram a andar. – Scar e eu pesquisamos: tem a ver com a combinação das árvores aqui, os tipos de madeira, sei lá, e fica parecendo que elas estão cantando umas para as outras. Como se estivessem se comunicando.

– Talvez estejam – disse Nate. – Elas têm redes, as árvores. Podem enviar nutrientes umas para as outras, podem ouvir pedidos de socorro umas das outras, se uma é cortada.

– É mesmo?

– É o que parece. Não que eu seja um especialista.

Ela ficou em silêncio. Pareceu meio triste, as árvores se comunicando da única forma que podiam, lenta e silenciosamente. Ela esticou a mão, passou-a pelo tronco da árvore mais próxima. Elas viviam por tanto tempo. Mas também eram frágeis, como tudo.

Vocês ficam entediadas aqui?, perguntou ela silenciosamente. *Desejam algo diferente? Sentem, quando uma doença se estabelece? Sabem que vai ser o fim?*

– Só que essa não é a única coisa especial neste lugar – disse ela. – Tem gente que vem aqui tocar música também. Por isso, floresta musical.

– Você já veio? Já veio aqui pra tocar?

Ela fez uma pausa e balançou a cabeça. Já tinha desejado, mas também tinha desistido da ideia. Devia levar Astrid lá, pensou ela de repente. A menina adoraria, tocar na natureza, como se ninguém estivesse ouvindo, ao mesmo tempo sabendo que *poderia* haver alguém ouvindo. Pensou de novo nas árvores. Talvez as deixasse menos solitárias ouvir as pessoas que iam lá para tocar. Talvez fosse *isso*, e não o motivo científico de tipos diferentes de árvores no vento ou qualquer outra coisa, que fizesse a floresta cantar.

Nate segurou a mão dela e entrelaçou os dedos dos dois, e a sensação foi tão simples, tão natural. Nessa hora, eles ouviram: uma flauta em algum lugar da floresta. Os olhos de Nate brilharam, felizes da vida.

Evie sorriu.

– Não falei?

Ela e Scarlett estavam de carro num dia e tinham parado lá, porque Scarlett estava desesperada para fazer xixi. Elas foram caminhar e descobriram a floresta secreta.

– Eu devia escrever um artigo sobre este lugar – refletiu Nate. Evie mordeu o lábio e olhou para ele. – Desculpe – ele apertou a mão dela. – Eu não vou fazer isso.

Ela fez que sim, agradecida pela compreensão imediata. Porque, se muita gente fosse lá, se aquele lugar acabasse se tornando uma atração turística, tudo seria arruinado.

– Nick teria adorado este lugar – disse Nate, e Evie registrou que era a primeira vez que ele tocava no nome do irmão desde que tinham discutido. Ela não disse nada e permitiu que ele falasse. – Ele sempre era o primeiro a se oferecer para passear com o cachorro. Ele amava o nosso cachorro mais do que tudo, mas acho que também gostava da desculpa para ter um tempo sozinho, ao ar livre. Acho... Não estou dizendo que era o único motivo, eu sei que a depressão é mais complicada do que isso. Mas acho que ficar trancado, mesmo que por pouco tempo, sem poder ficar sozinho ao ar livre, meio que... quebrou alguma coisa dentro dele.

Evie colocou a mão sobre as dele, consolando-o.

– Onde quer que ele esteja, que esteja ao ar livre. A nossa energia não pode simplesmente desaparecer, né? Talvez ele esteja num lugar que ama, aqui, por exemplo, fazendo parte das árvores.

Era o tipo de coisa que às vezes parecia idiota ao ser dita em voz alta, mas Nate fez que sim, e ela sentiu que tinha sido bom falar.

Eles pararam junto a um riacho. Nate, parecendo sentir que Evie precisava descansar, se sentou na margem rochosa, sem perguntar para ela, tirou os sapatos e botou os pés na água.

Evie apoiou a cabeça no ombro dele e sentiu seu braço em volta do corpo. E, naquele momento, ela sentiu que a vida estava lhe oferecendo um pedacinho de contentamento, apesar de tudo.

Ela pensou naquela palavra: *quebrar*. *Meio que quebrou alguma coisa dentro dele.* E ela admitiu para si mesma que era assim que vinha pensando de si mesma. Estava se convencendo de que algo estava quebrado dentro dela. Mas talvez não estivesse tão quebrado quanto achava que estava. E, mesmo que estivesse, bem, coisas quebradas nem sempre permaneciam quebradas, não é?

Capítulo trinta

Sou puxada para Evie no meio da noite. Não sei quando exatamente, mas tem uma indefinição nas bordas pretas que parece vir antes do nascer do sol no verão.

Evie está dormindo nos braços de Nate, o cabelo escuro espalhado nos ombros, de pijama de verão. Ele ainda está de calça jeans, e eles estão em cima do edredom, como se tivessem adormecido sem querer, como se tivessem tido uma daquelas noites que se passa acordado conversando.

Estou lá um segundo antes de Nate acordar num pulo, subitamente, como se arrancado de um pesadelo. Ele pisca, olha em volta. Primeiro para Evie, depois para o quarto. Depois, para Evie de novo. Ele franze a testa, como se estivesse confuso sobre onde está ou sobre o que o acordou. Não tem música nenhuma, percebo. Ele é mesmo tão dependente disso?

Ele puxa o braço devagar, tentando não acordar Evie, e tira o celular do bolso da calça jeans. A bateria está baixa, a barrinha no vermelho, mas ainda tem o suficiente para Nate verificar as mensagens. Uma do irmão. **Tudo bem com Evie, imagino??**

E uma da mãe dele. **Noah disse que você não está em casa, e não consigo falar com você. Está tudo bem?**

Ele responde à mãe, mas não a Noah. Afinal, ela ficaria preocupada, percebo com um sobressalto. Um dos filhos dela tirou a própria vida.

Nate se levanta, procura alguma coisa em volta, supostamente a camisa, e Evie se mexe. Ele fica paralisado e olha para ela, enquanto ela esfrega o rosto e meio que se senta.

– Que horas são? – murmura ela, a voz cheia de sono.

– Cinco e meia – responde Nate.

Evie franze a testa.

– Cinco e meia? Você… – ela balança a cabeça e se apoia nos cotovelos. – Por que você acordou às cinco e meia?

Ele encolhe os ombros culpado.

– Eu tenho que… Meu irmão está preocupado comigo.

Mas não. Não é o irmão dele, mas a mãe que está preocupada. Uma meia verdade. Qual é a verdadeira verdade, Nate? O que você está pensando neste momento? Tento jogar minha energia nele, entrar na mente dele, mas é como tentar botar fogo no apartamento, não adianta de nada.

– Ah – diz Evie. – Tudo bem – ela coloca os braços em volta do próprio corpo, e Nate para na porta. Sinto uma fagulha de esperança. Acho que ele *quer* que Evie peça para ele ficar. *Fale, Evie. Lute por ele.*

– Eu tenho que ir – diz Nate de novo. Mas ainda sem se mexer.

– Tudo bem – repete Evie, com aquele mesmo tom controlado demais. Controlado demais por causa de toda a prática que ela teve, de sufocar os sentimentos. Nenhum dos dois diz nada por um momento, mas um olha para o outro na semiescuridão. – O que você vai fazer mais tarde? – ela fala subitamente, como se estivesse reunindo coragem para perguntar.

Nate hesita.

– Hã... ainda não sei.

– Tudo bem, é que eu tenho um compromisso. Uma consulta médica – acrescenta ela, e, embora esteja escuro demais para ter certeza, ouço o rubor na voz dela. Ela não vai gostar, eu sei, de demonstrar essa vulnerabilidade, de chamar atenção para a esclerose múltipla. Mas também vejo o que é aquilo: um teste.

A pausa de Nate é um pouco longa demais e, nessa pausa, eu sei: ele vai estragar tudo.

– Ah – diz ele depois de um tempo e limpa a garganta. – Entendi.

Ele passa a mão pela nuca. Sério, o que ele está pensando? Obviamente, ele está surtando por causa de alguma coisa. Os sentimentos dele por Evie? Ele tem algum? Tenho certeza de que tem, mas talvez ele não queira ser mais arrastado, não queira ser a pessoa de quem ela depende. As coisas mudaram, não mudaram? Não é mais ele ajudando uma pessoa numa dificuldade, não é mais ele tentando *compensar* pelo papel que teve na minha morte, é algo a mais agora. E isso estragaria o estilo de vida dele, não é mesmo? Todas as viagens, o comportamento despreocupado e feliz com o acaso. Não dá para fazer isso facilmente com uma pessoa prendendo você, principalmente alguém que precisa de segurança. Babaca!

Mas a questão é que, por mais que eu queira odiá-lo fortemente por isso, só consigo uns oitenta por cento. Por causa do maldito vestido. O fato de ele ter pensado naquilo, o fato de ele ter feito aquilo por Evie e talvez um pouco por mim também. E porque uma parte de mim acha que, apesar do que está demonstrando agora, ele quer estar presente. Mas talvez não saiba como – ainda.

Evie é quem encerra o assunto. Ela não insiste, não *pede* para Nate ir com ela. Sei por que: seria muito colocar o coração dela em jogo ali, e quer saber? Eu entendo. Depois de Jason, eu entendo.

– Bem, a gente se vê depois então – diz ela, e se mexe para se deitar de lado, de costas para ele.

Não. Eu odeio isso. Não quero vê-la encerrar o assunto assim. *Fique, Nate!* Mas ele não me escuta. Ele se vira e sai do quarto. Evie não se vira para olhar. Não vê como ele espera, como os olhos dele permanecem nela por mais um instante, antes de ele ir embora de vez.

E agora, sou eu deitada na cama, no apartamento do Jason no Soho, um lençol puxado até a cintura, os seios à mostra. Já passei do estágio da vergonha com Jason, e é difícil ter vergonha considerando o jeito como ele me olha. Ali é nosso lugar habitual – nosso relacionamento todo se desenrolou entre aquelas quatro paredes. Ele não voltou ao meu apartamento, no começo porque eu não queria levá-lo para lá, por estar constrangida de mostrar onde eu morava em comparação à casa dele; e depois porque ele sempre alegava que o Soho era mais fácil, o que era mesmo, mas ainda assim. Ele não conheceu Evie e nenhum dos meus amigos. E, obviamente, não conheceu meus pais. Eles nem sabem que Jason existe. Foi empolgante, foi como tê-lo só para mim. Mas, pensando melhor agora, talvez tenha nos feito ficar isolados. Ele não fez isso deliberadamente para me separar das pessoas, ele tinha os motivos dele, mas o efeito foi esse, quer eu tenha percebido ou não na ocasião.

Jason está se arrumando, andando pelo quarto parcialmente vestido.

– Por que você precisa sair tão cedo?

Sou mestre em fazer beicinho e uso esse artifício agora, sem vergonha nenhuma.

– Eu falei, tenho uma sessão de fotos. E a festa depois – ele veste uma camisa, começa a abotoá-la e cobre todos aqueles músculos.

– Bem, e se eu for à festa com você?

Estou me sentindo ousada depois das noites que passamos juntos, principalmente a anterior. Sinto-me toda solta e fluida, e juro que ainda consigo sentir isso até nos dedos dos meus pés.

– Não dá, você sabe.

Uma pausa e:

– Helen vai estar lá?

Helen. A esposa dele. Um nome no qual não toco com frequência. Não sei se já o tinha dito em voz alta antes. Como se dizê-lo fosse fazer com que ela se materializasse.

Ele se enrola com um dos botões da camisa.

– Não, não vai.

Algo paira entre nós. É uma festa em que vai haver imprensa, e as pessoas podem tirar fotos e as compartilhar nas redes sociais, ao menos. As pessoas vão fofocar, com certeza. E agora deixei isso bem claro. Tem quatro meses que começamos a dormir juntos, e eu deixei isso bem claro.

Eu sei. Ele sabe que eu sei. Não adianta esconder, apesar de meu estômago ficar embrulhado e eu ficar enjoada com a confirmação no rosto dele. Eu retiraria o que disse? Eu era mais feliz quando podia fingir. Mas essa é a questão: ele estava fingindo, não estava? Sempre esteve fingindo.

Capítulo trinta 275

Jason desiste dos botões e atravessa o quarto até mim.

– Eu vou deixá-la, Scarlett – ele se senta na beira da cama e pega minha mão. Eu permito sem questionar. – Quando começamos, eu... eu não estava pensando nisso. Você só estava *lá*, vibrante, e não pensei direito.

Meu estômago fica embrulhado de novo, com a confirmação de que ele não me levou a sério, de que estava mentindo para mim, porque achou que eu seria só outro rolo, outro caso, com quem nem valia a pena ter uma conversa.

– Mas eu amo você – diz Jason, quase um grunhido. As palavras ondulam por mim quando ele me puxa para perto. O lençol desce mais, mas os olhos dele ficam no meu rosto. – Eu amo você – repete ele com firmeza.

Foi a primeira vez que ele disse isso, antes *eu* dissera isso. Ele disse isso deliberadamente agora? Acho que não. Não completamente, pelo menos, porque, apesar de tudo, por mais imprudente que eu fosse, acredito que ele me amava.

– Eu quero ficar com você – continua ele, e leva a mão ao meu rosto, passa o polegar suavemente pelo meu rosto. – Mas é complicado. Preciso encontrar o momento certo, e a minha esposa está estressada no momento. Ela tem uma agência de viagens que está falindo, não é a hora certa.

Cubro a mão dele no meu rosto com a minha. É tão quente, tão forte.

– Olhe – digo, e minha voz sai firme –, talvez a gente não devesse se ver mais. Até ser a hora certa – porque agora que ele disse aquilo, agora que não consigo fingir, tenho que ter essa conversa.

Ele afasta a mão do meu rosto.

– Eu não quero perder você.

– Então me escolha – digo com intensidade. Determinada o bastante (e *segura* o bastante) para estar disposta a colocar meu coração em risco, como Evie não consegue. Passo os braços pelo pescoço dele, e Jason coloca as mãos na minha cintura, quase como se não conseguisse controlar. Ele encosta a testa na minha, fecha os olhos. Eu também fecho os olhos. – Me escolha – sussurro de novo.

E, naquele momento, tive certeza de que ele *me* escolheria. De que não podia me olhar como estava me olhando, não podia dizer que me amava com tanta convicção, se não estivesse disposto a deixá-la para ficar comigo.

É patético, não é, que eu ainda queira saber? Eu quero saber se era isso que ele ia me dizer no dia que eu morri. Se ele teria me escolhido, no fim das contas.

Capítulo trinta e um

Evie estava num dos cantos do café, olhando a hora no celular pela terceira vez. Sua mãe estava quinze minutos atrasada agora. O que não seria um problema (falta de consideração, talvez, mas não um problema), se aquele encontro não fosse em seu horário de almoço. Ela tinha que voltar para o escritório em meia hora, e Henry era mestre em regular os horários. Ela teria que começar a trabalhar de casa de novo em breve. Não era só o cansaço que vinha no fim do dia, mas a pura *chatice* de tudo. Por que ela nunca tinha percebido como seu emprego era chato? Por outro lado, a ideia de trabalhar de casa também não a enchia de muita alegria: dias infinitos sozinha. Onde exatamente seria sua "casa", ela não sabia ainda. Tinha entregado o aviso do fim de contrato para o senhorio e tinha duas visitas à noite, onde ela moraria com outras três pessoas – se gostassem dela o bastante para deixar que ela fosse para lá. Um lugar novo, gente nova. O mesmo emprego. A mesma cidade. A mesma doença.

Ela franziu a testa para si mesma. *Isso não está ajudando, né, Evie?* Pelo menos ela adotara atitudes positivas. Isso aconteceu por Nate ter ido embora naquele dia. Não exatamente na manhã seguinte, mas... na manhã seguinte da manhã seguinte? O jeito como ela tinha pedido a ele para ir ao médico com ela, algo que Scarlett fazia, e ele tinha deixado passar. E ele não tinha mais feito contato. Nenhuma ligação, nem mensagem de texto. E ela que não ligaria, não suplicaria para ele ir vê-la. Obviamente, ele não queria que ela o puxasse para baixo; queria seguir em frente, viver a vida. E tudo bem. Talvez ela também devesse estar fazendo isso.

Seu celular tocou na mesa. Devia ser sua mãe cancelando, porque alguma doença tinha surgido no trajeto do metrô ou algo desse tipo. Ou talvez, mesmo depois de ela ter dado um sermão em si mesma sobre exatamente aquele assunto, fosse Nate. Mandando mensagem para pedir desculpas, talvez. Ela odiou sentir uma mistura de esperança e tensão embrulhar seu estômago quando pegou o telefone e deslizou a tela para desbloqueá-la.

Odiou ainda mais a sensação quando viu que não tinha sido sua mãe nem Nate quem tinha enviado a mensagem. Foi Will. *Will.* Deus do céu, tinha se esquecido dele. O que já significava algo, ela achava. **Oi, Evie. Como você está? Vamos nos encontrar pra beber alguma coisa?**

Ela ficou olhando para a mensagem e sentiu... nada. Quase abriu o Instagram para ver se ele ainda estava com a namorada perfeita. Mas concluiu que não *ligava.* E não queria vê-lo, isso era certo. Ela deveria ligar para ele, talvez, gritar com ele, como deveria ter feito quando ele a traiu pela primeira vez. Deveria *surtar* com ele por fazê-la pensar que era culpa *dela*, que havia algo de errado com ela. Mas isso não a faria se sentir melhor, nem mudaria o que ele fez. Então colocou o telefone na mesa, com a tela virada para baixo.

Evie não devia ter deixado Will afetá-la. Ele só tinha captado uma coisa que Evie já achava sobre si mesma e usado contra ela. E então, bem... que se dane! *Sim, isso mesmo, Scar!* E ela imaginou a risada de Scarlett, aquele som incrível. E ouviu a voz dela também. *Danem-se todos!*

A porta do café se abriu, e Evie viu sua mãe entrar. Elas não eram nada parecidas na sua opinião, embora Scarlett tivesse alegado que elas tinham o mesmo formato dos olhos (*formato* dos olhos, Scar? Os olhos de todo mundo não têm o mesmo formato, um... formato de olho?) e potencialmente sobrancelhas parecidas. Mas Ruth era baixa e magra, quase sempre um pouco magra *demais*, com uma pele mais morena que a de Evie. O cabelo dela estava ficando grisalho, apesar de ela estar tentando disfarçar com uma tinta escura, e o rosto era mais suave do que o de Evie. Evie e Scarlett costumavam especular sobre a aparência do pai de Evie, porque ela só podia se parecer mais com ele, mas Ruth tinha se livrado das fotos, se é que já tivera alguma. Scarlett tinha sugerido uma vez fazer uma busca nas redes sociais, mas Evie tinha tirado essa ideia da cabeça. Porque o que tinha dito para Nate ao escalar aquele penhasco idiota era verdade: ela nunca tivera desejo algum de conhecer o pai. Não havia sentido em querer conhecer uma pessoa que não queria você, não é? Algo apertou sua garganta quando o rosto de Nate surgiu na sua mente, antes de conseguir fazê-lo sumir.

– Oi, Evelyn! – sua mãe se aproximou, deu um tapinha no braço dela (a versão dela de um abraço) e se sentou na cadeira em frente. – Você está com uma cara boa.

Evie tentou não ranger os dentes ao ouvir isso. Ela sabia que a mãe não pretendia, mas foi tão parecido com o que ela tinha dito quando Evie foi diagnosticada com esclerose múltipla. *Mas você não pode estar doente, você está com uma cara ótima! Acredite, eu entendo de ficar doente. Teve uma vez...*

Ruth olhou ao redor.

– Aqui atendem na mesa?

– Não, você tem que pedir no balcão.

– Ah – ela fez uma careta. – Eve, meu bem, você pode ir até lá pra mim? Eu fiz uma viagem péssima lá de Cambridge e meus pés estão muito cansados.

– Claro, tudo bem – ela se levantou e sentiu os músculos rangerem.

– Que bom – sua mãe abriu um sorriso para ela. – Quero um *latte* com leite de aveia. Deve ter leite de aveia aqui, não deve? Eu não estou ingerindo leite nem derivados. Acho que a lactose está provocando uma alergia de pele recorrente.

Evie comprou o café, voltou e o colocou na frente da mãe.

– Ah, obrigada. Mas como você já está de pé, será que pode pegar um sanduíche pra mim? Alguma coisa saudável? Tipo... homus, sei lá?

Evie a encarou por um momento.

– Mãe.

– Hã?

– *Você* pode pegar seu sanduíche, sabe?

– Ah, sim, mas você já está de pé e, como eu falei, estou muito cansada. Acho que é a menopausa e...

– Cansada? – Evie sentiu sua voz ficar mais alta e soube, em algum nível, que devia estar sendo irracional ali, mas não conseguia parar. – Cansada? Mãe, eu estou *sempre* cansada. Você entende isso?

As pessoas estavam olhando para ela agora, mas não se importava. *Que se danem!*

– Eu tenho uma *doença*, mãe. Sou *eu* que tenho uma doença, não você.

– Mas eu…

– Meu sistema imunológico está literalmente atacando meu próprio corpo, e eu não posso fazer nada a respeito. Estou tomando remédios que provavelmente vou ter que usar pelo resto da vida, e nem isso vai impedir que a doença progrida, apesar de ninguém saber me dizer *como* exatamente ela vai progredir, porque eu não descobri antes – inspirou e fechou os olhos. – Eu não descobri antes, porque me recusei a ir ao médico quando reparei nos sintomas. Porque eu estava determinada a não reagir a qualquer coisinha que aparecesse de errado comigo – ela abriu os olhos, viu Ruth a olhando com cautela, desacostumada, talvez, a esse tipo de explosão. – Como você faz, mãe.

Ela contornou a mesa e se sentou na cadeira, a mãe acompanhando seus movimentos. Ruth pigarreou.

– Bem.

Evie suspirou.

– Bem.

– Eu sei que você tem esclerose múltipla, Evelyn – ela toma um gole do café e faz uma careta. – Meio quente, né? Enfim – continuou ela, antes que Evie pudesse dizer qualquer coisa –, sei que você tem uma doença – repetiu ela –, mas primeiro, eu não sabia que você *me* culpava…

– Eu não falei…

– Falou, sim – disse sua mãe num tom firme. E Evie meio que tinha dito mesmo, não tinha? Porque talvez ela *culpasse* mesmo a mãe. Não pelo fato de ter a doença, porque a esclerose múltipla não era genética até onde sabia (ou, pelo menos, não completamente), mas pelo fato de que ela não tinha descoberto cedo o suficiente para que as drogas modificadoras da doença, o tratamento que ela teria que seguir indefinidamente agora, tivessem o sucesso que podiam ter. Mas não era culpa da sua mãe, era? Evie podia ter confiado mais em si sobre o que estava sentindo. Podia ter sido menos teimosa quando Scarlett sugeriu que era bom *perguntar* a um médico. E a verdade era que, mesmo se ela tivesse ido a um médico de família antes, não havia garantia de que teriam descoberto logo. A esclerose múltipla era uma das coisas mais difíceis de diagnosticar, tinham lhe dito várias vezes.

— E peço desculpas se eu ficar doente com frequência quando você era criança fez você sentir, por algum motivo bizarro, que não podia ir ao médico, mas…

— Mas você *não* está doente, mãe! – disse Evie, erguendo as mãos em exasperação. – Você *acha* que está, mas não tem nada de errado com você!

— Como você sabe? – perguntou sua mãe, cruzando as mãos com certa afetação. – Você é médica?

Evie franziu a testa, mas não disse nada. Porque, apesar de acreditar de verdade que as doenças da mãe eram fruto da imaginação – algo que parecia ser corroborado pelos múltiplos médicos ao longo dos anos –, ela já não tinha tido conversas similares ao longo dos anos anteriores? Não tinha tentado explicar a Henry, por exemplo, o que sentia, apesar de ele não conseguir *ver* nada de errado com ela? Talvez não importasse se era coisa da cabeça da sua mãe. Porque era real para ela, não era?

— Segundo – continuou sua mãe –, eu sei que você tem esclerose múltipla, mas você nunca me explicou de verdade o que isso significa.

Capítulo trinta e um 283

Evie franziu mais a testa. Tinha certeza de que tinha feito isso. Certeza de que tinha contado para a mãe que não podia fazer certas coisas porque... Mas tinha mesmo? Ela tinha ido mais longe do que isso? Ou só tinha tido a expectativa de que ela soubesse?

– Eu...

– Tem muita informação por aí – sua mãe pegou o café de novo. – Eu deveria saber: eu verifico tudo no Google. Mas não tem nenhuma resposta direta sobre o que é a esclerose múltipla, nem como ela afeta as pessoas. Então, até onde eu sei, você está mesmo se sentindo bem na maior parte do tempo. E não quero tratar você como doente nesse caso, né?

Evie olhou para a mãe, perplexa. Era um nível de percepção que ela não tinha esperado.

– Bem, eu... Tem algumas coisas.

– E você vai me contar sobre elas. Mas, agora, que horas você precisa voltar para o trabalho? Nós temos tempo para aquele sanduíche?

Evie olhou para a mãe, para aquele rosto que era ao mesmo tempo tão familiar e estranhamente nem um pouco, e se levantou.

– Nós temos tempo. Vou comprar um pra gente.

– Ah, obrigada, meu amor. Homus, tá? Se não tiver, alguma coisa com grãos. Dizem que é saudável, né? Talvez você devesse tentar comer mais grãos.

Capítulo trinta e dois

— Evie — diz minha mãe, envolvendo-a num abraço assim que ela abre a porta. — Estamos tão felizes de você ter vindo. Entre, entre.

Evie passa pela porta e entra na casa da minha infância, e vejo como ela se prepara para a avalanche de lembranças. Mas talvez algumas das lembranças a façam sorrir. Talvez não a façam sentir se afogando em dor. Porque a maioria das minhas lembranças daquela casa *é* feliz, com e sem Evie. Lembro-me de cair na escada e chorar, da minha mãe sentada comigo, falando umas besteiras enquanto inspecionava meu cotovelo, minha cabeça, até eu não estar chorando e, sim, rindo. Lembro-me do meu pai botando música tão alto uma vez, quando eu era adolescente e estava emburrada no quarto, que saí para gritar com ele e diminuir o volume porque eu estava fazendo o *dever de casa*, o que era mentira, e meu pai aumentou mais ainda, até que nós três, eu, ele e minha mãe, começamos a dançar na sala.

Lembro-me de natais, de entrar no quarto dos meus pais para ver o que tinha dentro das meias. Teve um ano em que Evie

Capítulo trinta e dois   285

também estava lá. Por quê? Não consigo lembrar. Acho que talvez a mãe dela tenha trabalhado no Natal e meus pais se ofereceram para ficar com ela, fizeram uma meia para ela e tudo.

Ela vai ver sua mãe depois disso, a Evie. Eu a vi mandando uma mensagem para Ruth no caminho. Tem um relacionamento ali que talvez possa cicatrizar de alguma forma. Porque a mãe dela, apesar de tudo, sabia o que eu e Evie éramos uma para a outra e tentou procurá-la. É algo que eu jamais esperaria de Ruth, mas acho que nunca pensei muito sobre como a vida teria sido para ela. Uma mãe jovem e sozinha, sem um salário decente. Eu sempre agradeci pela minha família. Eu tinha uma família, tinha bem mais do que tantas outras pessoas. Mais do que Evie.

– Oi, Evie – diz meu pai agora, quando minha mãe a leva para a cozinha. Ele a envolve num abraço meio desajeitado. Por que Evie decidiu ir lá hoje? Obviamente, foi planejado, mas eu perdi a conversa, o momento em que combinaram.

– Agora sente-se, meu bem, vou pegar uma taça de vinho.

Minha mãe se move pela cozinha, faz uma pausa para erguer a tampa de uma panela, olha o que tem dentro. Eu queria poder sentir o cheiro, deve estar bom. Mas só consigo sentir cheiros e gostos e toques no passado, quando visito lembranças. Aqui e agora, ainda sou forçada a só *existir*. Por quê?, me pergunto de novo. Qual é o sentido de tudo isso? Deve estar levando a alguma coisa. Não pode ser assim para sempre, não é?

Ela está fazendo um esforço, a minha mãe, dá para perceber. É a primeira vez que eles veem Evie desde o meu funeral? Acho que é, e deve ser por isso que minha mãe está se esforçando tanto para *fazer coisas*. Ela coloca uma taça de vinho branco, de cor bem clara, talvez um Pinot, na frente de Evie, depois entrega outra para o meu pai. Ele sorri para ela, um sorriso que faz os olhos dele se enrugarem. Ela retribui o sorriso antes de se virar e servir uma taça para si mesma. É um momento fugidio, quase imperceptível. Mas eu reparo. Tem alguma coisa diferente entre a noite em que vi minha mãe chorando na cama e agora. Algo mudou entre eles.

– Como você está, Evie? – pergunta minha mãe, fazendo sinal para ela se sentar à mesa da cozinha, a mesma mesa redonda na qual jantei com a família incontáveis vezes, em que Evie, eu e vários outros amigos ao longo da minha infância nos sentamos e comemos peixe frito ou batata assada.

– Eu estou bem – diz Evie vagamente. Mas a questão é que esse *bem* soa mesmo melhor do que o *bem* que ela estava dizendo para as pessoas depois que eu morri.

– Seus sintomas, como estão? – minha mãe, direta e objetiva, como sempre.

Evie dá de ombros.

– Varia a cada dia. Está tudo bem no momento.

– Fico feliz em ouvir isso – diz meu pai, a voz um pouco alta demais, revelando o constrangimento. Ele nunca foi bom com essas coisas como a minha mãe.

Eles começam a conversar, primeiro, trivialidades, antes de eu, inevitavelmente, me tornar o assunto. Eles estão sorrindo. Há ocasionais momentos de piscadas excessivas para conter as lágrimas, claro, o que acho que isso é esperado, mas, em geral, os três parecem quase felizes, sentados ali, contando histórias sobre mim. Meu aniversário de dezoito anos. O dia em que Evie e eu nos mudamos para Londres. Eu chorando no meu primeiro dia dos anos finais do Fundamental e Evie tendo que me convencer a ir. Quase não acredito nisso. Não foi o contrário? Outro exemplo de como eu reescrevi as lembranças ao longo dos anos, eu como a corajosa, Evie como a sossegada.

O dia em que decidi ser estilista de moda, é meu pai que se lembra dele. Algo que achei que tivesse esquecido, porque o que eu queria fazer sempre pareceu uma parte de mim, sem um início claro.

– Nós a levamos a uma feira de vilarejo, você sabe como é. Com móveis, muita comida, um estacionamento lamacento, tudo. Mas tinha uma atividade gratuita pra crianças. Ela tinha o quê, Mel? Onze anos?

– Por aí – concorda a minha mãe. – Foi antes dos anos finais do Fundamental, mas ela já tinha idade pra reclamar de ser arrastada pra feira.

– Ela fez uma coisa com tecidos. Era uma atividade gratuita pra qual você doava o que quisesse. Todas as crianças têm chance, você sabe como é – explicou. Duvido que Evie saiba, porque quando foi a última vez que nós fomos a uma feira de cidade pequena? – E Scarlett, ela ficou sentada lá por uma hora inteira, sem brincar, enquanto a gente ficava de bunda congelada, esperando – concluiu. Minha mãe sorri com a lembrança. – Ela estava determinada a fazer uma coisa *bonita* e ficava se corrigindo quando errava. Ela ficou tão orgulhosa de si mesma depois disso – meu pai balança a cabeça. – E isso ficou com ela, parece.

– Eu lembro quando ela me contou – Evie sorri para os dois. – Nós conversamos tanto sobre isso, sobre como seria nosso futuro – continua ela. Fica no ar por um momento o fato de que meu futuro não existe mais. – Tem algumas pessoas tentando reunir alguns desenhos dela – diz Evie com certo constrangimento. – Querem fazer uma sessão de fotos pra ver se conseguem lançar a marca dela, apesar de, vocês sabem…

– É mesmo? – diz minha mãe com um sorriso. – Que incrível. Quem vai fazer isso? Eu gostaria de fazer contato, de agradecer.

– J... quer dizer, alguns colegas antigos dela – corrige-se Evie, lembrando que eu não contei a eles sobre Jason. Eu sabia que ter um caso com um homem casado não era algo de que se orgulhar.

– Você pode me colocar em contato com eles? – insiste a minha mãe.

– Claro – diz Evie. – Vou descobrir os detalhes.

Ela não tem escolha, né? E o que é que tem se minha mãe falar com Jason? Isso não quer dizer que ela vá descobrir tudo e, mesmo que descubra, acho que não seria suficiente para mudar a lembrança que tem de mim.

– Nós adoraríamos, não é, Graham?

Meu pai faz que sim, limpa a garganta um pouco rispidamente. Olha para a minha mãe, e a minha mãe faz que sim também. É algum tipo de conversa tácita, porque meu pai desaparece da cozinha e volta instantes depois com um livro grande. Parece um livro de hóspedes de um hotel ou um álbum de fotos velho: vermelho, de tamanho estranho, com capa plastificada brilhante.

– Nós achamos que você poderia gostar de ver isto – diz meu pai, e enfia o livro sem cerimônia nas mãos de Evie.

Ela o abre, folheia, passa o dedo em certas páginas. É um álbum de recortes inacreditável. Um álbum de recortes, não da minha infância, mas da minha carreira. Fotos dos meus desenhos, recortes de artigos de jornais que me mencionam ou fazem algum tipo de alusão a mim. Recortes de materiais do meu projeto final da faculdade, os que eu achava que tinha jogado fora.

– Eu nunca mostrei pra ela – diz meu pai constrangido, e minha mãe vai até ele e o abraça, dando apoio. – Não sei se ela se deu conta...

– Ela sabia – diz minha mãe baixinho, apesar de ser mentira.

– E, se não soubesse, talvez saiba agora – Evie, ela sempre foi a mais inteligente, não foi?

Quando chegou a hora de ir, Evie abraça os dois, e os olhos da minha mãe estão marejados quando ela se afasta.

– Mantenha contato, tá? Não desapareça da nossa vida.

Evie faz que sim.

– Eu prometo.

Quando ela se vira e acena, vejo meu pai passar o braço em volta da minha mãe, vejo-a apoiar a cabeça no ombro dele. Não sei como eles fizeram, mas eles estão se aproximando de novo, os meus pais. Unidos pela dor, talvez, em vez de afastados, como aconteceu com os pais de Nate. Talvez eles fiquem bem. Não duvido nem por um segundo que eles prefeririam me ter de volta. Que os dois, num instante, teriam me escolhido. Mas considerando que isso não é uma opção, é bom que um tenha encontrado o caminho até o outro, não é? Mais um relacionamento cicatrizando, um que nem me dera conta de que tinha se partido.

Evie inicia a caminhada da minha antiga casa para a dela. Enquanto anda, pega o celular e liga. Imagino que tenha sido o álbum de recortes, o álbum de recortes *do meu pai*, que a tenha feito agir.

– Jason? É Evie. Eu… Lembra quando você disse que queria umas coisas da Scarlett? Bem, tenho uma coisa: o desenho de um vestido. Posso mandar uma foto se você quiser.

– Que maravilha, Evie, mas… não sei se dá tempo agora.

– Por quê?

– Como não tive notícias suas, eu… Bem, nós vamos fazer a sessão de fotos em poucos dias, e duvido que consigamos tê-lo pronto até lá. Mas pode mandar – acrescenta ele rapidamente, sem querer magoá-la. – Podemos tentar, claro, se encaixar e...

– Eu tenho o vestido – interrompe-o Evie, sem rodeios.

– O quê?

– Eu tenho o vestido. Eu... Uma pessoa mandou fazer. Não sei se isso...

– Você pode me enviar? – a empolgação de Jason é quase palpável.

– Eu... Bem, foi feito pra mim – Evie morde o lábio. – Para o meu tamanho. Scarlett o desenhou para mim.

– Entendi – diz Jason, e a voz dele ficou suave de novo. Independentemente do que se diga sobre ele, Jason sempre foi bom em entender o que as pessoas querem dizer. – Que tal você trazer no dia? Eu mando os detalhes pra você. Podemos ver se dá certo, mas talvez, se foi feito pra você, você devesse estar lá.

Estou vendo o que ele está fazendo, mesmo que Evie não veja. Ele pode nem ter *conhecido* Evie, mas ouviu muito sobre ela. Ele sabe o que éramos uma para a outra e está permitindo que ela participe, que seja parte de uma coisa que é importante para mim.

Estou dividida. Não quero ver o vestido modificado, é o vestido da Evie. Mas eu *quero* ver a marca acontecer. Quero continuar viva nela, mesmo depois que eu sumir.

Capítulo trinta e três

Evie estava exausta quando chegou em casa do trabalho, o cansaço bem pior do que ela sentia havia um tempo, do tipo que penetra nos ossos e faz todos os movimentos parecerem esforços enormes. Já não estava no melhor dos humores quando viu Nate parado na frente do prédio. Ele estava encostado na parede de tijolos, olhando o celular, os braços expostos no sol de fim de verão, mas se endireitou e enfiou o telefone no bolso quando a viu.

Ela tentou não pensar na última vez que o tinha visto, se esgueirando pelo quarto no escuro. Tentou ignorar o pulo que seu coração deu – de verdade, ele deu um *salto* quando ela deu de cara com Nate.

– O que você está fazendo aqui?

– Você não respondeu à minha mensagem.

Bem, era verdade, isso tinha que admitir. Finalmente, ele tinha mandado uma mensagem no dia anterior. Para perguntar como ela estava, perguntar se eles podiam se encontrar. Mas, obviamente, ela não tinha respondido. Nate tinha levado dias para fazer contato e agora esperava que ela quisesse vê-lo na mesma hora? Para que ele pudesse fazer o quê? Tentar dispensá-la com gentileza? Não, obrigada. Ela cruzou os braços, desejando poder só entrar e se afundar no sofá. Ele deu um passo na direção dela.

– Evie, nós precisamos conversar.

– Por quê?

– Porque...

– Porque você se sente culpado depois de pular fora? – não facilitaria as coisas para ele. Ele não podia aparecer ali, esperando que ela ficasse animada e numa boa. Ela não deixaria que outra pessoa a tratasse como se ela não fosse nada, não de novo.

– Não. Quero dizer, sim, eu me sinto, mas...

– Bem, já superei isso – disse ela brevemente. – Pode seguir com sua vida. Não se preocupe comigo – ela apontou a calçada com a mão, indicando por onde ele poderia seguir.

Nate não se mexeu.

– Eu não devia ter saído daquele jeito.

Ela suspirou.

– É, bem, teria sido legal se você tivesse esperado até umas nove horas, por exemplo.

– Eu devia ter ido com você à consulta.

O olhar dele mirava direto no dela, mas Evie não conseguiu encará-lo e acabou olhando para baixo. Porque essa era a verdadeira questão, não era? Mesmo que ela não tivesse tecnicamente pedido que ele fosse, foi o que quis dizer, e os dois sabiam disso. E, depois de tudo, depois de dizer a ela que não via a doença quando a via, depois de saber o quanto perder Scarlett tinha significado na vida dela e de se abrir sobre o irmão, Nate tinha preferido ir embora.

Capítulo trinta e três 293

Ela tirou o cabelo do rosto.

– Olhe, não importa – disse. Não era verdade. *Tinha* importado. Mas ela não queria ter aquela conversa. Principalmente não nos termos dele. Ela queria entrar, fechar a porta e não falar com ninguém por muito tempo.

– Importa, sim – disse Nate com firmeza. – Importa. Eu surtei, me desculpe.

– Você surtou – disse Evie secamente.

– É.

– Entendi. Bem, isso torna tudo melhor, obrigada.

– Eu não…

– Vou tentar adivinhar – interrompeu-o Evie rispidamente. – Você não pensou direito?

Ele fez uma careta.

– Eu não… Não assim. Eu queria, obviamente, só não pensei… mais para a frente.

– Entendi – disse Evie de novo, deixando o tom mais mordaz possível com o cansaço correndo por suas veias. – Então você ficou feliz de dormir comigo, várias vezes, devo acrescentar, mas ficou com medo de eu ficar grudenta demais no dia seguinte, é isso? Que eu passasse a depender de você? Ou talvez…

– Olhe, sinceramente – disse ele, interrompendo-a e dando outro passo na sua direção. Evie olhou para a calçada para ver se havia uma distância segura entre eles. – Não tem nada a ver com você, é…

Evie fez um ruído debochado.

– Não é você, sou eu, certo? Onde será que eu ouvi isso antes? – ela levantou a mão no ar, sem se importar de ser meio dramática. – Espere um minuto, estou quase lembrando…

– Eu não me envolvo com pessoas de propósito, Evie – a voz de Nate era como um trovejar suave. – É por isso que eu viajo tanto, bem, não necessariamente *por isso*, mas funciona. O relacionamento mais longo que eu tive durou seis meses e, mesmo ele, foi, sem sombra de dúvida, casual.

– Tudo bem – disse ela, e agora sua voz estava demonstrando o cansaço que ela sentia. – Você podia ter me dito isso na ocasião, em vez de simplesmente ir embora.

– Eu sei. Eu sei... – ele passou a mão pela nuca, o "mas" ficando no ar. Alguém (um homem, quem *era* ele? Caramba, como ela não conhecia quem morava no mesmo prédio que ela?) entrou no prédio dela e olhou para Nate e Evie com curiosidade.

– Olhe, Nate, aonde você quer chegar com isso? Porque eu estou cansada e, se você puder ir direto ao ponto, seria ótimo.

Ele engoliu em seco, o pomo de adão subiu e desceu. Voltou o olhar para ela, que foi atingida com força total por aqueles olhos castanhos límpidos.

– Eu quero, Evie – disse ele baixinho. – *Esse* foi o problema. Foi por isso que eu surtei. Eu quero isso. Eu quero você – ela levou um susto, e seu coração, seu maldito coração traidor, deu um salto.

– Você está falando da boca pra fora.

– Não estou – ele riu de maneira um pouco autodepreciativa. – Eu queria você e isso me deixou morrendo de medo.

Novamente, aquele salto, bombeando algo através dela. Mas ela se concentrou na palavra que fazia sentido.

– Queria – disse ela secamente. – No passado. E agora você teve tempo de pensar, de voltar a si, é isso?

– Não. Não, claro que não. Eu devia ter ligado antes, eu sei. Eu só queria ter certeza, pra não decepcionar você depois.

– E aí? Agora você tomou uma decisão e decidiu me envolver nela?

Ele fez uma careta.

– Não é assim.

– Como *é* então, Nate?

– Eu… não sei.

– Você não *sabe*. Claro. Bem, então talvez você deva decidir – ela foi na direção da entrada do prédio. Ele foi atrás dela. – Eu não preciso disso – continuou ela. – Já tenho meus problemas pra resolver.

– Me ofereceram um emprego – disse ele subitamente. Isso a fez parar e se virar.

– O quê?

– Como jornalista fixo. De uma revista de negócios na Austrália.

– Na Austrália – repetiu Evie. Ela já sabia que ele acabaria indo embora, mas… para a *Austrália*?

– Está ficando mais difícil de conseguir trabalho e preciso pegar alguma coisa, e…

– E a Austrália é a opção lógica? Você não pensou num emprego em Londres, por exemplo, onde sua família toda está?

Onde eu estou. Ela não falou isso em voz alta. Só se agarrou à sua determinação. Ela não precisava daquilo, não precisava de outro homem que a fizesse se sentir um lixo.

– Eu não aceitei.

– O quê?!

Nossa, como ela estava se expressando bem hoje.

– Eu não aceitei por sua causa.

– Por minha causa.

Você pode fazer mais do que repetir, Evie?

– Porque eu queria ver o que você achava.

– Sobre você se mudar pra Austrália.

– É – ele se moveu com certa hesitação na direção dela. Na direção de onde ela estava, ao lado da porta, a chave na mão. – Você... ia querer que eu ficasse? Se fosse uma opção?

Ela amarrou a cara.

– Eu odeio perguntas com se. Isso *é* uma opção? *Você* quer ficar?

Ela queria que ele ficasse? Seus batimentos ficaram mais rápidos, mais frenéticos, ao pensar que ela tinha que dizer a coisa certa ali, tomar a decisão certa, sem pensar direito nos detalhes.

Nate esticou a mão, colocou-a na lateral do pescoço de Evie. Ele tinha chegado muito perto sem que ela notasse. E ele a tinha abandonado e agora estava de volta, tentando colocá-la em alguma espécie de...

– Você não pode simplesmente decidir que está tudo bem agora – disse ela com rispidez. – Não pode decidir que quer... alguma coisa... agora. Não pode ser tudo nos seus termos.

Ele abriu um sorriso irônico.

– Acredite em mim, não é.

E ela entendeu, porque achava que estava começando a conhecê-*lo*. Nate queria que *ela* pedisse para ele ficar. Ele não queria tomar a decisão, porque ficar o assustaria também, não era? Seria um rompimento com o atual estilo de vida, e, apesar da fala sobre não sentir medo, ela tinha certeza de que *aquilo* sim o assustaria. Então, em vez de tomar a decisão sozinho, ele tinha saído escondido. Sim, ele tinha voltado, mas só para jogar a decisão para ela. Evie não conseguia suportar essa ideia. E se ela dissesse sim, se pedisse para ele ficar, e ele fosse embora mesmo assim? Exatamente como Will havia feito. Exatamente como *Scarlett* havia feito. Até Scarlett, a única pessoa que ela achava que nunca a abandonaria, estava planejando fazer isso no final.

Assim, ela fechou os olhos.

– Eu acho que você devia ir – sussurrou ela.

– O quê?

– Pra Austrália.

E ela acabaria ficando bem. Já tinha aguentado coisa pior. Ela não precisava dele, não precisava. Foi nessa hora que sentiu como se houvesse uma faixa, quente e apertada, esmagando sua caixa torácica. Ela se curvou, uma careta no rosto, quando a dor elétrica a percorreu.

– Evie, o que houve? Droga, Evie. O que houve?

– Está tudo bem – ela estava ofegante. – Vai passar.

O "abraço da esclerose múltipla" era como seu médico chamara. Para ela, era um sinal evidente de que uma recaída estava a caminho.

– Vamos subir. Você tem paracetamol? Acho que eu tenho no carro. Espere.

– Não – disse Evie com a respiração pesada. – Remédios não ajudam. Não desse tipo – falou. Aquele tipo de dor, a dor da esclerose múltipla, não reagia a nenhuma medicação para dor, tinha aprendido da pior forma. Ela se endireitou com cuidado quando a sensação começou a passar. – Era disso que eu estava falando, Nate – sussurrou ela, e ficou alarmada de perceber que seus olhos estavam ardendo e a visão, borrada. Ela piscou furiosamente. *Recusava-se* a chorar. Não na frente dele. – Eu não estou bem. Nunca vou ficar, não completamente. Eu mal consigo levar minha vida sozinha, e aí *você* entra nela e… – ela balançou a cabeça. – Eu não posso ficar desse jeito. Preciso me organizar primeiro. E parece que você nem sabe o que quer. Não de verdade.

– Eu sei, eu...

Mas ela riu, um riso triste e patético.

– Você acabou de me dizer que não. Se você tivesse certeza, se tivesse de verdade, você não estaria me perguntando, não é? Você já teria decidido ficar.

Ele olhou para ela e, por causa da expressão dele, porque ele parecia tão... *arrasado* naquele momento, ela segurou sua mão e a apertou.

– Não vai dar certo, Nate. Mesmo que você tivesse cem por cento de certeza, não ia dar. Sabe todas as aventuras que você quer fazer? Eu não vou poder acompanhar você – ela piscou para segurar as lágrimas e ordenou a si mesma que parasse. Disse para si mesma que estava fazendo a coisa certa... pelos dois.

– Eu falei – disse ele com irritação. – Eu não ligo pra nada daquilo. Não ligo pra esclerose múltipla.

– Bem, talvez você devesse – disse ela com um suspiro. – É imprevisível.

– Eu sou imprevisível.

– Só vai piorar.

– *Eu* só vou piorar – ele tentou dar um sorriso, que ela não retribuiu. – Evie... – a voz suplicante, e ela fechou os olhos por causa disso.

– Vá embora – sussurrou ela. – Por favor, só vá embora.

E a pior coisa foi que ele fez exatamente isso. Ela não queria que ele fosse. Ela queria que ele soubesse, de alguma forma, qual era a coisa certa a fazer, apesar de *ela* não saber. Queria que ele a tomasse nos braços, a abraçasse, dissesse que tudo ficaria bem. Que dissesse que, dessa vez, ele ia ficar, por mais que ela o empurrasse para longe. Mas ele se virou e a deixou ali. Parada, sozinha, como ela queria.

Capítulo trinta e quatro

Evie está sentada no escuro, as persianas fechadas, as luzes apagadas, quando alguém bate à porta. Ela está assim por um dia inteiro, até onde eu sei. Não há sinal de ter ido ao trabalho. Ela está de pijama, sentada no sofá.

– Quem é? – diz ela, sem se levantar. Sua voz está meio arrastada, mais um sinal de que uma recaída tomou conta.

– Astrid!

Evie está com os músculos rígidos quando se levanta e vai até a porta. Tudo parece doloroso, forçado. Era assim que ela estava alguns dias antes da discussão. É isso que ela vai fazer cada vez que uma recaída acontecer? Afastar-se do mundo? E posso julgá-la por isso se não tenho ideia de qual é a sensação?

– Está pronta? – pergunta Astrid quando Evie abre a porta. – Você não parece pronta. Eu falei pra você vestir uma coisa bonita.

Astrid está toda de preto: um suéter preto de gola polo, uma calça jeans preta. O cabelo está curto de novo. Talvez a mãe dela

Capítulo trinta e quatro   301

tenha ajudado a cortar daquela vez. Ela parece mais velha assim, sem o moletom largo ou o uniforme da escola.

– Eu... – Evie dobra os dedos na porta. – Astrid, eu sinto muito, mas acho que não consigo ir.

Astrid só fica olhando para ela, e é estranho, considerando que eu nunca falei com aquela garota, considerando que ela é adolescente (e de um tipo totalmente diferente da adolescente que eu fui), mas sinto uma espécie de conexão com ela naquele momento. Porque eu *conheço* aquele olhar. Devo tê-lo feito incontáveis vezes, ao longo dos últimos anos da minha vida. A decepção com a minha amiga. Mas, diferentemente de mim, Astrid não se dá ao trabalho de tomar cuidado com o que fala, talvez por não entender completamente. *Eu* entendia completamente?

– O quê? – pergunta Astrid. – Por quê?

– Eu...

– Você *prometeu*. Você tem que estar lá, eu *preciso* de você lá. A professora de música é péssima! Eu preciso de *você* pra me aquecer. Preciso... – ela está respirando com dificuldade agora, o pânico começando a aparecer em seus olhos. – Nós trabalhamos nisso juntas. Não vai dar certo se você não estiver lá.

– Vai, sim – diz Evie, puxando o cardigã, aquela droga de cardigã furado, em volta do corpo. – Sinceramente, Astrid, você vai se sair muito bem...

– Por quê? – interrompe Astrid, ainda olhando para Evie daquele jeito suplicante. – O que é tão importante que você não pode ir? Você *disse* que estaria lá. Disse que colocaria na sua agenda.

Evie também tinha dito que ia se encontrar com Jason hoje. Ela se lembra disso? Quando mandou os detalhes, ele estava planejando as fotos para o mesmo dia do concerto na escola de Astrid, e ele disse que adiaria o compromisso em algumas horas para ela poder ir. E agora? Ela vai pular fora daquilo também? Penso no meu vestido no armário de Evie. Ele vai ver o mundo, vai ter um momento para brilhar? Não é por causa da sessão de fotos, eu surpreendo a mim mesma ao ver que não ligo pra isso. Mas por causa de Evie. Será que ela vai usá-lo em público, brilhante e ousado, como eu queria? Ela não *gosta* de sair em público durante uma recaída, foi isso que ela disse um monte de vezes. Mas, se ela nunca sabe quando uma recaída vem, como pode planejar a vida? E se acontecer, digamos, no dia do seu casamento? Eu sei que esse é o problema, é a parte que ela odeia.

– É por causa daquele cara, né? – diz Astrid agora, as palavras acusadoras.

– Que cara?

Ah, *pare com isso*, Evie. Como se estivesse bancando a boba aqui.

– O jornalista – diz Astrid com impaciência. – Nate Ritchie.

Então ela descobriu o sobrenome dele, o que reforça sua habilidade detetivesca. Será que Evie repara como seu rosto se contrai ao ouvir o nome dele? O coração dela dispara com aquele nome. Como o meu fazia sempre que alguém mencionava Jason no trabalho? Tento de novo agora. Jason. Jason. É só porque eu não tenho mais coração batendo que não sinto aquela agitação familiar ou é por outro motivo?

– Não, não é ele, é…

– É – insiste Astrid. – Eu ouvi vocês discutindo lá embaixo.

Evie ergue as sobrancelhas, claramente tentando mudar o tom.

– Ouviu, é?

Astrid fica rosa, mas mantém o olhar intenso no rosto de Evie, os braços cruzados.

Ela não ligou para Nate desde que ele apareceu, três dias antes, e ele também não ligou. Talvez porque ela o tenha mandado embora, quando ele estava desesperado para que ela lhe desse uma chance. Os dois incapazes de fazer qualquer coisa sem o amparo um do outro – tão diferentes, mas irritantemente parecidos nisso. Quero que ela ligue para ele e tentei provocar isso, pensando com *muita* intensidade, para influenciá-la de alguma forma. Ela podia até mandar uma mensagem, um recadinho rápido. Eu me pergunto quando tudo mudou. Quando foi que decidi ficar do lado de Nate? Quando comecei a torcer por ele?

– Não é isso – diz Evie com um suspiro. – De verdade. É… a esclerose múltipla, está muito ruim hoje.

– Ruim? – Astrid olha para ela em dúvida. – Ruim como?

– É difícil de explicar.

– Você precisa ir para o hospital?

– Não, não está tão ruim.

– Você ainda consegue se sentar, entrar num táxi?

Evie hesita.

– Bem, tecnicamente, acho que sim.

– Então – Astrid cruza os braços. – Não entendo por que você não pode ir.

Eu entendo mais do que Astrid, acho. O cansaço está afetando Evie, ela está rígida e cheia de dores. Mas ela também não saiu de casa o dia todo. Ficou sentada no sofá, no escuro.

Ela balança a cabeça, um movimento triste.

– Desculpe, Astrid.

– Tudo bem – ela levanta o queixo no ar. – Eu vou fazer sem você.

Com isso, Astrid dá meia-volta e segue batendo os pés pelo corredor, enquanto Evie fecha a porta e apoia a cabeça nela. Se eu estivesse lá, se estivesse *lá* de verdade, diria para ela ir. Eu a *faria* ir. Por outro lado, talvez eu também não tivesse sucesso. Porque quando é um dia ruim, eu aprendi, nada pode fazer Evie sair de casa.

Nada.

Mas isso não é totalmente verdade, é?

Na mesma hora, estou sentada num espaço grande de eventos, num hotel no centro de Londres. É um dos medianos, não é como o Ritz, mas, ainda assim, chique. Tem pessoas por todo lado, todos nós sentados em volta de mesas circulares com toalhas brancas, como num casamento, e há muitas taças de vinho pela metade com manchas de dedos, guardanapos nas mesas, garrafas de vinho em baldes de gelo, enquanto as pessoas olham em volta, tentando reconhecer umas às outras. Tem café e chá sendo oferecidos, e uma área de piso de madeira na frente com um homem ajustando um microfone. Estou olhando ao redor e sei o que estou procurando: Jason deveria estar ali. Foi depois do momento do "Eu amo você" e, apesar de nada ter sido resolvido, apesar de ele ainda não ter dito que vai deixar a esposa, ele prometeu que estaria ali naquela noite. Mas não está em lugar nenhum e há um espaço vazio no lugar que deveria ser o dele.

O homem com o microfone começa a falar, e Evie cutuca meu braço.

Não preciso nem olhar para saber que ela está tendo um dia ruim. Lembro-me das caretas, de como o tremor estava piorando, de como tive que abrir a porta do táxi para ela. Ela parece cansada, apesar da maquiagem, e seu corpo todo parece rígido.

Mas ela está ali. Por mim.

Porque é um jantar de premiação. Não é uma coisa grande, é só da empresa, mas é especial mesmo assim. Lembro que é bem

Capítulo trinta e quatro   305

chato – Evie e eu vamos, em determinado momento, nos distrair com um jogo da velha num guardanapo. Mas a questão é que eu venço o prêmio de estilista estreante.

Não valorizei isso na ocasião. Achei que haveria coisas maiores e melhores a caminho, que eu logo estaria numa premiação *de verdade*. Nunca perdi a convicção de que faria sucesso. Sempre pensei naquilo como uma coisa boa, mas talvez isso tenha me impedido de perceber o que eu já tinha.

E, quando olho ao redor de novo, procurando Jason, percebo que não valorizei de verdade o fato de Evie ter ido comigo naquela noite. O fato de que ela se obrigou a ir por mim, talvez porque duvidasse que Jason fosse aparecer, no que ela estava certa. Porque ela sabia, mesmo que eu não, que eu precisava que ela estivesse lá.

Capítulo trinta e cinco

Julie correu na direção de Evie assim que ela entrou no salão da escola.

– Ah, que bom! Vou levar você para os bastidores. Anna falou para os professores esperarem você.

Evie franziu a testa enquanto Julie a levava pela lateral de uma fileira de cadeiras de plástico.

– Por quê? Eu falei que não vinha.

– Tem uma coisa que você deve saber sobre a minha filha: ela costuma saber das coisas antes de nós.

Evie não pôde responder porque teve que subir, com o corpo todo rígido, o pequeno lance de escada que levava a um palco e passar por uma cortina para chegar à área dos "bastidores", que era basicamente composta de um grupo de adolescentes brigando por espaço e muita música.

– Nós só temos cinco minutos! – gritou uma mulher com voz trovejante e uma prancheta.

– Oba, você chegou bem na hora – a voz de Astrid ressoou antes mesmo de ela aparecer.

Capítulo trinta e cinco   307

– Astrid, desculpe...

Astrid levantou a mão.

– Nós não temos tempo pra isso. Estou empacada no último arpejo. Podemos verificar isso rapidinho?

– Olhe, eu só quero dizer...

Astrid revirou os olhos de um jeito que fez Evie parar.

– Eu entendo: você sente muito, blá-blá-blá. Eu sabia que você não ia pular fora *de verdade*.

Evie soltou uma risada insegura e olhou para Julie, que piscou e disse:

– Vou deixar vocês em paz.

Elas repassaram a parte mais complicada da música, com Evie encorajando Astrid o tempo todo. Não adiantava corrigir nada àquela altura, ela sabia disso por experiência. Ou você conseguia ou não, e mostrar erros agora só deixaria Astrid mais nervosa.

– Pronto! – a voz trovejante se manifestou. – Aos seus lugares, pessoal.

Evie apertou o ombro de Astrid quando outra garota, mais ou menos da mesma idade de Astrid, se aproximou. Tinha cabelo comprido e crespo e estava usando um vestido preto com meia-calça preta. Ela olhou para Evie e olhou para o chão, talvez um pouco tímida.

– Eu, hã, só queria dizer boa sorte.

– Pra você também – respondeu Astrid. – Não que você precise – acrescentou ela rapidamente. – Você vai se sair bem.

A garota fez que sim e se afastou. Evie tentou ficar séria ao perguntar, casualmente:

– Quem é? A garota do violoncelo?

Astrid corou de um jeito que acentuou a vulnerabilidade que claramente se esgueirava por trás da superfície.

– O nome dela é Lily.

– Lily, é?

Ao redor delas, todos estavam indo na direção da cortina preta. A mulher com voz alta e pomposa olhou para Evie com expressão acusatória.

– Eu tenho que ir – disse Evie. – Você vai se sair muito bem, viu?

– E se eu não conseguir? – perguntou Astrid quando Evie se afastou.

– Se não conseguir, só significa que, da próxima vez, vai ser melhor.

– Isso não é muito inspirador, sabia.

– Desculpe. Que tal, se não conseguir, então...

– Paula? – A mulher com voz alta estava balançando a prancheta enquanto olhava em volta. – Paula! Não, desculpe, eu quis dizer srta. Gregory! É você que vai fazer a introdução!

Evie segurou as mãos de Astrid.

– Não importa se você vai se sair bem ou não. Você faz isso porque ama, lembra? E isso significa que, aconteça o que acontecer, mesmo se você estragar tudo, as pessoas vão sentir esse amor também.

Ela apertou as mãos de Astrid mais uma vez e se virou para ir na direção da saída dos bastidores.

– Evie? – gritou Astrid, e ela se virou. – *Isso* é mais inspirador.

Evie sorriu.

Quando desceu a escada e voltou para o salão da escola, Julie a estava esperando.

– Ela está bem? – perguntou Julie. Evie fez que sim, e Julie sorriu. – Você está linda, a propósito.

– Obrigada – disse Evie, resistindo à tentação de ajeitar o vestido com vergonha. Ela estava usando o vestido de Scarlett.

Capítulo trinta e cinco 309

Pareceu a coisa certa, mesmo ela estando arrumada demais para um concerto de escola, porque, no fim das contas, eram as coisas que as duas amavam: música e moda. E Evie achava que Scarlett ficaria feliz por ela estar usando o vestido.

– Peguei três lugares – disse Julie, levando Evie pelas fileiras de cadeiras.

– Por que três? Ela desce depois que terminar?

– Não, o terceiro lugar não é pra ela. Ele chegou antes de você. Astrid que disse pra ele onde se sentar.

Nessa hora, ela o viu. Nate. Sentado no meio do salão da escola.

Evie parou subitamente e olhou para ele.

– O que você está fazendo aqui? – perguntou ela na hora que Julie se sentou e começou a olhar o programa com gestos exagerados.

Nate ergueu as mãos num gesto de impotência.

– Recebi ordens para estar aqui. Você não sabia que eu vinha?

– Não. Eu nem sabia que *eu* vinha.

– *Operação cupido* de novo?

Evie passou a mão pelo cabelo.

– Um *Operação cupido* bem esquisito. Como ela mandou o ingresso pra você?

Nate deu de ombros.

– Chegou na caixa de correspondência do Noah ontem, então parece que ela descobriu onde eu moro.

Evie percebeu que não ficou nem um pouco surpresa com isso.

– Quer que eu vá embora? – perguntou Nate em voz baixa, o olhar ainda no dela, aguardando, avaliando.

Evie olhou para ele e permitiu que algo se acomodasse.

– Não – disse ela, respirando fundo. – Fique.

O sorriso que iluminou o rosto dele quando ela se sentou foi instantâneo. E talvez tenha sido bom as luzes se apagarem nessa hora.

– Hora do show – murmurou ela.

Era uma peça grande em conjunto no começo, e Evie sentiu o nervosismo no estômago, como se fosse *ela* lá em cima. E, quando chegou a hora do solo da Astrid, com o holofote sobre ela, Evie sentiu lágrimas nos olhos.

– Ela é incrível – murmurou Julie, e Evie só pôde concordar. Ela nem sabia *por que* estava tão emotiva.

Nate segurou a mão de Evie, que apertou a dele. Acontece que Astrid estava certa: Evie ainda *era* parte de alguma coisa. Apesar de não ser ela lá em cima tocando, aquilo era prova de que a música ainda podia ter um papel na sua vida. E tocar, bem, essa não era a parte que ela amava mesmo.

No intervalo, quando Nate pediu licença para ir ao banheiro, Evie seguiu Julie até a cantina, que, apesar de não ter forno algum ligado, ainda cheirava a gordura.

– Uma xícara de chá? – perguntou Julie, e Evie fez que sim, e começou a segui-la, mas Julie balançou a mão. – Fique – disse, apontando para uma das mesas da cantina. – Sente-se.

Evie não estava em posição de discutir, e fez exatamente isso, sentindo-se exausta física e emocionalmente.

Mal teve dois segundos sozinha e a mulher com a voz estridente se aproximou dela.

– Você é a professora de Anna, certo? Anna James?

– Hã, eu não diria professora, mas...

– Você fez maravilhas. Maravilhas! – exclamou. Ela era aquela professora de música de quem Astrid tinha falado? A que

Astrid chamara de inútil? – Ela estava toda trêmula e nervosa quando chegou. Ela é talentosa, mas, de fato, você deu uma ajustada nela.

– Bem – disse Evie, sentindo-se meio afrontada por Astrid –, eu acho que ela fez quase tudo sozinha.

Mas a mulher estridente não estava mais ouvindo e ficou olhando por cima do ombro, para a entrada da cantina.

– O que é isso, Derek? Sim, sim, agora são as flautas! Não me pergunte, foi ideia da Paula – ela se virou para Evie. – Você tem um cartão? Alguns pais sempre pedem indicação de um professor particular de música, e eu não tenho tempo. É só violino que você ensina ou todos os instrumentos?

– Eu...

– Me mande um e-mail, ok? Tenho que voltar. A mãe de Anna tem meu contato.

Ela viu a mulher se afastar, sentindo-se perplexa. Professora. Ela *não era* professora, mas podia se imaginar fazendo isso. Duvidava que fosse suficiente para pagar as contas, ao menos em Londres, mas a ideia não lhe parecia nada horrível.

Ainda esperando Julie, ela tirou o celular da bolsa. Havia uma chamada perdida e um recado na caixa postal, de um número que ela não reconhecia. Jason? Ela tinha que estar lá em uma hora. Com o estômago embrulhado, ela ligou para o número da caixa postal e ouviu uma voz animada de mulher.

"Oi, sra. Jenkins, aqui é Kate da Imobiliária Garrett Whitelock. Estou ligando porque você e Scarlett Henderson queriam alugar um apartamento em Borough Market em maio, mas, pelo que vejo nos nossos registros, isso não foi à frente. Não consigo falar com Scarlett, mas você era o contato secundário cadastrado aqui,

e estávamos querendo saber se você ou as duas estão interessadas num apartamento novo que temos disponível. É num local
parecido, *muito* próximo de transporte público, com uma cozinha
novinha que é *maravilhosa...*"

Evie nem ouviu o resto da mensagem. Sentiu-se tonta de
repente. Scarlett não pretendia abandoná-la. Ela estava planejando
levar Evie junto.

Ela não tinha percebido o quanto aquilo estava pesando nela,
apesar da determinação de não ligar. Só se dava conta disso agora,
quando o peso desapareceu. Ela olhou ao redor, querendo contar
isso para alguém, de rir, de se levantar e *anunciar.* Mas todo mundo
estava conversando, e nada tinha mudado. Ela achava que aquilo
não alterava nada, não de verdade. Mas alterava. *Muito.*

Ela viu que Nate tinha saído do banheiro e estava com Julie.
Ele já a estava fazendo rir, um encanto. Fez com que ela sorrisse
um pouco. Como se pudesse sentir seu olhar, ele olhou na direção
dela, disse algo para Julie e foi até Evie.

– Você está bem? – perguntou ele.

– Estou... – ela riu, se levantou, quase perdeu o equilíbrio e
riu de novo.

Nate esticou a mão para apoiá-la.

– O chá estava batizado?

– Não. Bem, eu não tomei chá ainda, então talvez. A gente
nem *conhece* a Julie direito, né?

Os dois olharam para ela, com Nate entrando na brincadeira.

– Não, é a Scarlett. Ela... – mas Evie não conseguia explicar,
porque ela não tinha contado para ele sobre a carta. – Não importa.
Olhe – disse ela, decidida –, preciso ir a um lugar depois daqui.

– Ah, é?

Capítulo trinta e cinco 313

Com o canto do olho, Evie viu Astrid conversando com Lily. As meninas estavam com as cabeças próximas, e Astrid disse alguma coisa que fez Lily rir. Algo apertou o coração de Evie e ela sorriu para Nate. E daí se isso a deixava vulnerável?

– Eu estava pensando: você quer ir comigo?

Dessa vez, ela não deixou dúvidas de que era uma pergunta.

E, dessa vez, ele respondeu imediatamente.

– Claro – simples assim. – A propósito – acrescentou ele com um sorriso –, você está linda hoje. Eu devia ter dito antes.

Evie passou as mãos pelo corpo para mostrar o vestido.

– Por causa disso? É só uma coisa que estava lá em casa…

Ele sorriu.

– Bem, parece que foi feito especialmente pra você.

O nome de Scarlett estava lá, sem ser falado, mas pairando entre eles. Mas, pela primeira vez, não foi de um jeito triste. Só ficou *ali*, e, de repente, Evie achou que entendia o que a mãe de Nate tinha dito. Que ela podia conseguir ver um jeito, no futuro, de pegar o brilho de Scarlett e levar consigo.

Capítulo trinta e seis

Vejo Jason ir para cima de Evie assim que ela chega no pequeno estúdio no Soho.

– Obrigado por vir – diz ele, a voz calorosa. – Pessoal? Esta é a Evie – mas o "pessoal" parece não se importar com quem é Evie. Estou acostumada ao caos generalizado antes de uma sessão de fotos, mas percebo que Evie está meio sufocada.

Jason olha com curiosidade para Nate, mas aperta a mão dele com educação quando Nate se apresenta apenas como amigo de Evie. Eu me lembro imediatamente de Nate na bicicleta, fazendo a curva, ouvindo aquela risada despreocupada e contagiante. Sinto meu corpo descendo da calçada. Mas resisto a voltar para lá. Vai acontecer, já aceitei isso. Sei que não posso ficar adiando. Mas, agora, estou gostando de me encantar com a virada do destino: que o homem que eu parei para ajudar está ali, com Evie, numa sessão de fotos da *minha* marca.

Jason faz uma avaliação rápida de Evie, percorrendo o corpo dela, e solta um suspiro suave.

Capítulo trinta e seis   315

– É esse, né? O vestido.

– Desculpe – diz Evie rapidamente. – Só me dei conta agora de que eu não devia ter *colocado* o vestido pra vir pra cá, né? Mas, se você tiver alguma coisa que eu possa vestir ou... – ela olha para Nate, que abre um sorriso torto.

– Ei, eu topo você ir pra casa nua.

Ela dá um tapinha no braço dele, mas vejo seu rosto ficar mais suave. Não chega a ser um sorriso, ela está nervosa demais para isso, mas quase. Ela cedeu tão rapidamente a esse jeito tranquilo dele. Acho que eu tive razão na minha avaliação rápida. Ele *é* contagiante. E isso é bom para ela, não é?

– Não, não – diz Jason, e anda em volta dela. Ele une as mãos de forma decisiva. – Você devia aparecer – ele fica falando consigo mesmo. – Você devia estar nas fotos. Esse vestido fica perfeito em você. Vai ficar grande na nossa modelo, mas fica incrível em você.

E *está mesmo* incrível, se é que posso dizer alguma coisa. É justo nos lugares certos, e o jeito como o tecido acompanha os movimentos de Evie a faz parecer extremamente graciosa, embora ela não esteja nem um pouco. A cor é impressionante, não há outra palavra para ela. Sinceramente, estou feliz de ela o ter usado no concerto, mas era *o* que ela devia ter usado no Ritz. Tenho um momento fugaz em que me imagino lhe dando o vestido no seu aniversário de trinta anos, em agosto. Fazendo com que ela o use quando saímos para beber, escolhendo uma roupa elegante para mim. Eu nunca mais vou fazer isso, não é? Nunca terei uma noite daquelas em que a gente se arruma só por diversão. O que será que Evie vai fazer no aniversário de trinta anos? Será que ainda estarei por perto para ver? Talvez ela coloque o vestido.

– O que você acha, D? – grita Jason para uma das estilistas com quem ele trabalha, sempre chamada só de "D". Juro que não sei o nome dela.

– Ah, perfeito – diz D. – Vai ser muito autêntico.

– Autêntico – diz Jason com um aceno de cabeça. – Exatamente isso.

Nossa, nós somos um bando de idiotas quando estamos juntos, não somos? *Autêntico*, caramba.

Evie é levada para fazer o cabelo e a maquiagem, sem efetivamente concordar com nada. Nate conversa com ela o tempo todo, e agradeço muito a Deus por ele, porque acho que havia uma enorme chance de ela pular fora sem ele ali.

Se bem que, talvez, eu deva dar mais crédito a ela. Talvez esse tenha sempre sido o problema. Foi por isso que não contei a Evie sobre o apartamento, e ainda bem que ela descobriu. Juro que estou enviando *todas* as melhores energias para Kate Sei Lá O Quê agora.

Claro que Evie tirou a conclusão errada quando abriu a carta. Eu teria feito o mesmo. Eu sei, eu devia ter contado a ela. Eu agi pelas costas para tentar fazer a mudança. Mas achei que ela diria não. E ali está Nate, sempre a encorajando a dizer sim para as coisas, enquanto eu achava óbvio que ela diria não. Quando? Não consigo identificar exatamente quando comecei a tratar Evie assim, como uma coisa frágil que não deveria ter permissão de tomar suas próprias decisões. Imagino que tenha sido gradual, conforme a doença foi progredindo.

Mas o apartamento novo, eu fiz aquilo por nós duas, de verdade. Estava de saco cheio do nosso apartamento de Clapham, obviamente, mas também achei que seria melhor para Evie, já que ela insistia em ficar em casa o tempo todo. Mas talvez tenha sido

Capítulo trinta e seis 317

o jeito errado de ver as coisas, porque talvez tivesse sido como a levar para uma prisão maior e permitir que ela ficasse estagnada, e talvez ela não tivesse feito todas as coisas que fez desde que morri.

– Está pronta, Evie? – pergunta Jason, cheio de profissionalismo, confortável no ambiente. Não há a menor dúvida: ele continua sexy. E também continua usando a aliança.

Sinto uma certeza nessa hora. Ele nunca abandonaria a esposa por mim. Talvez não devesse mesmo. Eu queria muito, e pareceu mais real do que qualquer coisa que tivera antes, aquele monte de caras que eu tinha dispensado. Mas talvez seja uma escala variável. Talvez a empolgação que senti não tenha sido por ele ser "o cara certo", como pensei, mas por outro motivo: química, eu com a idade certa, ele não disponível, não sei. Eu nunca fui de analisar as coisas demais, nem nada dessa baboseira psicanalista, mas, como falei, estou tendo um momento de clareza agora. E ao ver Nate com Evie, o que eu tinha com Jason nem se compara.

Quando eles terminam, Evie parece a personagem de *Ela é demais*. Ela até *tropeça*, como Laney faz descendo a escada.

Realmente, ela não é uma boa modelo, mas essa não é a questão. Ela está lá e aceitou fazer aquilo. Jason está falando com Evie, tranquilizando-a. Ele sempre foi bom em tranquilizar modelos. Mas, apesar de eu perceber a presença dele, apesar de estar ali com ele e não haver esposa por perto, nem mais ninguém, apesar de eu *poder* olhar para ele se quisesse, é para Evie que eu não consigo parar de olhar. É com Evie, não Jason, que eu quero estar naquele momento.

Capítulo trinta e sete

– Aquilo aconteceu de verdade? – Evie estava numa rua do Soho, ainda com o vestido, o rosto coberto de maquiagem, o cabelo feito. A luz do dia estava mais fraca agora, com aquele brilho artificial de Londres surgindo.

– Posso confirmar que sim – disse Nate, segurando a mão dela e a apertando. – Você foi incrível.

– Duvido. Mas consegui fazer.

E tinha feito por Scarlett. Em determinado momento, Jason tinha olhado para ela sob as luzes, e ela soube que ele fez tudo aquilo pelo mesmo motivo. Ela ainda não achava que Scar tivesse feito a melhor escolha ali, mas talvez não fosse fácil controlar por quem se apaixonar. Afinal, ali estava ela, ao lado do homem que… Não. Ela não ia pensar nisso. Não ia pensar em *nenhuma* daquelas coisas.

Nate virou o rosto dela para si, apoiou as mãos na cintura de Evie, onde o vestido era mais justo. Ela ergueu os braços e os passou em volta do seu pescoço. Por que isso sempre parecia fácil com ele? Como se ali fosse o lugar dela, no brilho do Soho com ele.

Capítulo trinta e sete 319

– Obrigada – disse ela. – Por vir comigo.

Ele apertou a cintura dela.

– Evie…

– Ô-ô, isso não parece um "Evie" bom.

Ele se afastou dela, passou a mão pela mandíbula.

– Eu disse sim.

– Você disse sim – repetiu ela. Mas ela não precisava que ele explicasse. Já sabia, pelo buraco que estava se abrindo em seu estômago. – Para o emprego na Austrália – concluiu ela.

Ele fez que sim. Ela se deu conta do jeito como ele a observava, talvez esperando que fosse ríspida com ele. Mas ela não podia, não é? Porque ela tinha *dito* para ele aceitar.

– Quando você vai?

– Amanhã.

– *Amanhã?* Meu Deus, você não faz nada com calma, né? – mas ela já sabia disso, não sabia?

– Eu já fiquei aqui por mais tempo do que eu pretendia. Era só pra eu estar aqui no aniversário do Noah. Mas aí…

Ela engoliu o nó na garganta.

– Tudo bem. Então isto é uma despedida? – ela estava tentando deixar a voz calma, eficiente. Mas estava muito baixa. Parecia difícil usar a voz.

– Não. Quer dizer, é, por enquanto, mas… Nós podemos manter contato, né? Eu volto para Londres alguma hora, tenho certeza.

– Sim – disse ela automaticamente. – Sim, claro que vamos manter contato.

Mas ela não acreditava nisso. Ele estaria longe, vivendo a aventura dele, e ela… Onde ela estaria? Não em Londres. Foi idiotice que ela levasse tanto tempo para perceber. Mas ela não queria ficar em Londres e não havia nada que a segurasse ali, havia?

– Evie – disse Nate. – Me desculpe, eu...

Mas ela segurou a mão dele.

– Não peça desculpas. Você tem que fazer o que é certo pra você – e algo na expressão dele mudou depois disso, mas não disse nada. – E, Nate, o que quer que aconteça agora, eu quero dizer... – ela levou a mão ao rosto dele e deixou-a lá. – Estou feliz de ter conhecido você.

E era verdade. Não impedia que ela desejasse que ele não estivesse lá naquele dia. Que Scarlett ainda estivesse viva, iluminando o mundo ao redor dela. Mas ela não podia deixar de sentir que estava feliz por ter conhecido Nate, apesar de tudo. E eram dois sentimentos que precisariam coexistir.

Ele levantou a mão e a colocou em cima da dela.

– E eu estou feliz de ter conhecido você, Evie Jenkins.

Eles ficaram assim mais um tempo e, embora não tenham se movido na direção um do outro, Evie se sentiu mais conectada a ele do que nunca, mais conectada até, talvez, do que já tinha estado com outra pessoa, como se seu coração tivesse se acalmado e se ajustado ao dele. Então, talvez não importasse ele estar indo embora, e talvez ela nunca mais o visse. Porque, assim como foi com Scarlett, o tempo com Nate a tinha modificado. E isso era algo que nunca a deixaria, o que quer que acontecesse.

Capítulo trinta e oito

Nate é um idiota, não é? Agora, ele está fazendo as malas. Está *fazendo as malas*, e tudo que ele tem cabe numa mala, o que é muito deprimente. Minha decepção com ele é quase tangível, tanto que fico surpresa de não estar manifestando isso de alguma forma. Não que eu ache que Evie não vá sobreviver à partida dele, não mais. Eu vi a determinação dela na noite anterior. Exausta, cansada, chateada. Ela estava todas essas coisas. Mas havia uma certeza lá, que surgia sempre que ela se obrigava a tocar. Havia um tempo que eu não via isso, mesmo antes de Will a trair. Mas, agora que voltou, acho que não vai embora com tanta facilidade.

Então, não, não é que eu esteja com medo de isso levar Evie ao limite. Acho que ela vai superar, mesmo ela *também* sendo idiota, porque, ora, ela podia ter protestado um pouco mais. É só que eu achei que Nate lutaria por ela. Porque eles são bons um para o outro. Está claro que ele precisa de um pouco mais de estabilidade na vida, e ela precisa de um pouco de agitação.

Ele termina a mala, dá uma olhada rápida no quarto na casa de Noah (um quarto de hóspedes perfeito, com paredes azuis e um quadro inofensivo do mar) e puxa a mala para fora do quarto e escada abaixo. A mãe e o irmão estão sentados à mesa da cozinha quando ele chega lá.

Noah se levanta e dá um tapa nas costas dele.

– Quanto tempo temos até seu táxi chegar?

– Dez minutos.

– Dá pra uma despedida rápida? – Noah pega uma garrafa de conhaque… *Conhaque*, sério? – Não conte pra Camille – acrescenta ele e serve três copos.

Nate se senta numa cadeira. Para um cara prestes a voar para a Austrália, não parece feliz.

– Então você vai mesmo? – pergunta a mãe.

Nate aceita o copo de conhaque que seu irmão oferece.

– É o que parece.

Noah e a mãe trocam um olhar que acho que Nate não vê.

– Você ainda pode mudar de ideia – diz Noah, a voz *tão* informal.

– Qual seria o sentido disso? – murmura Nate, tomando um gole de conhaque. Mas ele franze a testa para Noah. – Você e Camille, vocês são felizes?

Noah ergue as sobrancelhas.

– Você demorou todo esse tempo pra perguntar?

– Bem, não é o tipo de coisa que se pergunta, é? A gente meio que supõe. Mas vocês são?

– Somos – diz Noah, dando de ombros. – Nós somos felizes.

É fácil assim? Noah faz *parecer* fácil, mas duvido que seja sempre tudo bom. Estou aprendendo agora que nunca é.

Capítulo trinta e oito   323

– Vocês se casaram novos demais, se você quiser saber minha opinião – diz Grace com eloquência. – Não que você tenha perguntado.

Noah revira os olhos.

– Obrigado pela informação. Muito útil depois de duas filhas e uma hipoteca.

Grace levanta um dedo.

– Me deixe terminar – ela olha de um para o outro, os dois filhos que restaram. – Eu sei que nós não conversamos sobre isso, mas eu sei que os dois ficaram abalados quando Nick morreu – Nate faz uma careta e Noah baixa o olhar. – *Você* – disse ela, apontando para Noah – decidiu virar adulto rapidamente, firmou raízes antes mesmo de ter tempo de assimilar a ideia – diz. O rosto dela se suaviza. – Mas deu certo pra você, e quem sou eu pra julgar.

– Quem? – murmura Noah, e ele e Nate trocam um sorrisinho.

– E *você* – ela se vira para Nate –, eu sei que você tem medo, querido, de acabar como o Nick. Não me interrompa – diz ela quando Nate abre a boca, e Nate faz uma careta, mas não fala nada. – Mas você não é como Nick. Não do jeito que preocupa você.

– Como você sabe? – pergunta Nate baixinho.

– Porque eu conheço *você*. Mas temo que, se você ficar se mudando o tempo todo, vá acabar sem o apoio que pode descobrir que precisa.

– A depressão odeia um alvo móvel – murmura Nate, girando o copo de conhaque na mesa. Noah franze a testa para ele, e Nate balança a mão no ar. – Foi uma das coisas que descobri quando pesquisei sobre…

– Suicídio – diz Grace. – Não tem sentido não dizer a palavra. Não vai tornar menos verdade nem menos horrível.

– Bem, claro – Nate limpa a garganta. – Mas a questão é que quem fica se mudando, quem fica em *movimento* tem menos chance de ser atingido pela depressão.

Ele tem medo disso mesmo? Acha que pode ser acometido por esse tipo de doença? Acho que não dá para saber, né? Não sem viver no lugar de outra pessoa. Ele *parece* tão feliz de um modo geral, mas tem aquilo que dizem sobre comediantes: eles são os mais deprimidos. Tento imaginar como deve ser viver com isso. Saber que alguém da sua família chegou a ficar de um jeito que não conseguiu mais suportar viver.

Grace se levanta, vai até Nate e coloca a mão no seu rosto, o puro afeto maternal.

– Eu acho que você precisa se perguntar: você está se mudando o tempo todo porque quer ou porque tem medo do que pode acontecer se ficar parado? Porque são duas coisas bem diferentes – e dá um tapinha no rosto dele, pega o copo e o oferece a Noah, para ele o encher de novo.

– *Vocês* foram felizes? Você e o papai? – agora é Noah que pergunta, mas Nate se endireita. Eu me pergunto há quanto tempo essa conversa está para acontecer, um bom tempo, talvez.

Grace toma um gole lento de conhaque.

– Nick acabou com a gente – diz ela. – Não dá pra negar isso. Mas... – ela sorri, como se estivesse olhando para o passado. – Nós éramos felizes, sim, antes disso. Talvez "feitos um para o outro" não seja o caso, mas eu ainda acredito que nós tínhamos que fazer parte da vida um do outro. Nós demos um ao outro amor e felicidade pelo tempo que conseguimos, e isso é bom.

Nate franze a testa.

– Apesar de...

Capítulo trinta e oito 325

– Apesar de nada – diz Grace. – Não tem sentido fazer suposições. Não quando estamos falando do passado – ela vira o conhaque e coloca o copo vazio na mesa. E olha para Nate. – Já as suposições sobre o futuro são bem diferentes.

O telefone de Nate se acende, e ele o olha com resignação.

– O táxi chegou.

Ele se levanta, e Grace o envolve num abraço apertado.

– Você vai ficar bem – diz ela com firmeza.

Noah dá um tapa nas costas e um abraço lateral em Nate, que pega a alça da mala.

– Você volta para o Natal, né?

– Vou tentar.

– Eu já prometi para as meninas, então você vai ter que fazer mais do que tentar – diz ele com uma piscadela.

Nate não olha para trás quando entrega a mala para o motorista colocá-la no porta-malas, entra no carro e afivela o cinto.

– Alguma preferência de música? – pergunta o motorista. – Clássica, romântica, pop?

– Qualquer uma – diz Nate, olhando pela janela enquanto a casa perfeita do irmão vai ficando para trás. – Tanto faz. Pode ser clássica.

Violinos, suplico em silêncio. *Que venham violinos.*

E eles vêm mesmo! É uma música com *violinos*! E sei que podem não ter sido meus poderes do além que fizeram aquilo acontecer, mas sabe como é, vou fingir que foram eles, porque isso tem o efeito que achei que teria. Faz com que Nate contraia o corpo todo. Faz com que ele balance a cabeça e coloque a mão no coração. E faz com que ele sorria, só um pouco.

Nessa hora, eu sei. Esse é o momento *dele*. Se ele percebe ou não agora é outra história. Mas, mais cedo ou mais tarde, ele vai se lembrar daquele momento e vai saber. Eu sei que vai.

Capítulo trinta e nove

Sou levada até Evie quase inconscientemente. Quero dizer que *está tudo bem, ele vai voltar pra você!* Mas eu a vejo sentada junto à janela, olhando para a rua lá embaixo, na janela onde Astrid toca quando elas ensaiam juntas. Evie vai sair do apartamento na próxima semana e cancelou as visitas que tinha planejado. Parece que ela vai *mesmo* sair de Londres. Vai ficar umas semanas com a mãe, enquanto decide o que fazer.

E, surpresa das surpresas, ela pediu demissão do emprego. Falou para aquele cretino que ele podia arrumar outra pessoa para alugar o castelo pula-pula da filha dele. Ela nem está cumprindo aviso prévio, porque Henry falou que ela não precisava. Tudo isso *hoje*, tenho que acrescentar. É um grande dia para Evie. Gosto de pensar que tive parte nisso, porque foi depois da minha sessão de fotos (bem, minha no nome) que ela se deu conta disso. Eu me pergunto quanto tempo ela teria levado em outro contexto.

Ela começou a arrumar suas coisas e as minhas, e vai levar tudo, meu e dela, para Cambridge na semana que vem. Mas, agora, ela está descansando e, pelo jeito como está sentada, parece estar ali há algum tempo. Ela parece... pensativa, acho, com um toque de tristeza nos olhos.

– Estou com saudades, Scar – diz ela baixinho.

Eu também estou, digo. Porque, apesar de estar ali, eu não estou de verdade, né? Não do jeito que importa. Mas foi um presente, um que achei que não fosse querer, poder ficar por perto depois. Saber que, por mais horrível que tenha sido, as pessoas que eu amo *vão* superar isso.

Evie se levanta e entra no meu quarto. Eu poderia ir atrás, mas não vou, porque não sou masoquista o suficiente para querer ver o quarto todo empacotado, não mais meu. Ela sai segurando um porta-retrato. É uma foto minha sorrindo para a câmera, com os braços bem abertos numa praia. Creta. Ela tirou aquela foto e me deu no nosso primeiro dia de faculdade, para que, mesmo que o primeiro período fosse difícil, eu pudesse me lembrar do verão.

Ela coloca a foto na mesa, fica olhando. Pega o violino, o que está naquele canto, esperando-a o tempo todo. Seus movimentos não são firmes, e o tremor começa quando ela leva o arco na direção das cordas. Mas ela não para.

Ela toca. Ela toca a *nossa* música. Ela sai partida, as notas trêmulas, mas está lá. Ela a está tocando, e eu estou ouvindo, e é *nossa*. Mesmo depois que começa a chorar, as lágrimas criando caminhos suaves pelo rosto, continua tocando, até o final. E não importa que ela não a tenha tocado no funeral. Porque está tocando agora, só para nós duas, como aquela música sempre foi.

E fica claro para mim. É *agora*. O momento. Não é romântico, mas não fica menos poderoso por causa disso. Eu tinha passado tanto tempo da minha vida procurando desesperadamente "o cara certo", indo de um para o outro, mas percebo agora que entendi errado. Talvez *o cara* seja na verdade *aquela pessoa*: a que é mais importante para você do que todo mundo, aquela cuja alma fala com a sua. E Evie é essa pessoa para mim. Sempre foi.

Capítulo quarenta

Ele foi embora. Evie tinha ido até a casa de Noah depois de terminar de tocar. De tocar para Scarlett, apesar de ela não estar mais presente para ouvir. Ela guardou o violino e foi atrás de Nate. Para dizer que queria ficar com ele. Porque o único motivo de ela *não estar* fazendo isso era por ter medo do que poderia acontecer, mas algo *já* tinha acontecido e era tarde demais para mudar isso.

Mas ela chegou tarde.

Evie voltou meio entorpecida, subiu a escada até o apartamento. Não faria isso por muito mais tempo. Mais uma semana e ela estaria fora de Londres. Tudo parecia meio surreal.

Ela remexeu na bolsa atrás das chaves e olhou para baixo porque não as encontrou imediatamente. O que fez, claro, com que ela tropeçasse ao chegar ao alto da escada e esticasse a mão para se proteger da queda, e…

Outra mão segurou a dela. Uma mão calorosa e familiar.

Lentamente, ela ergueu o olhar da mão e encarou aqueles olhos castanhos límpidos. Seu coração deu um salto.

Capítulo quarenta   331

– O que você está fazendo aqui?

Ela vivia fazendo essa pergunta, não vivia?

Ele sorriu ao se dar conta exatamente disso.

– Astrid abriu a porta pra mim – disse ele, o que não era uma resposta para a pergunta.

Ela olhou para a porta fechada do outro lado do corredor. Ela tinha contado para Astrid que ia embora e esperou que houvesse algum ressentimento, mas Astrid tinha revirado os olhos. *O Zoom serve pra isso, ora!*

– Eu… – o coração dela estava batendo rápido demais. – Eu fui à casa do seu irmão. Ele me disse que você tinha ido embora. Para a Austrália.

– Eu fui embora.

– Mas você está aqui.

Ele está aqui, ele está aqui. As palavras giravam na cabeça dela, não estava conseguindo pensar direito.

– Ah, bem, eu dei meia-volta.

Havia uma mala ao lado dele, ela notou agora.

– Você não vai mais?

– Eu…

– Ou vai? – perguntou Evie com a testa franzida. – Você veio se despedir? – Deus, ela não aguentaria, não de novo. – Porque… – ela respirou fundo e falou o mais rapidamente que conseguiu, para que não pudesse acabar parando no meio. – Porque eu acho que você devia ficar. Eu não quero que você vá. Quero dizer, eu quero…

Ainda segurando a mão dela, Nate a puxou delicadamente para perto.

– Acho que eu devia ir – disse ele.

– Ah – o coração dela, tão cheio de vida um segundo antes, quase parou. – Claro, bem...

– Mas acho que você devia ir comigo.

Ela o encarou. Ele a encarou.

– O quê?

– Eu acho que você devia ir comigo pra Austrália.

– Você está falando sério.

– Eu estou falando sério – disse ele, fazendo que sim para confirmar.

– Mas eu não posso simplesmente... – ela passou a mão livre pelo cabelo. Por que não podia? Já tinha pedido demissão, já tinha combinado de sair do apartamento. Ela não tinha nada planejado fora a ideia vaga de tentar encontrar trabalho dando aula, o que ela provavelmente poderia fazer de qualquer lugar. – Tudo bem, digamos que eu vá pra Austrália com você.

Austrália. Ela estava mesmo dizendo isso?

– Tudo bem – disse Nate com um sorriso. – Diga. Vamos – ele fez o movimento de começar a descer a escada.

Ela colocou a mão no peito dele. Por baixo, sentiu seu coração batendo, um ritmo rápido, meio errático. Sinal de que ele não estava tão relaxado assim, embora parecesse estar, com tudo o que estava fazendo.

– Digamos que eu vá – disse ela – e em três meses ou seis meses, ou mesmo dois anos depois, você decida que não é o que você quer. Eu lá com você.

– Bem, o emprego não é para sempre, e nós não ficaríamos *lá* indefinidamente. Nós podemos voltar pra Inglaterra e...

– Nate – a voz dela estava suplicando agora.

– Desculpe.

– O que eu quero dizer é: e se você se sentir preso num relacionamento? E se você ficar ressentido comigo por isso? E se a esclerose múltipla for um peso grande demais pra você, apesar do que você diz, e você...

– Abandonar você?

Ele passou o polegar pelo rosto de Evie, e ela fez que sim. Porque era idiotice fingir algo diferente, idiotice fingir que aquilo não seria algo a considerar. Relacionamentos já eram difíceis, e ela ainda tinha mais aquele outro problema.

– Eu não vou fazer isso – disse ele com simplicidade.

– Você não pode prometer isso – sussurrou ela.

– Não, acho que não posso – disse ele, a voz cuidadosa. – Mas posso dizer o seguinte: eu amo você, Evie. E isso basta pra mim. *Você* basta, você é mais do que isso. – O olhar dele se fixou no dela, e ela percebeu que não conseguia se mexer, mesmo se quisesse. – Eu falei sério naquela noite. Eu nunca quis nada mais do que isso – o polegar desceu pelo rosto dela. – Continua sendo verdade.

Ela teve uma lembrança daquela noite, o suficiente para seu estômago se contrair, antes de se lembrar de outra conversa, lá fora, na calçada. *É imprevisível. Eu sou imprevisível.* E talvez houvesse algo naquilo. Talvez houvesse até beleza na imprevisibilidade. Porque não só significava que você não sabia quais coisas *ruins* estavam escondidas no futuro, também significava que você não sabia quando coisas boas podiam estar a caminho.

Ela respirou fundo.

– Tudo bem.

Ele piscou.

– Tudo bem?

– Tudo bem – um sorriso suspendeu os cantos dos lábios dela. – Eu vou com você.

Por um momento, ele só olhou para ela, mas, em seguida, deu um grito e a pegou no colo, girou-a pelo corredorzinho, e Evie não conseguiu se segurar. Ela soltou uma gargalhada.

Ele a colocou no chão, mas não largou sua cintura.

– E, bem – disse ela –, acho que, se não der certo, eu vou dar um jeito.

– Nós vamos.

Ele falou isso com tanta firmeza que ela cedeu.

– Nós vamos.

Um dia de cada vez, disse ela para si mesma. Era isso o que dava para fazer, não era? Um momento após o outro, tomando a melhor decisão que você pudesse tomar em qualquer ocasião.

Ele a puxou para perto, e cada centímetro dela estava encostado em cada centímetro dele.

– Eu te amo, Evie Jenkins – disse ele. E a beijou, de leve, mas o suficiente para fazer o calor no centro dela crescer. Ele se afastou um pouquinho. – Agora é a hora em que você tradicionalmente diz o mesmo – falou num tom debochado, mas ela tinha sentido seu coração. Então soube: ele não só *queria* ouvir, mas precisava ouvir.

Ela sorriu junto aos lábios dele.

– Eu te amo, Nate Richie.

E, dessa vez, foi ela que o beijou, e não foi um beijo suave nem leve. Ela não ligava se alguém podia entrar no corredor e dar de cara com eles. Eles poderiam estar em qualquer lugar naquele momento, e ela sentiu que *iria* para qualquer lugar, desde que fossem os dois juntos.

Nate voltou a atenção para o pescoço dela, fazendo-a ficar ofegante, e como foi bom dizer, ela disse de novo. Uma promessa, dessa vez, bem mais do que uma declaração.

– Eu te amo.

Capítulo quarenta e um

Dessa vez, quando a lembrança da minha morte me puxa, eu não resisto. Estou de novo lá, naquele café perto da Ponte de Londres. Estou na fila, e o mesmo sujeito atarantado está atrás do balcão. Algo naquela lembrança parece diferente das outras. Tudo parece ampliado: o cheiro do café, o som da máquina de espuma de leite, o ar frio entrando pela porta aberta. Como se meus sentidos estivessem todos em alerta. Talvez isso seja esperado, por saber o que está por vir, mas tudo parece mais... *imediato*.

– O que você vai querer? – pergunta o barista. E sei o que acontece em seguida: eu peço um americano puro porque tenho uma preocupação *estúpida* com calorias, quando o que quero de verdade é um...

– *Creme Egg latte* – as palavras saem antes mesmo de eu perceber o que está acontecendo.

Falei isso. Eu. A *verdadeira* eu, não a eu da lembrança. Como isso é possível? Tantas vezes quis mudar algo no passado e não consegui, por mais que me esforçasse. E agora, ali estou eu, no dia em que morro, e eu posso... *Posso?* Eu posso mudar coisas?

Estou chocada, e alguém esbarra em mim. Eu me lembro disso. Fiz uma cara feia, mas não olhei para a pessoa. Mas agora eu *olho*, e um homem de uns cinquenta anos sorri para mim, pedindo desculpas. Saio da frente, e meu corpo está de volta ao ritmo, se movendo sem minha influência. Pego o telefone, dou uma olhada nele, paro na mensagem do Jason.

Mas continuo descendo, até uma mensagem de Evie. *Eu*, eu estou fazendo isso. Parece que tenho meu corpo de volta, que eu *me* tenho de volta.

Eu te amo, Eves, digito rapidamente, sem saber quanto tempo isso vai durar. Quanto tempo tenho para controlar as coisas, para mudá-las? Mas não consigo pensar no que mais dizer. O que se diz quando você sabe que vai estar morta em menos de trinta minutos?

– *Creme Egg latte!* – o jeito como o cara grita me faz perceber que não é a primeira vez que ele anuncia o pedido. Envio a mensagem para Evie e corro para pegar o café no balcão, e desejo de novo meu copo de café brilhante.

O nome da minha mãe aparece na tela do celular quando saio do café.

– Oi, mãe – digo. Porque eu posso atender. Não vou ignorá-la como fiz da última vez.

– Oi, meu amor, eu estava aqui pensando no seu...

– Desculpe – digo rapidamente, porque não posso fazer isso. Não posso ter uma conversa sobre um aniversário que não vou ter, um aniversário que já aconteceu, quer ela saiba ou não. – Eu não estou podendo conversar, tenho que ir, mas só queria que você soubesse que não estou ignorando você.

Minha mãe ri.

– Não seja boba, meu amor, nós duas sabemos que você me ignora regularmente.

Meus olhos estão brilhando de lágrimas. Eu estou falando com ela. Estou falando com a minha mãe.

– Bem, mesmo que isso seja verdade, eu te amo mesmo assim.

Eu te amo. É a única coisa que importa no final, não é? É a única coisa a dizer.

À minha frente, a travessia de pedestre está em contagem regressiva, os números amarelos grandes mostrando que eu tenho três segundos para atravessar. E, como antes, me atrapalho naquele momento e fico parada daquele lado da calçada, os carros vindo rápido demais, impacientes para seguirem caminho.

Ele está ali. Um cara numa bicicleta vermelha. Nate, vestindo uma calça jeans e um suéter, sem capacete.

Ele está usando só uma das mãos, claro, segurando o guidão no meio, a outra mão segurando o celular junto à orelha. E tem a risada. Não consigo ouvi-la por causa do tráfego, mas não preciso. Eu a conheço muito bem agora.

Vejo-o passar por mim, atravessando o sinal que troca de amarelo para vermelho naquele momento, e ele nem dá uma olhadinha por cima do ombro.

Tudo acontece de novo, exatamente como naquele dia. Um dos carros vindo buzina alto. Nate leva um susto, fala um palavrão, fora da ciclovia.

O homenzinho verde está apitando, a luz piscando. Mas ainda estou olhando para ele. Vendo-o cair de cabeça. E ele não se levanta.

A lembrança me domina de novo agora, tira meu controle de mim mesma, e estou correndo na direção dele, o café respingando

Capítulo quarenta e um   339

pelo buraquinho na tampa, queimando minha mão. Largo o copo, e o líquido marrom leitoso escorre pela calçada como sangue.

Antes de chegar ao fim da rua, eu paro. Lembro que mudei meu pedido de café, mandei mensagem para Evie, atendi a ligação da minha mãe. E eu sei: eu poderia seguir andando. Eu não *preciso* repetir os eventos exatamente como foram naquele dia, posso deixar ao acaso. Talvez Nate vá até a rua pegar a bicicleta, e talvez Tasha o atropele e não a mim. Mas talvez não. Talvez *nós dois* possamos viver.

Uma decisão. Eu penso em como uma decisão tem o poder de mudar tudo. E estou me lembrando de outra decisão que tomei, a de subir na cama elástica naquele dia. A decisão que me levou a conhecer Evie. Como minha vida teria sido diferente sem ela!

Ainda estou parada. Nada ao meu redor se moveu, como se a lembrança estivesse prendendo o ar, esperando que eu tomasse uma decisão. Nós sempre temos a chance de mudar as coisas no dia em que morremos? Todo mundo pode revisitá-lo e consertar tudo? O irmão do Nate passou por isso? Reviveu o suicídio tudo de novo?

Nate. Dizendo para Evie que a ama, como eu sabia que teria de amar. Ela também o ama, não é? Ele é a pessoa certa para ela, eu sei. Será que vou lembrar disso se escolher continuar andando agora? Vou conseguir encontrar Nate, apresentá-lo para Evie? Não seria a mesma coisa. Foi só por causa da minha morte que eles foram obrigados a se aproximar daquele jeito. Sem isso, ele não teria motivo para tentar ajudá-la e, através disso, passar a conhecê-la. Eles passariam um pelo outro na rua e não se dariam conta disso. E Evie…

Evie, tocando aquela música para mim. Tocando de novo, porque uma série de eventos foi posta em ação depois da minha morte. Sair de Londres, ir atrás do que ela quer. Isso vai acontecer se eu ainda estiver viva?

Nessa hora, eu sei. Só há uma alternativa. Se eu tivesse voltado ali, se tivesse cedido ao puxão da lembrança, logo depois que morri, eu teria continuado andando. Mas não agora. Algo mudou. Talvez eu tenha mudado. Não é irônico? Crescer como pessoa depois de morrer?

Mas talvez seja tudo irrelevante mesmo. Porque talvez não exista alternativa. Talvez toda a questão seja que você precisa aprender a aceitar, a perceber que é uma pequena peça numa cadeia de muitos eventos.

E assim, respiro fundo e, quando o mundo começa a se mover ao meu redor, eu me entrego à lembrança... e desço da calçada. Não porque minha vida não tinha sentido, mas porque tinha muito.

Porque sim, eu *importava*.

Agradecimentos

Quando tentei começar a escrever um livro (e fracassei) há mais de dez anos, uma das coisas que eu fazia quando estava com dificuldade ou desistindo era escrever os agradecimentos mentalmente, como uma motivação, acho que porque era o momento em que me convencia de que pareceria real. E assim, muitos anos e uma ideia completamente diferente de livro depois, aqui vai...

Agradeço antes de tudo à minha maravilhosa, encorajadora, inteligente, sábia e adorável agente, Sarah Hornsley, que já teve de lidar com uma série de altos e baixos (provavelmente teremos mais no futuro, desculpe, Sarah) e sem a qual este livro não seria tão bom quanto é agora (eu espero). Obrigada por sua empolgação com a ideia, por me incentivar a seguir em frente e por ficar tão animada quanto eu quando conseguimos um contrato. Você é incrível.

Agradeço à minha brilhante editora, Sarah Hodgson, por sua crença neste livro e sua empolgação, que ficou clara desde o primeiro contato. (Agradeço também por me dizer que ele fez você chorar, mesmo na segunda leitura, desculpe.) Sei por experiência própria quantas pessoas são necessárias para levar um livro desde aquela primeira ideia até um exemplar pronto que podemos segurar na mão, porque também já estive do outro lado do processo. É preciso muito trabalho árduo, dedicação e paixão de uma equipe inteira, e muito do que acontece eu sei que os autores nunca vão sequer saber. Mas um enorme agradecimento a Kate Straker, em parte por me dar a oportunidade de chamar alguém de "minha assessora de imprensa", mas também por sua sabedoria e apoio. Agradeço a Felice McKeown e Sophie Walker do marketing, pelas ideias criativas, pelo entusiasmo e por serem tão incrivelmente organizadas e precisas. Agradeço a Mandy Greenfield, pela atenção aos detalhes, e a Hanna Kenne, por todo o trabalho nos bastidores.

Todo mundo já ouviu a frase "não julgue um livro pela capa", mas, neste caso, isso está ERRADO, espero que muita gente faça isso, porque estou simplesmente apaixonada por ela. Obrigada, Holly Battle, pela linda capa e por acertar tão rápido. Estou encantada.

Georgina Moore (que, aliás, também está lançando um livro) merece muito amor e agradecimentos: a) por me levar para um workshop de escrita na Ilha de Wight, onde escrevi boa parte deste livro; b) por continuar a acreditar que eu teria um livro lançado com meu nome na capa, mesmo quando eu mesma não acreditava. Obrigada também pelo apoio, encorajamento e amizade nos últimos anos, tanto na escrita quanto em todo o resto.

Escrevi este livro com o apoio de The Novelry, uma escola de escrita criativa on-line, que me ajudou a superar meus momentos de "não consigo", me fez seguir em frente num momento em que eu não sentia confiança, e é cheia de dicas e conhecimento sobre o processo de escrita. Obrigada, Louise Dean e Katie Khan.

E um agradecimento especial a Emylia Hall, pelo apoio, entusiasmo, ideias criativas brilhantes e por me inspirar cada vez que nós conversávamos.

Tanta gente teve que me aguentar dizendo que eu ia/estava tentando escrever um livro ao longo dos anos, e me ofereceram ajuda – tanto quando as coisas deram certo quanto nas ocasiões em que não foi bem assim –, encorajamento e uma crença inabalável de que eu conseguiria. Portanto, agradeço à minha família – Ian, Jenny, Sally e Sophie Hunter; aos meus amigos, Laura Webster, Emily Stock, Lucy Hunt, Polly Hughes, Rosie Shelmerdine, Emma Harris; ao meu "grupo de apoio" editorial, Naomi Mantin, Alison Barrow, Katie Brown, Becky Short, Millie Seaward, Jen Harlow, Phoebe Swinburn e Sophie Christopher, que nunca será esquecida; e ao grupo CBC de 2015, Sean Lusk, Bill Macmillan, Jo Cunningham, Lynsey Urquhart, Robert Holtom, Sarah Shannon, Ella Dove, Charlotte Northedge, Ahsan Akbar, Victoria Halliday, Ben Walker, Georgina Parfitt, Paris Christofferson. Um agradecimento especial para Catherine Jarvie, pelo apoio incondicional e pela torcida, por ficar mais empolgada do que eu em vários momentos da minha jornada de escrita e por sempre estar por perto para ler alguma coisa ou falar de escrita quando eu precisava.

E, claro, se você chegou até aqui, obrigada, por pegar este livro e por lê-lo até o final.

Em www.leyabrasil.com.br você tem acesso a novidades e conteúdo exclusivo. Visite o site e faça seu cadastro!

A LeYa Brasil também está presente em:

 facebook.com/leyabrasil

 @leyabrasil

 instagram.com/editoraleyabrasil

 LeYa Brasil

ESTE LIVRO FOI COMPOSTO EM DANTE MT STD,
CORPO 12,5 PT, PARA A EDITORA LEYA BRASIL.

Impressão e Acabamento | Gráfica Viena
Todo papel desta obra possui certificação FSC® do fabricante.
Produzido conforme melhores práticas de gestão ambiental (ISO 14001)
www.graficaviena.com.br